ナイトランド叢書 2-2

ウェンディゴ

アルジャーノン・ブラックウッド
夏来健次 訳

アトリエサード

THE WENDIGO
and Other Novellas
Algernon Blackwood
1910, 1912, 1914

装画：中野緑

目次

ウェンディゴ　アルジャーノン・ブラックウッド　夏来健次 訳

ウェンディゴ

The Wendigo

1

その年は新たな臭跡ひとつ見つけられずに終わる狩猟隊が大半であった。箆鹿《へらじか》たちが例年になく用心深くなっているようで、多くの狩猟家《ニムロド》がそれぞれの家族のもとへ帰るに際し、結果を尊重するにせよ話を大袈裟にふくらませるにせよ、何らかの言い訳を考えねばならなかった。キャスカート博士もそうした獲物なしで帰還した者の一人ではあったが、その代わり、これまで猟銃で仕留めてきた大物の箆鹿すべてに匹敵するほどの、ある体験を記憶にとどめて帰ることとなった。と言っても、スコットランドの古都アバディーン出身のこの博士は、鹿狩りのみを関心の的とする人物ではない——とくに深く探究していることは、人間心理の異常性であった。ところがこのときの逸話に関しては、博士の著作『集団幻覚論』のなかで触れられていない。その理由は明快であり（博士が大学の同僚に打ち明けたときの言い方に従えば）、この出来事の原因を合理的に説明づけるにあたって、自身が大きな役割を果たしたのを考慮したため、とのことであった……

狩りに同行したのは狩猟地案内人のハンク・デイヴィスと、小教会《ウィーカーク》に入るため神学を学んでいる博士の甥シンプソンと、その専属案内人（甥はカナダ奥地の森に入るのが初めてだったため）となったジョゼフ・デファーゴの三人だった。このデファーゴという男は、何年も前まだカナダ太平洋鉄道が敷設されて間もないころ、ケベック州から放浪の旅をはじめてマニトバ州のラットポーテージ（現在のケノーラ）に流れついたというフランス系カナダ人で、森林地帯での生活や伝承などについて並ぶ者のない知識を持ち、のみならず森の猟師《ボヤージュ》の古謡《うた》を唄ったり、狩りにまつわる炉辺話《ろべばなし》を語ったりすることにも秀でていた。さらに言えば、孤独を好む者が大自然から及ぼされるある種の魔力めいた影響に対して強い感受性を持っており、森や山にただよう寂寥を愛してやまず、ある種強迫観念に近いほどの大きな熱意を傾けてそうしたものに浸っている男だった。未開の森林地帯に宿る生命力に魅せられていると言ってもよく——それがために、自然の持つ神秘と交感することにかけて格別の才を得ているようだった。

そのときの狩猟の旅にデファーゴを加えたのはハンク・デイヴィスの案だった。ハンクとデファーゴは旧知の同業者仲間で、よくぞんざいな言葉で話していた。ハンクは「友だちだから」と言い訳しては荒い言葉を浴びせていた。そういう場合のやりとりは悪気のない貶《けな》し合いが多いが、語彙が豊富なせいもあって、いかにもたくましく剛毅な森の男たちの会話という趣《おもむき》で、非常に活きいきとした表現に富むことがしばしばであった。そんな饒舌さの競い合いをしながらも、ハンクがときどき会話の奔流を堰き止めることがあるのは、狩猟隊の責任者であるキャスカート博士に気を遣ってのことだった。もちろん博士に対しては名前の前に〈ドク〉という敬称をつけて呼んだ。また博士の甥シンプソンがすでに一人前になりかけていることも理解しており、おしゃべりのしすぎに気をつけるのはそのためでもあるようだった。またハンクはデファーゴに対して反感を覚えていることがひとつあると言い——それひとつだけでほかにはないと念を押していたが——それは「陰気くさい、ろくでもない性格の表われ」とハンクが呼ぶところの悪癖を、デファーゴが実際ときおりあらわにする点だった。フランス系カナダ人であるこの男には、たしかにいわゆるラテン系の気質があるようで、たとえば口に出して何か言うほどには興が乗らないといったとき、あからさまに長くむっつりと黙りこむことがあった。孤独好きであること、また空想癖があることがそうした態度の原因となるものだ。そういう性格の者が繁忙な〈文明圏〉に長時間身を置きすぎると、神経が参ってしまうというのはよくあることで、大自然のなかに戻って数日でもすごせばまた恢復するのだった。

彼ら四人からなる狩猟隊の一行は、その〈篦鹿が用心深すぎる年〉の十月の最後の週、ラットポーテージの北に広がる原野――隔絶した荒涼たる一帯だった――で野営《キャンプ》を張った。そこでプンクという名のインディアンが加わった。前の年にも調理係としてキャスカート博士の狩猟に同行した男で、役目と言えば野営にとどまって近くで魚を釣ったり、鹿肉をステーキにしたり、手早くコーヒーを淹れたりといった程度のことであった。前の雇い主からもらったという古服を着ていたが、そういう文化的ななりをしているせいか――脂性《あぶらしょう》の黒髪と褐色の肌を別にすれば――本当のインディアンのようには見えないこともあった。舞台に立つ黒人が果たして本物のアフリカ人かと疑わしくなるのに似ているだろうか。ただしそうは言っても、このプンクという男には滅びゆく民族に特有の気質が依然として残っており、寡黙で辛抱強くまた迷信深いといった特徴が見られた。

その夜、赤々と燃える焚き火を囲む一行はみな落胆の色を浮かべていた。近くに篦鹿がいた形跡ひとつ見つからないまま一週間がすぎてしまったためだ。デファーゴが得意の古謡《うた》を唄ったあと炉辺話を語りはじめると、ハンクが意地の悪い口調で、「こいつの話はいつもでっちあげさ、信じねえほうがいいぜ」などとしきりに茶々を入れた。それで結局フランス系カナダ人の男はまたもむっつりと沈黙に陥ってしまい、以後は二度と元気を出しそうになくなった。キャスカート博士と甥のシンプソンはと言えば、徒労に終わった一日にがっくりと疲れ果てていた。調理係のプンクは厨房と自分の寝ぐらとを兼ねている差し掛け小屋でぶつぶつ独りごとを言いながら洗い物をしていた。焚き火はゆるゆると弱まっていくが、だれも燠《おき》をついて炎を強めようとするようすもない。頭上では晴れた冬空に星が明るく、また風がほとんどないため、後方の森閑とした湖ではすでに氷が岸沿いに音もなく張りはじめていた。じっと耳を欹《そばだ》てているかのような広い森の静寂が一行の野営を押し包んでいた。

不意にハンクの鼻にかかった声が沈黙を破った。

「ドク、明日は新しい猟場を探してみてえと思うんだが」雇い主へ顔を向けて威勢よく言った。「このあたりじゃ、もう運が向いてきそうにねえんでね」

「そうだな」キャスカート博士はいつも少ない言葉で済ませる。「いい考えだ」

「そいつぁどうも」とハンクは自信を高めたように言った。「それじゃドク、おれとあんたで西のほうのガーデン湖まで行きますぜ。あのあたりは静かなところで、おれたち案内人も今年はまだだれも入っていねえからね」

「わかった」

「それからデファーゴ、おまえはシンプソンさんと一緒にカヌーで裏の湖をわたってってくれ。その先はまた陸《おか》を歩いて五十島《いそじま》ヶ池まで行って、南側の岸辺近くをよく探すんだ。去年はあのあたりにかなりの数の箆鹿がうろついてたからな。やつら、おれたちをけむに巻こうと、今年もあそこに集まってるのかもしれねえ」

デファーゴは焚き火に目を向けたきり返事をしようとしない。炉辺話を邪魔されたのを根に持っているのかもしれなかった。

「あの道筋には今年はまだだれも入っていねえはずだ。あり金を全部賭けてもいいぜ！」ハンクはよほどの根拠でもあるかのように、強い調子でそうつけ加えた。「このテントを持ってって、二、三日すごしてみることにしようや」

ハンクはこれで決まりと言うようにそう締めくくった。彼がこのたびの狩りの計画立案者であることはみなが認めるところで、一行の実質的な長《ちょう》でもあった。

そのハンクが出した案にデファーゴが乗り気でないことは明らかだったが、しかし彼の沈黙ぶりにはただの不賛成にはとどまらない何かがあるようにも見受けられた。そのせいか、日に焼けた繊細そうな顔に、ある奇妙な表情が火花のようにパッと浮かんだ瞬間があった――ほんのわずかなあいだだったが、ほかの三人が目にとめるには充分だった。

「何かに怯えてるように見えましたね」あとになってシンプソンがそう口にしたのは、伯父のキャスカート博士と一緒に使っているテントのなかでのことだ。

博士はすぐには反応を返さなかったが、そのときのデファーゴの表情に妙に関心を覚えさせられたのはたしかだった。不安な気持ちが一瞬顔に表われただけのものかと思われたが、しかしその正体が何なのかそのときはまだ推し量れずにいた。

もちろんハンクはだれよりすばやくデファーゴのその表情に気づいたようだったが、友人の気乗り薄げな態度にもなぜか腹を立てるでもなく、むしろ冗談めかすようにこう言った。

「いいか、今年あのあたりにだれも行かねえってのは、特別何かわけがあるからってことじゃねえんだ」その言い方には、思わず知らず声をひそめてしまっているというような調子があった。「少なくともおまえが考えてるような理由じゃねえ！　去年はあっちで山火事があったものだから、それで人が近づかなかったんだが、今年はと言やあ――とにかく、たまたまだれもまだ行ってぃねえ、それだけのことなんだよ！」明らかにみなを鼓舞したいという口調ではあった。

ジョゼフ・デファーゴは一瞬目をあげたが、すぐまた伏せた。森のほうから微風が吹き寄せ、焚き火をいっとき燃えあがらせた。キャスカート博士はデファーゴの顔に先ほどと同じ表情がふたたび表われたことに気づき、芳しからぬものを感じた。しかもこのたびは相当に明白な表情であり、一瞬目のなかに宿った光には、心の底からの恐れの気持ちすらかいま見えた。そこには博士を不本意ながらも動揺させるに足る何かがあった。

「そちらには、たちの悪いインディアンでもいるのかね？」博士は徒《いたずら》に不安を煽るまいと、かすかに笑いを含ませつつ問いかけた。そのあいだに甥のシンプソンは眠気に抗しきれなくなったようすで、この思わぬ成り行きにも気づかないかのように、大欠伸《あくび》をしながら寝床へと移っていった。「それとも――土地に何かよくない因縁でもあるとか？」甥が耳に届かないあたりまで離れたところで、博士はそうつけ加えた。

ふとハンクと目が合うと、いつもの気安さとはちがう表情があることに気づいた。

「デファーゴのやつめ、ちょっとびくついてるってだけでさぁ」ハンクはまた冗談めかした。「自分がいつもする迷信話が気になってるんでさ。そうだよな、相棒？」と言って、焚き火のそばに投げだしているデファーゴの鹿革靴を履いた足に、馴れなれしく軽い蹴りをくれた。

カナダ人の男は考えごとを邪魔されたかのようにすばやく顔をあげた。とは言え、ほかの者たちが何を話しているかわかっていないわけではなさそうだった。

「びくついてるだと――莫迦言え！」と急に勢いこんで言い返した。「森のなかでこのジョゼフ・デファーゴを怖がらせるものなんて、あるわけねえに決まってるだろうが。忘れんな！」

その言い方の気勢があまりに真に迫っていたので、本心を言っているのかあるいはそうともかぎらないのか、見きわめがたかった。

ハンクは博士のほうへ顔を向けて何か言いかけたが、不意にやめ、あたりを見まわした。後方の暗がりから物音がしたような気がして、三人ともビクッとした。音の主はプンクで、三人が話しているあいだに差し掛け小屋から出てきていたのだった。今は焚き火を囲む者たちの後ろに立ち――聞き耳を立てているようだった。

「またあとにしましょうや、ドク」ハンクは小声で言い、片目をつむった。「特別席から見物人が眺めていねえときにね！」

そしてすっくと立ちあがると、プンクの背をポンと叩き、わざとらしい大声で言った。

「さあ、おまえも火のそばに寄って、その薄ぎたねえ茶色の肌でもあっためるといいぜ」と言ってインディアンの男を焚き火の近くまで引っぱっていき、薪をくべ足した。「小一時間ばかり前におまえが作ってくれた夕飯、とても美味《うま》かったよ」相手に余計なことを考えさせまいとするかのように大袈裟に言う。「そんなおまえを、凍え死ぬほど寒いところに突っ立たせといて、おれたちだけこっちで丸焼けになるほどあったまってるなんざ、キリスト教徒のすることじゃなかったよな！」

プンクは焚き火に近寄り、足を暖めはじめた。ハンクのおしゃべりの半分も理解しているか疑わしいような顔で陰気に笑みを浮かべているだけで、口を開こうとはしない。キャスカート博士はこれ以上相談をつづけるのは無理だと見てとると、甥のシンプソンに倣い、自分たちのテントへ移っていった。ほかの三人は火のそばに居残り、煙草を喫《す》うなどしている。

小さなテントのなかでは甥を起こさずに着替えをするのがむずかしそうだったので、五十有余歳ながらも屈強にして血気盛んな博士は外に出たまま、ハンクに見られたら「年寄りの冷や水」と言われるにちがいないのもかまわず服を脱ぎはじめた。そうしながら、プンクがすでに差し掛け小屋に戻り、ハンクとデファーゴが相変わらず言い争いをつづけているのを目にとめた。二人が火花を散らすようすは、さながら鍛冶屋の金槌と金箸《かなばし》、あるいは金槌と金床《かなとこ》といったところで、さしずめフランス系カナダ人の小男が金床のほうか。全体の構図は西部劇ものの映画によくありそうでもある。焚き火の炎が二人の西部の男の顔をときに明るく照らしときに暗く翳らせる。鍔広の帽子をかぶり鹿革靴を履いたデファーゴは「筋の悪い土地」から来た悪党で、陽気な顔をして肩をそびやかす無帽の男ハンクは欺かれる役どころの気のいい主人公、後ろのほうから覗き見ているプンクは謎めいた雰囲気を増すための脇役だ。そういった細部の要素まで目にとめると、博士は思わずニヤリとした。だが同時に、身のうちの深いどこかで何かが――それが何かはわからないが――かすかに縮みあがるような気分も覚えていた。何かの警告が感知しがたいほど細い息を心の表面に吹きかけ、正体を把握する前にフッと失せてしまう、そんな感じがした。その原因はやはり、先ほどデファーゴの目に一瞬浮かんだ怯えの色にあるのかもしれない。きっとそうだ、でなければわが持ち前の抜かりない心理分析の網にこうも引っかかってはこないはずだから――そう博士は考えた。するとさらに、このデファーゴが原因で何か問題が持ちあがるかもしれない、そんなふうにも漠然とながら思えてきた……そもそもあの男は案内人としてはハンクほど安定しているとは言いがたいし……またそれ以上に気になるのは……

　キャスカート博士はシンプソンがすでに寝入っているテントのなかにもぐりこむ前に、もうしばらく男たちのようすを眺めていた。ハンクはニューヨークの黒人酒場で酔っ払ったアフリカ系の男たちが吐くような汚い言葉を連発していた。と言っても慣れ親しみのこめられた悪態ではあったが、気を遣わせる雇い主がすでに床《とこ》に就いたと思っているためか、とどまることなく放埒をきわめていた。そのうちにようやく同僚たるデファーゴの肩にやさしく手をかけると、彼ら共用のテントの明かりが仄かに見える暗がりのほうへ一緒に歩いていった。プンクもその少しあとに彼らに倣い、反対側に立つ差し掛け小屋のなかの汚れた毛布の下にもぐった。

　キャスカート博士もやっとテントに入った。頭のなかでは疲れと眠気が渦巻くが、依然として、五十島ヶ池周辺にデファーゴが感じているらしい恐れの理由が漠然と気になる。それに、プンクがそばにいると、ハンクが言いたいことも言いにくそうになるらしいことも妙だ。それでもついには眠りに抗しきれなくなった。明日になればわかるだろう。ハンクがわけを話してくれるだろう、用心深い箆鹿どもを探し歩いているときにでも。

小ぢんまりとした野営を深い静寂がおおう。静けさは大自然の顎《あぎと》のなかに大胆にも根を生やしたかのようだ。湖は星空の下で広大なガラス板のようにきらめく。冷気が肌を刺す。夜風が森の奥から静寂の波を運ぶとともに、遠方の尾根や凍りはじめた湖水群からの伝言をもたらす――そのあたりではやがて来る冬の荒涼たる臭いがすでにかすかにただよっている、と。嗅覚の鈍い白人には嗅ぎ分けられない種類のものだ。百マイルも離れた森のなかの凍れる沼地や苔や樹皮の臭いだが、ひとたび山火事でもあれば木々の焦げる臭いに隠されてしまう。そうなればハンクやデファーゴのように森の魂と親しく交感している者たちでさえ、敏感な鼻孔をいくら大きく広げても嗅ぎとることができなくなり……

一時間ほどのち、みなが死人のようにぐっすり眠っているとき、プンクが毛布の下から這いだした。そして湖の岸へと影のように忍びやかにくだっていった――インディアンの血筋《つが》を持つ者のみができる静かな足どりで。湖岸で耳を澄まし――それから空気の臭いを嗅いだ。栂の木の幹のように微動もせず立ちつくした。五分後また顔をあげ臭いを嗅いだ。そのあとさらにもう一度。外見からは想像できない持ち前の鋭い感覚を研ぎ澄ませ、凍てつく大気を読みとろうとするかのようだ。やがて向きを変えると、森に住む者や獣たちのみが心得る動きで自らを四囲の暗闇に紛れさせつつ、影のように静かに戻っていった。そしてそっと差し掛け小屋に入り、床に臥《ふ》した。

プンクが寝入ったあと、彼が先ほど読みとったとおりに風が変わり、星空を映す湖面がそよぎ乱れた。風は彼が目を凝らしていた五十島ヶ池のほうの山地の遠い尾根から生じ、かすかすぎて人の耳には入らないほどの音とともに大きな木々の梢を通り抜け、一行が寝入っている野営に吹き寄せた。音のみならず、インディアンの髪の毛のように張り詰めた感覚を以てしても嗅ぎとれないほどうっすらとした臭いもまた、人が通ることのない夜の山道の上をただよってくる。人間には馴染みのない――人間のだれもが知らない臭いだ。

同じころ、フランス系カナダ人の男デファーゴとインディアンの血を受け継ぐ男プンクは眠りを乱され体を蠢《うごめ》かせたが、どちらも目覚めるにはいたらなかった。そしてあまりにもかすかながら忘れがたく奇妙な臭いは、何者も住むことのないさらに先の森の奥へと流れ失せていった。

2

翌朝、野営は夜明け前から活況を呈した。夜のあいだに雪が薄く降り積もり、空気は刺すように寒い。プンクが早々と役目を果たし、コーヒーと焼きベーコンの香りがめいめいのテントまでただよってきた。みなが生気をとり戻した。

「風が変わってるな！」ハンクが威勢のいい声をあげ、小型カヌーに荷を積みはじめているシンプソンとその専属案内人デファーゴを見やった。「湖を横切って吹いてる。カヌーでわたるにゃちょうどいいぞ。おまけに、雪のおかげで足跡が見えるはずだ！　それに風があるから、向こうにいるかもしれねえ篦鹿どもに、おまえたちの臭いを嗅ぎつけられなくて済むってもんだ。こりゃさい先いいぞ、ムッシュ・デファーゴ！」お道化て、友人の名前を初めてフランス語式発音で呼んだ。「幸運《ボン・シャンス》を祈るぜ！」

デファーゴも機嫌が戻ったらしくだんまりを決めこまず、相応の言葉を返した。午前八時前には野営をプンクにまかせ、キャスカート博士とハンクは西へ向かう山道を歩きはじめた。デファーゴとシンプソンはテントと二日分の食糧とともにカヌーに乗って、ひと足先に湖を東へ漕ぎ出し、早くも彼方の湖面でかすかに上下する黒い点となっていた。

冬への深入りを思わせる空気の冷たさも日差しのおかげでいつしか和らいできた。太陽は木々におおわれた尾根の上まで昇り、下方に広がる森と湖の世界を豊かな熱と輝きで暖めている。風が撥ねあげるしぶきのあいだを縫うように、阿比鳥《あび》が低く滑空する。鳥はときおり水に顔をつっこんで魚を獲り、濡れた頭を日差しのほうへ振ってからすばやく飛び去っていく。四囲には木々の密集した森が視界の及ぶかぎり果てしなくつづく。人跡未踏の孤絶にして荘厳な景観が切れ目のない絨毯のごとく延々と広がり、はるかハドソン湾の凍れる海岸にまでいたっている。

そういう景色を初めて目にするシンプソンは、上下に揺れるカヌーの舳《へさき》で懸命に櫂を動かしながらも、みごとな美観に魅せられていた。心は解放感と広大な空間に酔い、肺は大自然の芳香を孕んだ冷たい風に酔っていた。艫《とも》ではデファーゴが白樺造りの舵を生けるもののごとく巧みに操りながら、現地語の古謡《うた》を切れぎれに唄ったり、同乗するシンプソンの問いかけのことごとくに気前よく答えたりしている。二人とも心が浮き立ち華やいでいた。こういうときこそとばかりに世俗的な立場のちがいなど忘れ、共通の目的でいそしむ生身の人間同士に返っていた。シンプソンは雇い主の側でデファーゴは雇われている側だが、今はただ案内する者と案内される者でしかない。デファーゴが「さん」付けをせず「シンプソン兄い」とか、ときには「シンプソン坊や」などと呼ぶようになっても、若者は夢にも文句など言う気にはならなかった。向かい風のなか遠い湖岸までの十二マイルもの困難な距離を漕ぎ終えるときまで、そういう関係は変わらずつづいた。シンプソンはむしろそれを好んで笑い返すだけで、すぐあとには気にもとめることなく忘れてしまうのだった。

この若き神学の徒は気質よく才能にも恵まれていたが、何ぶんまだ旅慣れていない。自国イギリスと小国スイス以外の地を目にしたのはこれが初で、何ごとによらずこの地での規模の大きさには当惑すら覚えていた。このような原始林については話にこそ聞いていたが、実際に目で見るのはまったくの別ものだった。自らそのただなかに身を置き、大自然の息吹に触れんとするのは、久遠の神のためにのみすべてを捧げてきた知性ある文明人にとって、そういうこれまでの価値観をいささかなりとも変化させずにはいられない新たな参入体験《イニシエーション》であった。

そのような感情をシンプソンが初めてかすかながら自覚したのは、おろしたての・三〇三口径ライフル銃をかまえ、疵《きず》ひとつない光沢を放つ双銃身沿いに狙いをさだめたときのことだった。湖面と陸路とをくりかえしての三日間にわたる目的地までの旅は、大自然への参入の新たな段階をもたらした。やがてヨーロッパ全土にも匹敵するほどの広大な無人領域の中心とも言いうる処女地で二人は野営を張ったが、シンプソンはそこからさらに奥地まで進みたいという意欲に駆られた。己の想像力の限界にまで挑みたくなるほどの歓喜と畏怖の情が心を侵犯していた。シンプソン自身のみならずデファーゴもともどもに、ある限界に——少なくともある大目標に——挑みたくて仕方なかった！

人けのない森林地帯の荒涼たる壮大さは圧倒的で、己の小ささを思い知らされずにはいない。木々の密生する奥地の暗然たるありさまは容赦ない凄絶さとでも表現するしかないもので、そうしたものすごい何かが地平線上に青くつらなる遠い森から迫り寄り、やがてはその正体をあらわにするような気がするのだった。そんな沈黙の警告が理解できた。そこではシンプソン自身はまったく無力でしかない。人間が支配するはるかな文明圏を象徴する者はむしろデファーゴのほうで、彼の存在こそが疲労と飢えによる無慈悲な死からシンプソンを護ってくれているのだった。

ゆえにデファーゴがとったつぎのような行動を見たときには、ひそかに緊張を余儀なくされた。案内人の男はまず湖岸でカヌーをひっくり返して伏せ置き、その下に櫂を注意深く隠した。それから、あたりに立ち並ぶ蝦夷松《えぞまつ》の樹皮を剥いで目印をつけはじめた。ある一定距離にわたって、一見それとわからない道筋を左右から目印で挟む形にした。そしてさりげない口調でこう言った。

「いいかいシンプソン兄い、万一おれに何かあったら、この目印でカヌーのところへ戻って、それから湖を西へ漕いで日の照るところをめざし、もとの野営に帰るんだ。いいね？」

それはごく当然にしておくべき用心のためという言い方で、特別に気を惹こうとするような抑揚をつけるわけでもなかった。ただ偶然にもせよ、そのときのシンプソンの気持ちを読みとったかのような言葉ではあった。彼の置かれた状況と不安感を端的に言い当てているようだった。こんな原始林のなかにデファーゴと二人きりでいるのだから、当然のことかもしれないが。人間文明のわずかな名ごりだったカヌーも今は湖岸に置いてきた。白樺の樹皮を斧で剥いだ小さな黄色い疵跡《きずあと》だけがその〈名ごり〉へ戻るための目印となった。

二人は荷物を左右から肩に担ぎ、手にはライフル銃を持って、細道を歩いていった。岩くれや倒木を跨ぎ越えつつ、半ば凍った湿地帯を横切っていく。森のあちらこちらに無数の池が散らばるが、それらには岸に霧が立ちこめているので、そこを避けつつうねり進んでいく。午後五時になろうかというころ、不意に森の端に出たと思うと、目の前に大きな湖水が広がっていた。湖面には形も大きさもさまざまな島が散らばり、それぞれを松木立がおおっている。

「五十島ヶ池だ」デファーゴが疲れのにじむ声で告げた。「見ろ、お日さまが老いぼれた禿げ頭をちょうど水に沈めるところだ！」と、無意識裡にもせよ詩人のような科白をつけ加えた。

二人はそこで夜をすごすため、急いで仮野営のためのテントを立てはじめた。無駄がなくかつ労をいとわない作業により、わずか数分のうちに居心地のよいしっかりしたテントが張られた。バルサム樅《もみ》の大枝を並べて寝床代わりとし、即製炉で調理用の火を焚き、細い煙を立ち昇らせた。カヌーの艫から流し釣りをして獲った魚をシンプソンが洗っているとき、デファーゴが箆鹿の気配を探しにちょっと森に行ってくると言いだした。

「木の幹に鹿どもが歯を立てたり角をこすったりした跡が見つかるかもしれねえ」歩きだしながらデファーゴはそう言った。「楓《かえで》の葉っぱの残りを喰った跡があるかもしれねえしな」そしてたちまち去った。

シンプソンは小さな人影が夕暮れの影に紛れていくのを見送りながら、森が人を呑みこんでしまうそのすばやさに賞賛の念のようなものを覚えた。わずか数歩遠ざかっただけでもう姿が見えなくなったのだから。

だがそのあたりは下生えが格別濃いわけではない。木立も比較的間隔が大きく、そうした空いているところには白樺や楓の若木が槍のように細く鋭く生え、蝦夷松《えぞまつ》やカナダ栂《つが》の太い幹と鮮やかな対照をなしている。ところどころで巨木が怪物か何かのように倒れていたり、あるいは不格好な灰色の大岩が地面から突き出ていたりする。そうしたところは故国イギリスの森林公園の一角を思い出させるようで、見ようによっては人工の景観かと錯覚しそうになる。ところが右手の少し先からは広い山火事の跡が広がっており、この景色の正体を物語っている——野火跡《ブルーレ》と呼ばれるものであり、前年に何週にもわたって森が燃えつづけた痕跡なのだった。枝が焼け失せ黒く焦げた木の株が醜怪な姿をさらしているさまは、大きなマッチ棒が地面に突き立っているかのようだ。筆舌に尽くせない惨憺たる光景。雨の滲みた灰と炭の臭いがそこはかとなくただよう。

夕暮れが急速に深まり、闇が濃さを増す。焚き火の爆ぜる音と、池の岸に寄せる漣の音だけが静寂を破る。風は日没とともにやみ、広大な木々の国を乱すものは何もない。静けさと寂しさのゆえに信仰されている森の神がいるとしたら、この凄絶な森の景色をどこかで絵に描いているかもしれない。三日月形をなして前方にのびる五十島ヶ池は端から端まで十五マイルほどもあり、野営を張っているところから五マイルは離れている。赤黄色の夕空はシンプソンが知るかぎりのどんな空よりも鮮やかに晴れわたり、小刻みに揺らぐ水面に薄く燃える火のような筋を落としていく。池には五十と言わず百もの島々が、魔法の国の妖精が乗る帆船団のように浮かぶ。岸を縁どる松木立の稜線が繊細な指先で空に触れ、暮色が褪せていくにつれさらに指先を上へのばす――そうやって帆船団の錨をあげ、天への航海がはじまるのかもしれない。すぐそばに荒涼と広がる池を漕ぐよりはむしろ。

夕色に染まる細長い雲も幟《のぼり》のようにたなびき、星々の国への旅立ちを告げる……

この景色の美しさには奇妙なほど気持ちを昂ぶらせるものがある。シンプソンはそれを楽しみながら魚を焼こうとして、フライパンを火の上で操りそこねて指を火傷したほどだった。だがその一方で、心の深いところでは大自然の別の側面にも思いが及んでいた。それは自然が人の生命に対して無関心であること、人間など歯牙にもかけない原野の無慈悲な厳粛さだ。ましてやデファーゴがいない今、いっそうの孤独感が身に迫らずにはいない。そのとき案内人の男の戻ってくる足音が聞こえ、シンプソンは思わずあたりを見まわし耳を澄ました。

深い安堵に包まれたが、半面大きな教訓にもなった。そう思うとつい不安に駆られた。「もし彼に何かあって、戻ってこなかったら――ぼくはどうすればよかっただろうか?」と。

二人揃った嬉しさのうちに夕食を楽しんだ。贅沢すぎるほどの量の魚を食し、ミルクがないため濃すぎるままのお茶を飲んだ。ほとんど飲まず食わずで三十マイルもの強行軍の旅をしたあとだからこそ飲めたものの、そうでなければ命を縮めるほどの強いお茶だった。食事が済むと、赤々と燃える焚き火を挟んで煙草を喫《す》いながら、話をして笑ったり、疲れた四肢をのばしたりした。そしてつぎの日の予定について相談した。デファーゴは活力を持続させてはいたが、鹿がいる形跡を見つけられずに戻ったことには落胆しているようだった。夕暮れの森が暗すぎてあまり遠くまで行けなかったためもあり、野火跡《ブルーレ》の惨状がひどすぎたせいもあると言う。着ているものも手も炭で汚れていた。シンプソンはそのようすを見ているうちに、自分たちが置かれている状況があらためてはっきりと自覚されてきた――原始林のただなかに二人きりでいることの意味が。

「なあデファーゴ」と彼は切りだした。「この森は、人が慣れるには少し大きすぎるような気がするな――不安なく旅をつづけるには、ってことさ。そう思わないか？」

彼はそのときの気分を口に出してみたまでであって、案内人の男がそれを妙に真剣に受けとり、おごそかすぎる口調で答えてくることまでは予想していなかった。

「あんたの言うとおりだよ、シンプソン兄い」デファーゴは茶色の瞳でさぐるようにまじまじと見返しながら言った。「ほんとにそのとおりだ。この森には果てがねえんだ――どこまでもつづいてるのさ」そしていちだんと声を低め、半ば独り言のようにつけ加えた。「どこへ行ったかわからなくなった猟師が大勢いるが、みんなそういう果てしなさを知っちまったんだろうな！」

デファーゴの物言いは到底好ましいものではなかった。この景色や環境のなかで聞くには厭な感じがしすぎる。シンプソンは話題を切り出したことを悔いた。すると急に伯父の言葉が思い出された。人は人跡未踏の大自然に魅せられたとき、われ知らず奥地へ踏み入りすぎてしまうことがあるものだと、キャスカート博士は言っていた。半ば惹き寄せられ、半ば欺かれて、やがては死にいたることもあると。すると、この案内人の男にはそういう危険な気質があるのではないかと思えてきた。そこで会話を別の方向へ持っていこうと考え、ハンクや博士の話題を持ち出して、どちらの組が先に箆鹿を見つけるかと競争心を煽るようなことを言った。

「ひょっとすると連中、西へ行きすぎてるもしれねえな」デファーゴが冗談めかす口調で応じた。「今ごろはおれたちから六十マイルも離れてるかも——中間であの差し掛け小屋に居残ってるプンクのやつは、魚とコーヒーでたらふくになりすぎて腹が破裂してるんじゃねえか?」

そのさまを想像して二人は笑い合った。だがさりげなく話題に出された六十マイルという距離に、シンプソンは自分たちが分け入ったこの土地の途方もない広大さをまたしても思い出すことになった。六十マイルなどここではわずか一歩にも満たない。二百マイルでやっと一歩にひとしい程度だろう。行方不明になった猟師たちの話がしつこく頭に残っている。この巨大な森の美しさに惹かれてあてどもなく深みに迷いこんだ者たちの熱情と神秘が、心地よいとは言いがたい鮮明さで脳裏に描かれる。そんな歓迎すべからざる空想につい拘泥してしまうのは、やはりデファーゴの物腰に影響されたせいではないか——ぼんやりとながらそう思わざるをえなかった。

「古謡《うた》でも唄ってくれないか、デファーゴ。もし疲れていなければだけど」とシンプソンは水を向けた。「この前の夜唄ってた昔の猟師歌《ボヤージュ》でもいいよ」

そう頼みながら煙草の小袋を手わたし、自分のパイプにも少し詰めた。フランス系カナダ人の男は難色を示すこともなく、池のほうまで響きそうな朗々たる声で唄い出した。樵《きこり》や猟師が仕事のきびしさを少しでも軽減するための歌だ。心に訴える情緒の香りがただよう。開拓者時代の古き佳き雰囲気を彷彿とさせる。土着の民がまだ自然と一体となっていた時代で、戦いが絶えずあり、故国イギリスは今よりはるかに遠かっただろう。歌声は池の上までもわたっていくが、その向こうに広がる森はそれをひと息で呑みこんでしまうかのようで、反響も許さない。

三つめの歌の半ばまで来たとき、シンプソンは何か妙なものを感じた——はるか遠い森の景色の想像から不意に現実に引き戻されるに足る何かだった。デファーゴの声が急に奇妙な調子に変化したのだ。そうと気づく前に胸騒ぎが先に襲い、思わず顔をあげた。デファーゴは依然として唄いつづけながらも、森のなかを覗きこんでいるようだった。何かを聞きつけたかあるいは目にとめでもしたかのように。歌声は急速にか細くなっていき——ささやき程度となったあと——唄うのをまったくやめてしまった。と同時に、驚かせるほどの突然さですっくと立ちあがったと思うと——あたりの臭いを嗅ぎはじめた。犬が嗅覚を発揮するときのように、鋭く短く鼻孔に空気を吸いこんでいる。すばやくあちらこちらへ顔を向けて、全方角を嗅いだあと、最後に池の西側の岸を指さした。不安を誘う仕草であり、目を瞠らせる劇的な動きだった。シンプソンは見守るうちにも不穏な動悸を禁じえなかった。

「何ごとだ？　驚かせないでくれ！」そう怒鳴りながら立ちあがり、すぐそばにいるデファーゴの肩越しに暗がりへ目を凝らした。「どうしたって言うんだ？　何か怖いものでも——」

その問いがすべて口から出終わるよりも前に、問うまでもないことだと気づいていた。フランス系カナダ人の男の顔がすっかり青褪めているのは、ひと目見ただけで明らかだった。肌の日焼けと焚き火による顔の照りもそれを隠しおおせてはいない。

シンプソン自身もかすかに震え出し、膝がガクガクしてきた。

「どうしたんだ？」と口早にくりかえす。「鹿の臭いがしたのか？　それとも——何かほかのよくないものでも？」われ知らず声をひそめていた。

森は壁のように高く二人を囲んでいる。近くの木々の幹は焚き火の明かりを浴びて赤銅色に輝くが、その向こうは――さながら死のような静寂と暗闇があるのみだ。背後で微風がそよぎ、落ち葉が一枚地面から浮きあがった。目をやるうちにもふたたび地面に落ち、ほかの落ち葉を乱すこともない。まるで無数の目に見えない原因が寄り合わさり、わずかな目に見える動きを生み出したかのようだ。あたかも何かの命が二人のまわりで数多《あまた》脈打ち――すぐまた失せたがごとくに。

デファーゴが不意にシンプソンへ顔を向けた。生気に満ちていた顔色が灰色に変わっている。

「音が聞こえたわけでも、臭いがしたわけでもねえ――」脅威をこめるようにゆっくりと話す声には、これまでにはなかった奇妙に突き放すような調子がある。「ただ――ちょっと気配をうかがっただけさ。何か訊くときのあんたは、いつもせっかちでいけねえ」そのあと、いかにも自然さを装うわざとらしい声で言った。「マッチを持ってるかね、兄い？」そして、唄いはじめる前に半分ほど詰めておいたパイプの煙草に火を点けた。

二人ともそれ以上は口を開かず、火のそばに戻り腰をおろした。デファーゴは最前とは居場所を変え、向かい風の位置に坐った。その目的は素人にもわかる。聴覚と嗅覚をより発揮しやすくするためだ――あらゆる音と臭いを逃すまいとしている。森を背にし池に顔を向けたことからして、驚異的なほど鍛えられた彼の五感が何かしら警告を感知したのは森の方角ではないとわかる。

「もうわかってるだろうが、今はあまり唄いてえ気分じゃねえんだ」訊かれたわけでもないのにそう言い訳した。「あの古謡《うた》は昔の厭なことを思い出させるんでな。だから唄い出さなきゃよかった。どうしても想像しちまうんだ。わかるかい？」
ひどく心を動揺させる何かに抗いつづけているのは明らかだ。それをシンプソンに理解させようとしている。だがその説明のうち本心は一部でしかなく、ほとんどは嘘だろう。しかも相手がそれを真に受けるはずがないことまで承知のうえで言っているのだ。そこに立って空気の臭いを嗅ぐ自分の顔にありありと恐怖の色が出ているとわかっていても、そのわけを説明することなど到底できないと思っている。このままではいかに焚き火を赤々と燃やそうと、いかに何ごともなかったように会話をつづけようと、もう今までどおりにすごすことなどできない。デファーゴの顔と態度に束の間表われた生々しい恐怖の影が、今やそれ自体意志を持ったかのように、おぼろながらも確実にシンプソンにまで伝わってくる。デファーゴが隠そうとすればするほど、それは強まる一方だ。しかもこの言い知れぬ不安感に加えて、問い質しても無駄らしいという思いがいっそう事態をむずかしくしている。さらにはシンプソン自身にはまったくわけがわからないというのも……原住民のこと、森の生き物たちのこと、そして山火事のこと——彼にはすべての知識が足りなすぎるのだ。だからいくら想像を働かせようとしても徒労に終わるのみで……

それでもどうにか我慢して、焚き火で体を炙りながら煙草を喫ったり会話に努めたりするうちに、おだやかな仮野営を突然侵犯した恐怖の影はいつしか薄らいでいった。デファーゴも努力したと見え、いつもの物静かな態度に戻っていた。シンプソンもことの真相を少し大げさに勘ぐりすぎたかもしれないと思いなおした。あるいはまた、大自然の持つ強い力のおかげで恐怖が退《ひ》いたのか。いずれの理由によるにせよ、先ほどまでの怖い気持ちが、湧き起こったときと同様の不可解さで、何ごともなかったように失せてしまった。子供によくある理由のない怯えに囚われただけかも——そんなふうにさえ考えはじめた。この広大で凄絶な景観のゆえに無意識裡の興奮が血を沸き立たせたとも考えられるし、あるいはまた孤絶感や疲労のためもありそうだ。デファーゴの顔色のいつにない蒼白さは依然として説明できないが、それとてじつは焚き火の明るさのせいにすぎないとも思え、ひょっとしたらシンプソン自身想像をたくましくしすぎていた可能性すら……そう考えると腑に落ちる気がした、彼は結局のところスコットランド人なのだから。

いつにない感情が湧き起こってまたすぐ失せた場合、人はその原因をあれこれと言い訳づけようとするものだ……そう思って苦笑しつつ、最後の一服をつけた。スコットランドに帰ればいい思い出話になるだろう。だがその苦笑自体が心の底にまだ恐怖がひそんでいる徴《しるし》であることには気づいていなかった。笑いとは、深刻な危機意識を持つ者が、それを否定すべく自らを説得するときにもちいる習慣的な方法なのだから。

ところがデファーゴは彼のそのかすかな笑い声を聞きつけたらしく、驚いた表情で顔をあげた。二人の男たちは揃って立ちあがると、就寝する前に焚き火の燠を蹴りつけて消した。午後十時だった——狩りをする者が起きているには晩すぎる時間だ。

「何が可笑しいんだい？」デファーゴがさもさりげなさそうな調子で訊いてきた。

「いやなに——故郷のちっぽけな森のことをね、ちょっと思い出したんだ」シンプソンはその問いかけのせいで、真に心を占めていることにいきなり引き戻された気がしてうろたえ、ついつっかんがちになった。「それで、莫迦でかくてものすごいこの森と、つい比べちまったってわけさ」と両腕を広げ、周囲の大原始林を示した。

すぐあとには二人とも何も言わず、一瞬沈黙が支配した。

「仮にそうでも、もしおれがあんたなら、笑いゃしねえがね」デファーゴはそう言うと、シンプソンの肩越しに暗闇を見やった。「このあたりにゃ、まだだれも見たことがねえ場所がたくさんあるんだ――どんなものがひそんでるか、だれも知らねえところがな」

「それほど――広すぎる森だってことか？」案内人の言い方に脅威と戦慄を覚えていた。

デファーゴはうなずいた。その表情は昏い。彼も不安を感じているのだ。これほどの規模の原生林の奥地には、文明圏にいる者が決して見ることも踏み歩くこともない場所が必ずあるはずだとは、シンプソンにも理解できる。そんなふうに考えるのは心地よいこととは言いがたい。それでわざと陽気で大きな声を出し、そろそろ床《とこ》に就く時間だなと言った。だが案内人の男はその場に居残り、なおも焚き火をいじくっていた。徒《いたずら》に石の位置をなおしたり、そのほかにも必要のないこまごまとしたことをやりつづけた。いかにも何か言いたいことがありながら、言い出す踏ん切りがつかないというふうだった。

「なあ、シンプソン兄い」最後の火の粉が宙へ舞ったとき、デファーゴが不意に言った。「何か匂わなかったかい？　いや――ほんのちょっとした臭いなんだが」

さもよくある問いかけというふうに見せているが、内心には相当真剣なものを秘めているようだ。そう察すると、シンプソンの背筋を震えが駆けおりた。

「薪が燃える臭いのほかは、何もないがね」もう一度燠を蹴りながら、そうきっぱりと答えた。蹴った音に自分でビクッとしてしまった。

「たしかに匂わなかったか——夜になってからずっと?」案内人の男は薄闇を透かして見すえながら、しつこく質す。「今まで嗅いだことのねえ奇妙な臭いが、ほんとにしなかったか?」

「だから何もなかったよ。嘘なものか!」シンプソンは半ば苛立ちながら勢いこんで言い返した。

デファーゴの顔がパッと明るんだ。「そいつぁよかった!」本心からホッとしたらしい声だ。「そんならいいんだ」

「おまえはどうなんだ?」シンプソンは鋭く問い返したが、すぐに後悔した。

カナダ人の男が闇のなかで体を近づけてきたと思うと、かぶりを振った。

「おれも気のせいだろうとは思うんだ」どこか自信のない答え方だ。「古謡《うた》のせいで匂うような気がしただけかもしれねえ。森の奥地で唄われてきた歌だからな、樵《きこり》の野営地なんかでな。近くをうろついてるウェンディゴが怖くなったとき、早くどこかへ往《い》かせるために——」

「ウェンディゴ? 何だそれは?」シンプソンはすばやく訊き返した。

またも神経に障るような震えを止められないことに彼自身苛立っていた。相手の恐怖が自分にも伝わってくるのを、のみならずその原因までもが迫ってくるのを感じた。だが押し寄せる強い好奇心が怖さに打ち克ち、判断を誤らせた。

デファーゴがすばやく振り向き、怒鳴り返すかと思われるような顔で睨みつけた。目はぎらつき、口は大きくあけられている。だがその口を突いて出たのは、低く沈んだささやき声だった。

「何てこともねえさ――酔いどれの樵どもが酒を飲みすぎたときに思い浮かべるものにすぎねえ――そういうでかい生き物が森の奥にひそんでいるんだ、ってな」と言って顔を北のほうへ向けた。「森にいるほかのどんな獣よりでかくて、しかも稲妻みてえにはしっこいんだそうだ。それに何より、そいつを見ちゃいけねえと言われてる――それだけのことさ！」

「森に伝わる迷信か――」とシンプソンは言いかけたが、あわててテントのほうへ駆けだした。デファーゴがいきなり腕を摑《つか》んできたのを振り払うためだった。「いい加減お開きにして、あっちへ行くぞ――角灯《ランタン》を点けるのを忘れるなよ。明日の朝も早いから、そろそろ寝ないとな……」

だが案内人の男は背を向けようとしているところだった。

「先に行っててくれ」暗がりのなかからそう答えた。「すぐ行くから」

デファーゴは少し遅れてテントに着き、持ってきた角灯を正面支柱の釘にかけた。それに伴い、木立の影が一斉に向きを変えた。彼がロープにつまずいて転がりこむようになかに入ってくると、テント全体が突風でも受けたように大きく揺らいだ。

柔らかなバルサム樅の大枝を巧みに組み合わせて作った寝床に、二人は着替えもせず横たわった。テントのなかは暖かく寝心地もいい。一方外では密集する木々が無数の影を率いながらテントをとり囲み、さながら森の大海原がちっぽけな白い貝殻を押し包むさまのようだ。

テントのなかに二人きりでいる者たちも、夜が生む影とは別の影に押し包まれるのを感じていた。すなわち、あの原因不明な恐怖感が心に投げかける影だ。あのときデファーゴが古謡を唄っているさなかに突然湧き起こったそれは、いまだに決してぬぐい去られることがない。シンプソンは横臥したまま、垂れ蓋をあけてあるテントの出入口から外の闇を覗き見ながら、深い眠りに落ちるべく努めた。そよとも風の吹かない原始林のまったき静寂を感じつつ……やがて夜が重みと嵩《かさ》を増しながら意識のなかに侵入し帳《とばり》を閉ざすと……ようやく眠りが訪れ……

3

シンプソン自身は寝入ったつもりでいた。だがテントの垂れ蓋の向こうでたしかに漣《さざなみ》の音が聞こえ、それが動悸の収まった脈拍と軌を一にしていることを認識したとき、依然として目をあけたまま横たわっていることに気づいた。と同時に、その細くつぶやくような水の撥ね音に混じって、別の新たな音が欺くようなかすかさで聞こえていることにも。

それが何の音かわかるよりも前に、苛立ちと警戒心が頭のなかで渦巻いた。耳を澄ますが、初めのうちは耳のなかでまたも脈が大きく鳴りだしたため、正体を捉えられなかった。あれは五十島ヶ池から聞こえる音か？　それとも森から？

が、心臓の動悸を伴いつつ突然に察せられたのは、その音がテントのなかのすぐ身近から聞こえていることだった。もっとよく聞こえるようにと寝返りを打つと、まちがいなく二フィートと離れていないところだとわかった。それは泣き声だった。デファーゴが枝作りの寝床に坐りこんで、暗がりのなかで嗚咽しているのだ。それはもうかなりの泣きぶりで、毛布を口のなかに詰めて声を殺しているのだった。

何のせいかと考えたり思い返したりするよりも前にシンプソンが覚えたのは、どっと湧きあがってくるいたわりと慰めの情だった。これほどの隔絶の地で、こんなに人間味と親近感にあふれた人の声を耳にしては、哀れみを覚えずにいられない。あまりにもこの場に似つかわしからず、しかもあまりに虚しいその響きに、同情せずにいられようか！　これほど非情にして巨大すぎる原野の深奥で――涙を流すとは。泣いて何の助けになろう？　大西洋の真ん中で幼い子供が泣くようなものだ……が、あらためて事態を認識し、先ほどまでの経緯を思い出してみると、卒然と恐怖がおりてきて、体に流れる血を冷たくするのだった。

「デファーゴ」と小声で呼びかけた。「どうしたんだ？」声にやさしさをこめようと努めた。「何かつらいことでも――耐え切れないことでもあるのか？」

返事がない。と思うと、不意に泣き声がやんだ。シンプソンは手をのばし、デファーゴに触れた。相手の体はそれに反応しない。

「起きているんじゃないのか？」眠ったままで泣いていたのかと思えた。「寒いのか？」

脚に毛布がかかっておらず、しかも両足ともテントの出入口から外に突き出されていることがわかった。シンプソンは自分の毛布を広げて、一部をデファーゴにかけてやった。どうやら寝床の外に転がり出ていたようで、樅の大枝までが一緒に引っぱられていた。体を引き戻してやったものかどうか悩ましいところだ、起こしてしまう惧れがあるので。

遠慮がちに一、二度小声で問いかけたが、数分待っても返事はなく、反応すらない。ほどなく静かな寝息が聞こえるだけとなった。胸にそっと手をあててみると、おだやかに上下していた。

「具合が悪かったら言えよ」そうささやきかけた。「何かしてほしいことがあったらな。もし——おかしな感じがしたら——すぐぼくを起こせ」

ほかにはかける言葉もない。シンプソンはふたたび横たわり、いったいこの成り行きは何なのだろうと訝った。デファーゴが眠りながら泣いていたことだけはもちろんわかる。何か悪い夢にでも悩まされていたのだろうとも思える。だがそれでもなお、このすさまじいほどの静寂に満ちた大森林のなかで聞く哀れをきわめた嗚咽の声は到底忘れがたく……

これまでの一連の経過にシンプソン自身ずっと心を乱されてきたが、つい今し方のこれもとくに不可解な出来事のひとつだ。歓迎すべからざる仄めかしを感じても、理性でどうにかそれをねじ伏せてはいるが、不安感が残るのは否めない。つねならざる不可解な何かが深いところに居坐わり、離れるのを拒んでいるようで……

4

だが長い眠りはいかなる感情にも打ち克つ。思いはふたたびさまざまな方向へさまよった。心地よい暖かさと疲労に体をゆだねて眠りをむさぼる。夜はおだやかでいたわり深く、厭な記憶と警戒心を和らげてくれる。周囲のこともすべて忘れ、一時間半ほども昏々としつづけた。

だがこの場合、眠りこそ最大の敵だった。迫る危険を隠し、用心を鈍らせてしまう。

悪夢めいた出来事の数々がしばしばあまりに強い現実感を伴ってせめぎ合うため、それぞれの出来事の細部がたがいに矛盾し合い、これまでの経緯全体の様相を疑わしいものに思わせるかのようだ。起こったことのひとつひとつはたしかに事実であるにもかかわらず、それらの末端のどこかが混乱のなかで見すごされているのではないかと思えてくる。あるいは、一部はたしかに起こったことだが、ほかはただの思いこみかもしれないとも。眠っているときでも意識の奥底では何かが目覚め、今にも判定をくだそうとしているようだ——「これらのことはすべてが現実というわけではない。目覚めればそうとわかるはずだ」と。

そんな思いのあれこれがしばらくシンプソンを苛んだ。発生していることのそれぞれは必ずしも説明がつかなかったり信じがたかったりするものではないのに、冷たい恐怖を伴う事象を一連のものとして目で見あるいは耳で聞いてきた者にとっては、どうしても不可解さが残ってしまう。パズルを解くための小さなピースがどこかに隠され、それを見すごしているのではないかと考えざるをえなくなるのだ。

シンプソンの記憶によれば、テント内の上のほうから突然何かが激しい勢いで駆けおりてきて、出入口のほうへと走っていったようだった。目覚めを余儀なくされた彼は、隣で寝ているデファーゴが跳ね起き、震えていることに気づいた。朝日の薄明りがテントの厚布にデファーゴの影を投じていたので、床に就いてから数時間が経過しているとわかった。案内人の男はこのたびは泣いてはいなかったが、その代わり体の震えは木の葉が揺らぐような激しさだった。震えは毛布を通じてシンプソンの全身にまで波及するかのようだ。案内人はまるで彼を楯にするように寄りすがってきた。テントの垂れ蓋のすぐ外にひそむ何かを恐れてたじろいでいるらしかった。

それでシンプソンは大声で何ごとか言葉をかけた——突然の目覚めによる混乱のせいで、自分でも何と言ったのか憶えていなかった——が、返事がない。わけのわからない悪夢めいた恐ろしい気配があたりにただよっているようで、動くのも口を利くのもむずかしい。最初は自分がどこにいるのかも——以前に張った野営のどれかか、はたまた故郷アバディーンの自宅の寝室か——判然としなかった。それほど意識が混乱をきわめていた。

次の瞬間——じつのところ目覚めとほとんど同時かとすら思えたが——テントの外を支配していた夜明けどきの静けさが、突然の大音声《だいおんじょう》によって破られた。もちろん予感などなく、耳に訴えるいかなる前触れもなかったため、言うに言われぬ恐怖が伴った。それはたしかに声で——シンプソンがのちに証言したところでは人間の声と思えたと言う——低くしわがれていながらも明瞭で、テントのすぐ外でわめいているようだった。しかも地面ではなく頭上からのようで、音量はきわめて大きくてよく通る響きで、人を誘うようなところもある、じつに奇妙な声だ。どうやら三つの音節あるいは発声に分かれているとおぼしく、どこかしら古めかしくもありながらはっきりそうと認識できる発音で、「デー——ファー——ゴ!」と名前を呼んでいるのだった。

だがシンプソンはその発音の仕方を正確に再現することはできないと認めた。それまでの半生で聞いたいかなる人の声ともちがっていたためで、彼の証言によれば、「風が吹く音のような叫び」であると同時に、「どこか人間離れした、原始的で野性的な力強さのある響き」でもあり、そうした異なった特質が半ばするような声だったと言う……

そしてその声がまだやまないうちに——深々とした静寂に返るよりも前に——案内人の男がは

じかれたようにすばやく立ちあがったと思うと、何と言っているのかわからない叫び声をあげた。弾みで支柱にしたたかぶつかり、テント全体が揺らいだ。慌てふためくようすで、足を進められる方向をさぐるように両腕をのばしたり、まとわりつく毛布を激しく蹴りつけたりした。そうやって一、二秒出入口のわきに立ちつくしたデファーゴの輪郭が、早暁の薄明のなかに黒い影を映じさせた。そのあと、シンプソンが止めようと手をのばすのよりも早く、ものすごい勢いで走り出したと思うと、出入口の垂れ蓋をくぐり抜け、外へ飛び出した。駆けながらわめくその声は――たしかに聞こえはしたが、あまりにすばやいためたちまちか細く遠ざかっていった――必死の恐怖に染まっている一方で、奇妙に熱狂的な歓喜の調子が感じられもした――

「おお、おお！　足に火が！　おれの足が燃えてる！　おお、おお！　こんなに高く、こんなに速く飛んでる！」

間もなく完全に聞こえなくなり、早朝の森はふたたび深いしじまに戻った。

あまりに急激な出来事で、隣の寝床にだれもいないのがわずかに現実だったことの証拠となっている以外は、すべてが眠りのなかで見た悪夢の記憶にすぎないかのようにすら思えた。だが寝床には走り去った男の温もりがたしかに残っており、わきには放り出された毛布が落ちている。テントも突然人が駆け出したせいで依然かすかに揺れている。シンプソンの耳ではあの奇妙な言葉がまだ響いていた――何かしらの衝撃に襲われた男が吐いた意味不明なわめき声が。しかも、この事態が尋常ではないと告げているのは単に視覚と聴覚のみではなかった。と言うのは、デファーゴが叫びながら走り出したとき、テントのなかにかすかながらも奇妙に刺激の強い臭いが立ちこめたように思えたからだ。そしてそれを思い出した瞬間、鼻孔に残るその異常な臭いの記憶が喉の奥にまでくだっていくのを感じ、おのずと立ちあがらずにはいられなかった——そしてシンプソン自らも思い切って外へ飛び出していた。

灰色の曙光が冷たくきらめきながら木立のあわいに降り注ぎ、まわりの景色をありありと浮かびあがらせていた。シンプソンの背後には露に濡れそぼったテントが立つ。焚き火の黒い灰はまだ熱をこもらせている。五十島ヶ池は霧におおわれて白く、そのなかから島々が羊毛に包まれたように浮かびあがる。その向こうの森では木々の合間の原っぱに積雪が点々と見える——すべてが冷えびえと静かで、日の盛りのときが来るのを待っている。だが飛び出していったデファーゴの気配だけはどこにもない。凍てつく森のなかのどこかをまだ必死で駆けているのか。その足音の名ごりはすでに聞こえない。叫んでいたあの声のこだまも。完全に——消えてしまった。

姿はどこにも見えないが、さっきまでそばにいた気配だけはまだ野営の周辺に強く残っている気がする。それと——染みついたように残るあの臭いも。

だがそれも今は急速に薄らごうとしている。シンプソンは激しい混乱にも抗して、臭いの原因を嗅ぎつけようと努めた。だが意識の深いところにまではすぐに入ってこない逃げやすいものを嗅ぎ分けることは、非常に微妙な精神の作用を要する。結局失敗に終わった。しっかりとは嗅ぎとれずにいるうちに、いかなる種類のものかわからないまま消えてしまった。おおよその判断すらくだしようがない。これまでまったく嗅いだことのない臭いだった。ライオンのような野生動物とは微妙に異なるような、もっと酸味がかった、それでいてまろやかなようでもあり、心地よいとは言えないながらもどこか甘やかで、言ってみれば、荒廃した庭園の病葉《わくらば》や土壌を思わせるような臭いであり、そこに巨大森林にただようそのほかの数知れぬ臭気が加わっているというふうであった。だがシンプソンはこうした野生の気を嗅ぐとき、「ライオンのような臭い」という呼び方でひと括りにするのがつねだった。

その臭いもすっかり失せた今、いつの間にか焚き火のそばに呆然と立ちつくしていることに気づいた。わけのわからない恐怖感だけが残り、いつ何かしらの凶事に襲われてもおかしくない気分だった。今この瞬間にでも野鼠《のねずみ》が岩くれ越しに鼻先を突き出したり、あるいは栗鼠《りす》が木の幹を駆けおりたりでもしようものなら、それだけでも卒倒してしまうかもしれない。それほどにここまでの経過のすべてに得体の知れない恐怖がひそんでいるようで……しかも混乱しすぎているせいで、それに抗えるだけの自制をとり戻す余裕もないありさまだ。

だが何も起らなかった。目覚めつつある森のなかを柔らかな風が吹き抜け、楓の葉がそこかしこで震えながら地面へと舞い落ちる。空が急速に明るんできた。冷えた大気が頬と無帽の頭を撫でていく。その寒さにシンプソンは思わず身震いした。が、すぐに気を引き締めなおし、今この森のなかに独りでいるのだとあらためて自らに言い聞かせた——と同時に、姿を消したデファーゴを探して救い出すためただちに行動を起こさねばならない、と。

そこで思い切って捜索をはじめたが、予想をも超えて困難をきわめた。まわりを原始林に囲まれ、後方を広い池にさえぎられているなかで、体の奥では恐れの気持ちが悲鳴をあげ、難局に慣れぬ者が陥りがちな徒手空拳をまぬがれなかった。迷った子供のように四方八方へやみくもに駆けずりまわり、案内人の男の名前をやむことなく呼びつづけるばかりだ。
「デファーゴ！　デファーゴ！　デファーゴ！」呼ぶごとに森がわずかに細い声でこだまを返す——「デファーゴ！　デファーゴ！　デファーゴ！」

雪の残るところに短くついている足跡をたどり、木々が密集し雪が途絶えたところでまたそれを見失う。呼びつづけるあまり声が嗄《か》れ、ついにはこだまも戻らなくなり、静まり返った森がふたたび恐怖で押し包みはじめた。徒労をつづけるほどに混乱はより深まる。疲れと消耗はつのる一方で、ついには体力の限界を感じ、テントへと引き返さざるをえなくなった。帰りの道筋をたどれることさえ奇蹟的だった。何度も誤った方向へ行きそうになりながらもどうにかたどりつづけたすえに、ようやく木々のあいだにテントの白布が見え、無事に帰り着くことができた。

疲労はおのずと癒えていき、やがて落ちつきが戻った。焚き火を点けなおし、朝食にありつく。熱いコーヒーとベーコンのおかげでわずかながらも生気が蘇ると、今し方までの自分が子供のように振る舞っていたことにあらためて気づいた。よりしっかりと状況に向き合えるようになり、自然と回復した体力も助けとなった。捜索するなら徹底的にやらなければと意を決した。先ほどの失敗の教訓から、なんとかして本拠の野営まで一旦引き返し、助けを呼んだほうがいい。

すぐにその考えを実行に移した。食糧とマッチとライフル銃を携え、道筋の目印を木々につけていくための手斧も持って出発した。ときは午前八時で、太陽は森の真上の雲もない空に輝いている。テントを留守にしているあいだにデファーゴが戻ってきた場合にそなえ、焚き火のそばに立てた杭にメモを留めてきた。

このたびは細心に考えた案に沿い、来たときとは別の進路を選んだ。大きくまわりこむことによって、どこかでデファーゴの足跡に巡り合えるかもしれないと考えた。すると四半マイルも進まないうちに、雪の上についた大きな獣のものらしい足跡に出くわした。しかもそのわきには、より小さく目方も軽いとおぼしい生き物の跡も見てとれた——明らかに人間の、すなわちデファーゴの足跡だ。たちどころに安堵を覚えた——が、ほんの一瞬のことだった。それらの足跡がこれまでの経過の原因を物語っていることにひと目で気づいたからだ。大きな獣の足跡はおそらく箆鹿のものだ。鹿は風に逆らってさまよい歩いているときに偶然にも仮野営に遭遇し、道筋を過ったという危機感から思わず声をあげた、それがあの咆哮だったのだ。デファーゴは狩人の本能が不思議なほど発達した男なので、鹿の臭いが風に乗って流れてくることに早くから気づいていた。その興奮が極に達し、それであんなに急に飛び出していったのだろう——

だがその説明には無理があると覚ると、たちまち色褪せていった。狩猟地案内人ともあろう者が、ましてデファーゴほど能力に長けた者が、銃も持たずあんなに無謀に駆け出していくはずがない！……彼の行動にはもっと複雑な原因があるとしか思えない。記憶が細部まで蘇るほどにそう思えてくる——恐怖に満ちたあの叫び、意味不明な言葉、新たな臭いを嗅ぎつけたときの青褪めた表情、闇のなかでむせび泣いていたあの声、そして——これはつい今し方初めておぼろに思い出したことだが——初めのころから仄めかしていたこのあたりの森への忌避の気持ち……

しかも、今シンプソンが近寄ってつぶさに見たところ、そもそもこの足跡は箆鹿のものではない！　獣の足跡に関しては、ハンクが箆鹿の肢《あし》と牝牛《めうし》や仔牛《こうし》の蹄《ひづめ》とのちがいを説明してくれたことがあった。剥ぎとった白樺の樹皮に図まで描いてみせた。この足跡はそれらのどれともまったくちがっている。広く大きくて丸みを帯び、蹄を思わせる鋭角的なところがない。ひょっとして熊の肢ならこういう形をしているだろうか。ほかには思いつかない。馴鹿《となかい》となると、今季はこのあたりまで南下してはいないはずだし、仮にいたとしても、残していくのは当然蹄の跡だ。

なんとも不吉な徴《しるし》だ――この謎めいた足跡を雪の上に残した未知なる獣は、デファーゴを安全圏の外へ誘い出したのだ。夜明けの静けさを破ったあの気味悪い音のことを考え併せると、強い不安が心を震わせた。激しい動揺が襲う。成り行きのすべてに脅威を感じる。しかも、身をかがめて足跡をより間近に観察しているとき、酸味を含む甘やかな臭いがかすかに鼻を突き、思わず顔を引き離した。急激なむかつきに抗わねばならなかった。

そのあと、記憶の蘇りがさらによからぬ攻めを仕掛けてきた。率然と思い出されたのは、テントの端から突き出していた毛布のかかっていない二本の脚と、体を引きずるようにして出入口のほうへ向かっていった何かのことだ。そしてシンプソンがそのせいで目を覚ましたとき、デファーゴが出入口の外にいるものに怯えるように震えあがっていたことも。それらの出来事の細部の数々が今群れをなして、震える心に襲いかかろうとしていた。記憶の群れが寄り集まる静かな森の深みでは、木々たちが耳を欹《そばだ》て、シンプソンがこれから何をするかと見すえながら待ち受けている。そして包囲を徐々に狭めてくる。

そこで勇気をふたたび奮い立たせ、前進をはじめた。意志を挫《くじ》こうとする厭な感情を抑え、足跡から逸れぬよう注意しつつたどっていく。引き返すときの道筋を見失わないため、木々の皮を斧で剥ぎとりながら進む。数分置きにデファーゴの名前を大声で呼ぶ。斧が太い幹を打つ鈍い響きと、自分の声の不自然な抑揚とがいつしか怖く思え、どちらも出しづらくなってきた。声も音も人がここにいることを知らせ、その位置までも告げるものとなる。もしそれによって何かがシンプソンに襲いかかろうとしているとすれば、同じようにしてデファーゴも――

だがそんな考えが頭をもたげるや否や、気持ちを強くして抑えこんだ。そうしたよからぬ想像をひとたびはじめてしまうと、身の破滅を早めることになるばかりだ。

雪は木々のない場所に薄く積もっているだけで、いたるところにではない。それでも最初の数マイルは足跡をたどるのにさほど難はなかった。木立が邪魔をしないかぎりまっすぐにつづいていた。そのうちに獣の足跡の歩幅がどんどん広くなり、ついには普通の動物では考えられないほどの長い間隔となった。まるで大きく跳躍しながら走っているかのようだ。あるところの歩幅を目測すると、およそ十八フィートもあろうかと思われた。もちろん多少の誤差はあるにせよ、それだけの間隔のなかに雪があっても足跡がついていないのはたしかであり、なんとも信じがたいことだ。しかもそれにも増して当惑させられるのは、デファーゴの歩幅も同じように広がっていき、はどなく同様の驚くべき長さとなった。あたかも大きな獣がデファーゴをかかえ、それだけの距離ごとに跳びながら運んでいる、とでもいったふうだ。シンプソンは脚の長さではデファーゴに勝るが、助走をつけて跳躍してみても、半分の距離も跳べないとわかった。

それほどの途方もない歩幅を持つふた筋の足跡が横並びでつづいているさまは、激しい恐怖かあるいは狂気に衝き動かされての暴走の結果とでも考えるしかなく、思わず震えあがらずにはいられない。その衝撃は魂の秘められた深みまでも揺さぶるかのようだ。シンプソンがこれまで目にしてきたいかなる光景よりも恐ろしいものと言ってよかった。そのあとはほとんど呆然とした心持ちで、仕方なしに足跡をたどりつづけるしかなかった。ときおり肩越しに振り返り、自分までもが大きな歩幅を持つ何かにあとを尾《つ》けられていはしないかと窺い見た……しかしほどなく、これらのことが何を意味するかさえ、もはや考えられなくなっていた――つい数時間前まで同じテントのなかで会話を交わし合い、笑い合い、すぐそばで古謡《うた》まで唄ってくれた、仲間であり案内人である小柄なフランス系カナダ人の男と、あたかも行をともにするかのように雪の上に足跡を残していった、名も知らぬ野生の獣がいかなるものであるかさえも……

5

シンプソンのように年若く人生経験も浅く、スコットランド人特有の物静かさのみを特長とする者でも、常識と情理を具えているおかげで、これほどの難事を経てもなお、心の平衡だけはどうにか保つことができた。もしそれができていなかったとしたら、いかに虚勢を振りかざそうとしても、今し方目にしたあるふたつのことが引金となって、一目散にテントに逃げ帰っていたとしてもおかしくなかっただろう。だが彼はそうはせず、むしろライフル銃を持つ手により力をこめ、かつまた小教会《ウィーカーク》に入るために修業を積んできた胸のうちでは、天に向けて沈黙の祈りを唱えあげたのだった。目にしたものとは、件《くだん》のふた筋の足跡に生じていたある変化であり、しかもとくにデファーゴの足跡のほうに関し、唖然とするほどに信じがたい変わりようが見られた。

最初にそれに気づいたのは大きいほうの足跡においてであり、しばらく自分の目が信じられないほどだった。茶色い落ち葉のせいで奇妙な光と影の効果が生じてでもいるのか、あるいは細かく挽いた米の粉のように空中にただよう乾いた雪片のせいで、高みからの光と影がいたずらをしてでもいるのか？　それとも、大きな足跡がかすかに色を帯びているように見えるのは、それがたしかな事実であるからなのか？　そう訝るのは、この獣がつけた深い足跡の内側のへりに奇妙な赤みがかった色合いが生じており、しかも何かの物質によって雪がその色に染められたというよりは、光の具合によってそんなふうに見えるように思われるためであった。今やすべての足跡に同じ色があり、のみならず先へ進むにつれ濃さを増していった——その謎めいた赤によって、まさに絵が新たな怪しい彩りを描き足されたかのようだ。

だがその原因に思い及ぶことができずにいるうちに、もう一方の足跡にも関心を向けざるをえなかった。そちらにも同じような変化が出ていはしないかと。するとあろうことか、そちらの変わり方はもっと厭な、はるかに強い恐怖感を覚えさせるものだとわかった。ここまでの百ヤードほどにわたって、デファーゴの足跡が彼と同行するものの足跡に次第に似てきているのだ。きわめて微妙な変化ではあるが、しかし見誤りようのない事実だ。変化がどこからはじまっているかは、見きわめるのがむずかしい。結果は疑問の余地がないにもかかわらず。より小さくてよりわかりやすい形をしていた人間の足跡が、今は隣に走る大きいほうの足跡を意識的に真似たかと思えるほどそっくりなものに変わっている。当然ながら、その足跡を作り出す足そのものが変化したのだ。そのさまを見すえるうちに、シンプソンのなかに激しい厭悪と戦慄が湧き起こった。

　このときになって初めて、追尾しつづけることにためらいを覚えた。が、すぐに怯えと迷いに自己嫌悪を感じ、急いで数歩先へ進んだ。つぎの瞬間、不意に足を止めた。眼前ですべての足跡が突然途絶えていた。人の跡も獣の跡もふっつりと消えてしまった。左右を見わたしたり前方百ヤードほどまで探したりしたが、無駄だった。わずかな痕跡も残さず――無に帰していた。

　そのあたりはちょうど木々の密集がいちだんと増しているところで、しかもすべて大樹ばかりだ。蝦夷松やカナダ栂のみで、低木はないにひとしい。立ちつくして四囲を見まわし、途方にくれた。考える力も失せた。それでもどうにか捜索を再開した。立ち止まってはまた探し、止まってはまた探す。だが事情は変わらなかった――何も見あたらない。先ほどまでずっと雪面に跡をつけてきた足が、地上を離れてしまったかのようだ！

　そして困惑と混乱の渦中にあるこのとき、恐怖感の鞭がこのうえない正確さで心臓を打ちすえた。すべての急所をいちどきに衝《つ》かれたかのように、一瞬にして感覚が麻痺した。これまでずっとこのときが来るのをひそかに恐れていたのだ――まさに今それが訪れていた。

　高度と距離がありすぎて耳を澄ましようもないほどの頭上はるかから、奇妙に弱々しい泣き声のようなものが聞こえた――案内人デファーゴの声だ！

　冬空のしじまのなか、泣き声はこのうえないほどの不安と恐怖を誘いながら降り注いでくる。シンプソンはわれ知らずライフル銃を足もとにとり落とした。いっとき動けず立ちすくんだまま、全身を耳にするかのように聞き入った。間もなく近間の木までよろめいていき、凭れかかって体をささえた。脳も心も惑乱していた。これまで知るかぎりの何よりも破壊的に胸を騒がせる出来事と思えた。すべての感覚が一挙に抜きとられ、胸のうちが空っぽになった気がする。

「おお、おお！　こんなに高い！　足が燃えてる！　足を燃やしながら、空を飛んでる……！」

空の高みから降ってくる声は、絶望的なまでの激しい嘆願の調子でそう言っている。だがひとしきりわめいたあと――原始林はふたたび耳を欹てるかのような静寂に返った。

シンプソンは束の間自分が何をしているかにさえ頭が追いつかずにいたが、気がつくとあちらこちらへ狂乱したように走りまわっていた。木の根や岩くれにつまずいてよろけながら必死に駆けずりまわり、助けを求めている者の名を呼んで探しまわった。ここまでの出来事の数々をめぐる感情を記憶の帳《とばり》の向こう側へ無理やり押し隠して、狼狽と恐懼《きょうく》のさなかでさまよい歩いた。目も心も脳も怯えに苛まれながら、移ろい迷わせる光を追いながら大海をさまよう船のように彷徨した。大自然の蕃神があのはるかな声で呼んでいるように思われた――破滅へと導く原野の神が誘惑しているかのように。救われがたい絶望の淵に迷いこんだ者の苦悶を今こそ思い知らされている気がした。究極の隔絶に追いこまれた者の飢渇と苦痛を味わわされていると思えた。この古々しく広大な森で狙われ追われつづけるデファーゴの幻影が見えるようだ。火を噴くように駆けつづけるあの男の姿が、シンプソンの廃墟と化した暗い脳裏に浮かぶ……

果てしないほどの時間がすぎたのちに、乱れ崩れた精神にようやく錨をおろせるところを見つけ、束の間ながらも考えを働かせられる余地を見いだした……

もはやあの泣き声はなかった。友を呼ぶ自分のしわがれた声にも反応は返らない。原始林の計り知れぬ力が声も届かないところにデファーゴをつれ去り、囚われの身としたのか――

それでもなお名を呼びながら捜索をつづけた。何時間もそうしていたと気づいたのは、ようやく諦めることにしたとき、すでに午後も晩くなっていたからだ。ついに追跡を断念し、五十島ヶ池の岸近くのテントに戻ろうと決意した。そうと決めたときも後ろ髪を引かれる思いはつづき、あの泣き声が依然耳のなかでこだましていた。途中でとり落としたライフル銃を苦労のあげくやっと見つけ、帰途の道筋もなんとか探しあてた。樹皮を剥いだ粗い目印をたどっていくには集中力を要する。それに空腹感が痛烈なまでにつのってきたことも、なんとか心を落ちつけねばという思いの助けになった。そうでなければ精神的疲労が遠からず極に達し、身を滅ぼしたかもしれない。徐々に気持ちが安定し、心の平衡と言えるものが戻ってきた。

だがつのりくる夕闇のなかでの帰途には恐ろしさがつきまとった。いくつもの足音にあとを尾《つ》けられているような気がした。嗤《わら》い声やささやき声が聞こえた。木や岩の陰に何かがうずくまっているのが見えるように思えた。何かの群れはたがいに合図し、シンプソンが通りかかったら襲いかかろうともくろんでいるのか。風のつぶやく声にさえビクッと怖気《おぞけ》立ち、思わず耳を澄まさずにはいられない。恐るおそる進み、すわのときは物陰に逃げこもうと心がけた。足音もできるかぎり立てずに。これまでは身を護ってくれているようだった森の暗さも、今は脅威となり危険なものと感じられる。怖さが先に立ち、あらゆる可能性が不吉なものとしか思えない。目に入るものすべての背後に言い知れぬ禍々しい何かがかいま見えるようで、戦慄を招かずにいない。

それでも結局どうにかしてテントに帰り着けたのは大いに褒められるべきことだ。もっと経験と熟練の力に富んだ者でも、これだけの艱難の道を無事に帰りおおせることはむずかしかっただろう。このうえは自らをよく制御し、あらゆることをよく考え、どう行動すべきかを練らねばならない。もはや眠ることすら危険であり、夜の闇のなかをやみくもに歩きまわるのも同様に慎むべきだ。そこで焚き火の前でライフル銃を手にしたまま坐りこみ、ひと晩じゅうまんじりともせずすごした。もちろん火はいっときも絶やしてはならない。警戒心を研ぎ澄まし不眠を保つのはつらさのきわみだが、なんとか完遂し、曙光がかいま見えるや否やただちに出発した。本拠の野営までの長い道中を踏破し、救援を求めねばならない。最前と同様に不在を知らせるメモを書き置きし、充分な食糧とマッチの隠し場所も記しておいた——見つけて盗む者などいようはずもないことは百も承知だが！

湖岸沿いをあるいは森のなかをシンプソンがいかに帰り抜けたかは、それだけでひとつの物語になりそうなことであった。彼がそれを語るのを聞くならば、原始の森の果てしないほど長い腕に懐《いだ》かれた者がどれほどの恐慌と孤独に——そして森の嗤い声に——悩まされるかを知ることになるだろう。ここでもまた彼の不屈の勇気は賞賛に値する。

自分の技術の自慢などはせず、ほとんど目に見えない道筋を何も考えずひたすら運まかせで進んでいったと彼はのちに告白した。疑いなくそれが真実であるはずだ。無意識の導きのみを、すなわち本能を頼りとしたと言う。おそらくは獣や原始人と同質の適応能力も助けとなっただろう。と言うのは、木々の密集したところを巧く進み、デファーゴがカヌーを隠しておいた場所に過《あやま》たずたどりつくことができたからだ。案内人の男は今から三日近く前、「湖を西へ漕いで日の照るところをめざし、もとの野営に帰るんだ」と言っていた。

今はよい導きとなるほどの日差しがないが、力の及ぶかぎりの方向感覚でカヌーにたどりついた。木彫りの舟に乗りこみ、残りの十二マイルを漕ぎ進む。ようやく森を抜け出したことが大きな安堵となった。湖も運よくおだやかだ。岸沿いにまわりこんでいく針路だと二十マイルも余計に進まねばならなくなるため、湖面の中心線を行くことにした。ほかの猟師たちが周辺の森に入ってきていたのも幸運だった。そうした者たちの野営の火が見えるおかげで、どのあたりへ舵をとればいいかおよその見当がついた。もしそれがなければ、自分たちの本拠とする野営の位置を探すのにまた一夜を費やすことになったかもしれない。

午前零時近く、ようやくカヌーを入江の砂地に漕ぎつけた。シンプソンが大声で呼ぶと、眠りを妨げられたハンクとプンクとキャスカート博士が急いで駆け出してきた。そして疲労困憊しているスコットランド人の若者を助けて岸辺の岩を越えさせ、消えつつある焚き火へつれていった。

6

二日二晩途切れることなくつづいた異常な恐怖に満ちた世界に、伯父という日常的な存在が突然加わってきたおかげで、ここまでの経緯にまったく新たな光があたることとなった。

「どうしたんだ、シンプソン！　いったい何があった？」

そう呼びかけるきびきびした声と、押さえつけてくる乾いた無骨な手とが、新たな価値観で裁こうとしているかのようだった。総身を厭な感覚が押し包む。いかにひどい状態にあるかが認識され。自己嫌悪さえ感じはじめた。身のうちに流れるスコットランド人の固陋な気質に責められている気がした。

まさにそのせいで、焚き火を囲む者たちにすべてを告白するには困難が伴った。それでも、できるだけ早くデファーゴの救出に向かってほしい、そのために帰ってきたのだという主旨だけは告げることができた。と同時に、道案内をするためにも食べ物と仮眠をとらせてほしいと。キャスカート博士はシンプソンが気づかないうちに彼の容態を仔細に診てとり、モルヒネを少量注射してくれた。おかげでそれからの六時間余り死んだように眠った。

そのあとで神学生は事情説明のため書面をしたためたが、しかし何があったのかと訝《いぶか》る教授たちに、真に重要な詳細までも知らせるのはためらわれた。依然としてまったく日常的な表情で顔を見すえてくる教授を前にしては、すべてを告げる勇気を持ちえなかった。したがって救出のために事前報告できたことと言えば、デファーゴが夜中に突然原因不明の狂躁状態に陥り、だれかに――あるいは何かに――呼ばれていると妄想して、食糧も銃も持たずただ猛然と森のなかへ駆けこんでいった、というところまでであった。ゆえに森のどこかで寒さと飢えとによって悶死している可能性もあるが、とにかく助かるのに間に合うよう探し出さねばならないと決した。だが当然、「間に合うよう」ではなく「必ず」助けたいのが本音だった。

一行は翌朝七時に出発し、プンク独りが食糧と焚き火を常時用意して待つべく野営に残された。シンプソンは事態をより詳しく打ち明けはじめていたが、じつのところは伯父が彼にそうと気づかせず巧みに誘導尋問を重ねた結果だった。彼がカヌーをあげておいた湖の岸、すなわち捜索行への出発地点となるところにたどりつくまでのあいだに、デファーゴが何やら「ウェンディゴ」というような言葉を口にしたことを打ち明けた。また、寝ているときうわ言をわめいたことや、森に張ったテントで奇妙な臭いを嗅ぎつけたらしいことや、そのほか原因不明のさまざまな混乱症状を見せていたことを告白した。その「奇妙な臭い」についてはシンプソン自身も嗅ぎとり、「ライオンが放つような鼻を衝く厭な」臭いだったと伝えた。その後一行が五十島ヶ池にほど近いところまで来たころには、さらなる事実として――シンプソン自身あとで恐慌状態ゆえの幻聴かもしれないと思いなおした出来事ではあったが――行方を晦ました案内人の男の「助けを求める」声を聞いたことをも告げた。ただしその声が言っていた意味不明な言葉は省いた、そんな奇態な科白を自ら口にする気にはとてもなれなかった。また、雪上につづくデファーゴの足跡が獣のそれと次第に瓜ふたつになっていったとは打ち明けたが、どちらも信じがたく大きな歩幅となったことまでは話さなかった。自分の名誉と正直さとを秤にかけるとき、何を話し何を隠しておくかは大きな問題であった。たとえば、雪についた足跡に赤い色が認められたとは伝えたが、デファーゴの体と一緒に寝床までがテントから引きずり出されそうになっていたことについては、告げるのをためらわざるをえず……

練達の心理学者と自認するキャスカート博士はシンプソンに対し、あまりに孤絶した環境を強いられた影響で恐怖感と恐慌状態が極に達し、その結果として幻覚症状を起こしたのではないかという見立てを述べた。博士は甥の行動を褒めつつも、いつどこでどのようにして精神状態が平衡を失ったかについて鋭く推測することも忘れなかった。甥としてはそうされるおかげで、無難に褒められるにとどまるよりも詳細に考えをめぐらせることができた。もちろんその一方で、些細な手がかりも軽視されないため自分の愚かさを強く思い知らされた。そこで、甥は現実主義者の例に洩れず、手がかりが不充分であることを楯にして賢明な嘘で切り抜けた。冷静に理性に照らした場合、到底事実とは認められない要素ばかりだったからだ。

「それほどひどく隔絶した環境に長く身を置けば」とキャスカート博士は指摘した。「どんな人間でも影響を受けずにはいない。まして想像力が人一倍発達している者にはな。当然おまえにも影響したはずだ。わたしも若いころには似たような目に遭ったことがある。テントのまわりをうろついていたという獣は、まちがいなく箆鹿だろう。箆鹿の鳴き声は、しばしばとても奇妙なものに聞こえる場合がある。大きな足跡に色がついていたと言うが、おそらく興奮のせいで視覚に乱れが生じたからだろう。足跡の大きさについては、これから現物を見たときにたしかなところがわかるはずだ。それから、助けを呼ぶ声が聞こえたような気がしたのは、混乱した心理状態がよく生み出す幻聴じゃないか。それで充分説明がつくことだし、つけ加えるなら、そんな状況下にあったせいで、たしかに聞こえたと自分に言い聞かせたためもあるだろうな。それ以外のことに関しては、おまえの行動はじつに勇気に満ちたものだった。これだけの原始林をさまよう者の恐怖感は、筆舌に尽くしがたいにちがいない。もしわたしが同じ立場に置かれたなら、おまえの知恵と決断力の四分の一でも発揮できたか疑わしいよ。唯一、納得の行く理由を見つけるのがむずかしいことがあるとすれば——その奇妙な臭いの件だな」

「本当に厭な、むかつく臭いでした」と博士の甥は請け合った。「目眩《めまい》すら覚えたほどです！」

シンプソンには伯父の態度が何でもお見通しだと言わんばかりのとり澄ましたものに見え、しかもその根拠が単に心理学に長けているからというだけにすぎない気がして、そのせいで少しだけ反抗的になっていた。自分が目撃していない他人の体験談について理由付けをしてみせれば、賢く思わせることはたやすいだろう。

「とにかく、なんとも言えないゾッとする臭いでした。他に言いようがないほどの」そう言い切って、すぐ隣にいる微塵も動揺していない物静かな伯父の顔を見やった。

「わたしが驚くのはむしろ」とキャスカート博士は返した。「それほどの状況に置かれながらその程度の幻覚だけで済んで本当によかった、という点だがね」

シンプソンにはその冷静すぎる科白が、本当の真実と博士の解釈における真実とのあいだでさまよっているように思えるのだった。

一行三人はようやく森のなかの仮野営にたどりついた。テントは依然倒れてはおらず、焚き火の跡も残り、そのわきに立てた杭にはメモ紙が留められたままになっていた——だれの手にも触れられずに。だが経験に乏しい手で作られた食糧の隠し場所は荒らされていた——見つけられ、あばかれていた。麝香鼠《じゃこうねずみ》かミンクか栗鼠《りす》といったものたちの仕業にちがいない。マッチは隠し場所の出し入れ口のそばに散らばっていたが、食糧はひとかけらも残さず持ち去られていた。

「くそっ、デファーゴのやつ、やっぱりここには戻っちゃこなかったようだな」ハンクがいつものだみ声で言った。「そいつぁ土の下から石炭を掘り出すほどにもたしかなこったぜ！　けどやつが今どこにいるかは、余所者と金貨で取引するほどにも不たしかなこった」

こうした場合のこの男の言葉遣いは、神学生がそばにいるときでも何ら変わることがなかったが、しかし読者のためにできるかぎりわかりやすく書きなおしたことを補足する。

「仕方ねえ、こうなったら何が何でもやつを探し出してやるぞ！」とハンクは宣言した。

デファーゴが最近までこの仮野営にいた形跡を目にしたときから、彼の命運は昏い予想に包まれ、一行の気持ちを重く圧迫していた。とくにテントのなかの樅の大枝作りの寝床が体の重みで凹んでいるようすを見ると、まるでまだ近くにいるかのような気分に誘うのだった。シンプソンも案内人の男の身の上への危機感から、状況を説明するにも声をひそめざるをえなかった。長い冒険のせいで疲れ切ってはいたが、精神状態はすでにかなり落ちついていた。キャスカート博士が合理的な説明——と言うより憶測と呼ぶべきだが——をしてくれたことも、依然として異常な出来事の数々が鮮明に記憶に残っているとは言え、冷静に考えなおすうえでは助けになった。

「デファーゴが走っていったのはこっちの方角でした」シンプソンは灰色の夜明けどきに案内人の男が姿を消した方向を指さしながら、二人の同行者たちにそう告げた。「白樺や栂の木のあいだを抜けて、それこそ鹿みたいな速さで駆けていきました……」

ハンクとキャスカート博士はそっと視線を交わし合った。

「そこから二マイルほどもたどっていったところで」そう説明しつづけるシンプソンの声には、かつての恐怖感の色合いが戻っていた。「足跡が――ぷっつりと消えたんです！」

「すると、助けを呼ぶ声が聞こえたってのもそこなんだな？」とハンクが質す。「妙な臭いがしたってのも、そのあとのわけのわからねえごたくがはじまったのもそこからなんだろ？」

その言葉遣いは明らかに相当苛立っていることを示している。

「ひどい混乱のせいで幻覚がはじまったのも、そのあたりからだな」キャスカート博士が独り言のようにつぶやいたが、しかしシンプソンの耳に届かないほどの小声ではなかった。


早く出発したおかげでまだ午後をすぎて間もないころで、日盛りの時間帯はまだたっぷり残っていた。キャスカート博士とハンクはときを移さず捜索にかかっていたが、シンプソンは疲れすぎていたため同行しなかった。道案内なしでも樹皮を剥いだ目印に従えば道筋をたどれるはずであり、ところによってはシンプソン自身の足跡も残っているだろう。博士らが捜索しているあいだ、彼はテントのそばで焚き火を見張りながら体を休めることにした。

だがすでに夕闇がおりているなかでの三時間余りの捜索ののち、博士とハンクは吉報もないままテントに戻ってきた。足跡がすべて新たに降った雪におおわれていたので、樹皮の目印のみを頼りにシンプソンが引き返した地点までたどってみたが、人間のものらしい痕跡はまったく見つけられなかったと言う――のみならずどんな動物の気配すらも感じられなかった。新たな足跡もなく、新雪は微塵も乱されず積もっているのみだった。

これ以上はどうすればいいかもわからない。と言うより、そもそもできることが何もないように思われた。このまま森のなかにとどまって捜索をつづけても、何週間経とうが手がかりひとつ見つけられないかもしれない。唯一の希望だった足跡を雪に消されてはもはや万事休すだ。仕方なく三人は焚き火を囲み、失意に沈みつつ夕食をとった。気の毒なことにデファーゴにはラットポーテージに妻がおり、しかも彼の収入のみが一家のささえとなっていたのだった。

もはや最悪の事態となったことがほぼまちがいない今、このうえはどんな隠し立てや装いも無駄だと思われた。三人は事実も憶測もすべてあからさまにして語り合った。キャスカート博士は経験上、人が大自然の凄絶さに蠱惑されて常軌を逸する事態に接したのはこれが初めてではないと言う。ましてデファーゴにはこの種のことが起こってもおかしくない特質が具わっていた。生来憂愁を好む性格のうえ、何週も休まず飲酒に溺れる悪癖が神経を弱めてもいた。このたびの狩猟が――もちろん確実とは言えないにせよ――ついに限界を超えさせる原因となったことは充分に考えられる。それでいきなり木々と湖水のみが支配する原始林の奥地へ飛びこんでいき、飢餓と疲労による最期へと向かうはめになったのではないか。彼がふたたび引き返してこの仮野営を見つけられる可能性はきわめて低い。陥っている譫妄状態はますますひどくなっているだろうし、自らを傷つけて死期を早めることさえ大いにありうる。こんなことを話し合っているうちにも終局が訪れているかもしれない。

それでもデファーゴの古くからの仲間であるハンクの提案により、翌日もう一日だけ夜明けから夕暮れどきまで森にとどまり、できるかぎりの徹底的な探索に努めようと決した。一帯を三人で手分けして探すことにした。計画を細部まで話し合った。全力を尽くすべく誓い合った。またそうしたことの一方で、あの不運な狩猟案内人を襲った大自然の神の脅威が、具体的にはいかなる形のものだったかについても、議論を戦わせた。ハンクは森にまつわる伝説のたぐいについてもおよそ慣れ親しんでいるはずだが、その方面へ話題が向かうことをあまり歓迎していないようすだった。そのためか言葉少なになったが、少ないなりに耳を傾けるべきものがあった。彼が不承不承認めたことのひとつとして、この地方に住むいくつかのインディアン部族に、「ウェンディゴを見た」者たちの噂が伝わっているという事実があった。それもとくに、前年の秋に五十島ヶ池の岸沿いで多くの目撃談が報告されているのだと言う。しかもデファーゴがそのあたりで狩りをすることに不賛成を唱えた真の理由はそれなのだった。だからハンクは自分が親友を無理に説得したために死に追いやってしまったと思っているようだった。

「インディアンの頭がおかしくなるときってのは」と、ハンクはほかの二人にというよりも自分に言い聞かせるように語った。「決まってウェンディゴを見たときだと言われてるのさ。おまけに哀れなデファーゴのやつは、骨の髄まで迷信にかぶれていやがったからな……！」

そこで不意に自らの思いに共鳴するものを感じたシンプソンは、すでに一度語った目撃談を、初めて全容まで打ち明けた。このたびは一切の隠し立てをせず、自分が感じてきた激しい恐怖と興奮をありのままに語った。唯一省いたのは、あのとき耳にした奇妙な言葉のみだった。

「だがシンプソン、ウェンディゴというものにまつわる言い伝えについては、デファーゴが話すのを聞いたと言っていたじゃないか」とキャスカート博士が反論した。「そのときの記憶に、あとからの興奮が加わって、妄想が広がってしまったんじゃないかね？」

だがシンプソンは事実を執拗にくりかえした。デファーゴはウェンディゴという獣の名前をわずかに仄めかしただけで、自分はそんな伝説の全容などまったく知らないし、思い出せるかぎりでも書物で読んだ憶えも一度もない、と。そもそもウェンディゴという言葉自体何のことかも知らなかったと。

言うまでもなくシンプソンは真実を語っているのであり、キャスカート博士も渋々ながら、出来事の総体に宿る異常な本質を認めざるをえなかった。ただ、そうとはあからさまに口にしなかった。太い木の幹にゆったりと背を凭せかけ、焚き火が消えそうになるとつついてまた燃えあがらせている。テントの外で物音がしたときには、だれよりも先に博士が気づいた――池で魚が跳ねる音、森の小枝が折れる音、頭上の大枝で固まった雪がときおり焚き火の熱でゆるんで落ちる音。博士の声までが少し変わり、今までのような自信満々でない低い調子になった。はっきり言ってしまえば、テントのまわりにただよう気味悪い気配のせいだ。だが三人ともそれは口に出したからず、ほかの話をしようとした――が、結局話題にできることと言えば、その気配の原因にならざるをえない。別のことを話そうとしても無理だ。敢えて口にすべき要件がほかにあるはずもない。三人のなかでいちばん自分に正直なのはハンクだった。ほとんど口を開かなくなった。暗いほうへは背中を向けず、つねに森へ顔を向けていた。薪が必要になって森に入らねばならないときでも、あまり奥までは行かずに済ませた。

7

静寂の壁が三人を包囲していた。雪はさほど深くは積もらないが、あらゆる物音を吸収し、霜があらゆるものを固めて音を出させないようにしている。聞こえるのは自分たちの声と、焚き火がとろとろと燃える音だけだ。ほかにあるとすれば、ごくたまにわきの中空を飛んでいく枯葉蛾《かれはが》の翅《はね》の音ぐらいだ。だれも寝床に就こうとしない。夜は深更へとたちまちすぎていった。

「たしかに興味をそそる言い伝えだな」会話が途切れたまま長く経ったあるとき、キャスカート博士が間を埋めるためのように口を開いた。「ウェンディゴというのは、大自然の喚《よ》び声の化《け》体《たい》と考えられる。だからその声をある種の人間が聞くと、自らの滅びを予感するのかもしれん」

「まさにそれだよ」と不意にハンクが呼応した。「一度耳にしただけで、絶対に聞きまちげえようのねえ声だそうだからな。ウェンディゴに名前を呼ばれたら終わりってことだ」

再度の沈黙のあと、博士が突然禁断の話題を蒸し返し、ほかの二人をビクッとさせた。

「この話の寓意は重要だ」まわりの闇を窺い見ながら博士は言った。「ウェンディゴの声は、森で聞こえるさまざまな小さな物音に似ていると言う——風の音、水のしたたる音、獣の鳴き声、そのほかあらゆる音に。それを聞いた者は、ただちにそちらへ駆け出すしかなくなるのだ！　さらに言えば、ウェンディゴの犠牲者がいちばん狙われるところは足と目だ。すぐわかるとおり、足はさまよい歩きたいという願望の象徴であり、目は美しいものを見たい欲求の象徴だ。それで犠牲者は恐ろしいまでの速さで走らされ、目からは血の涙を流し、足は焼けるほど熱くなる」

キャスカート博士は話しながら、不安げにまわりの闇を覗き見た。声はかすれるほど低い。

「ウェンディゴは」とさらにつづける。「犠牲者の足を焼き――おそらくは非常な高速で走るために起こる摩擦熱によって――ついには足が抜け落ち、代わりにウェンディゴとまったく同じ形の足が生えてくると言う」

シンプソンは驚愕と戦慄を覚えつつ聞き入った。だが博士の話にも増して彼の気を惹いたのは、ハンクの青褪めた顔色だ。できることなら耳をふさぎ目も閉じたいという表情をしていた。

「ウェンディゴが地上にいることはほとんどねえそうだ」ハンクが低く重い声でゆっくりと言い出した。「いつも空高く飛んでるんだ、星の火で体を炙るためにな。そしてときどきものすごい勢いで飛び跳ねたり、木のてっぺんからてっぺんへわたり歩いたりする。そして、摑《つか》んでいた獲物を投げ落とすのさ、ちょうど鶚《みさご》が小魚を地面に落として、殺してから食うときみてえにな。食うと言えば、ウェンディゴの食い物ってのは――これこそ森の言い伝えのなかでいちばん奇妙なこったが――なんと苔《こけ》だそうだ！」そう言って短く引きつった笑い声を洩らした。「そう、ウェンディゴってのは苔喰らいなのさ」興奮したようにほかの二人の顔を見まわし、「苔喰らいとはね！」と、これほど愉快な悪態はないと言うようにくりかえした。

だがシンプソンは二人の話の本当の狙いを察しはじめていた。彼らはそれぞれの道で経験に富んだ強者《つわもの》でありながら――今は何よりも沈黙を恐れているのだ。それでひたすらしゃべって間を埋めようとしている。また彼らは暗闇をも恐れる。自分が闇にうろたえるのを防ぐため饒舌になり、恐ろしい地にいるのだという思いを忘れ去ろうと努める。そうやって自分たちの純粋な感情が表に出てしまわないようにしているのだ。シンプソン自身はと言えば、すでにほかの二人以上に耐えがたい恐怖の夜を経験した。いわば免疫のできる境地まで達しているのだ。ところが博士とハンクのほうは、冷笑的で分析好きな医師と、頑固だが気のいい森の男でありながら、今はそれぞれの胸のうちに恐怖をかかえて震える。

夜はそんなふうにすぎていった。声を低め、神経を張りつめて、この小人数のひと群れは大自然の顎《あぎと》のなかに座し、気味悪い呪いの言い伝えを憑かれたように語りつづけた。どう考えても不公平な戦いであった。大自然のほうはすでに先制の一撃を仕掛け、しかも——人質までとっている。囚われの身となった仲間の命運は生き残った者たちにかかっており、その責任は刻々と重くなって、すでにささえきれないまでになっている。

最前にも増して長い沈黙がつづき、もはやだれにもそれを破れないかと思われたとき、ハンクが予想もしえないような形で、胸にわだかまっていたらしきことのありったけを解き放った。はじかれたように立ちあがったと思うと、耳をつんざく絶叫を闇夜の空へ吠えあげた。いかにもとうとう自分を抑え切れなくなったようすで。しかも口の前に片手をかざして振りながら叫ぶので、なおさら尋常ではない調子となって響いた。

「おれは今、デファーゴを呼んだのさ！」ほかの二人を見おろしながら、自信を示すような奇妙な笑い声をあげた。「まちがいねえ——」これにつづく聞くに堪えぬ悪態は省くこととする。「——おれの旧い友だちは、たった今もここからそう遠くねえところにいるんだ！」

シンプソンはハンクの突然の傍若無人な振る舞いに驚き気圧され、思わず自分も立ちあかっていた。キャスカート博士までが怖気立ったように口からパイプを落とした。ハンクの表情はたしかに不気味だが、それにしても博士のようすは、あまりに弱みをいちどきにさらけ出しすぎているように見えた――まるで持ち前の知性が一気に崩れたかのような。と思うと博士は不意にその目を怒りでぎらつかせ、いつもの自制力さえ利かなくなったように、ほかの二人と同様に率然と立ちあがり、興奮しつづけるハンクに面と向き合った。案内人の男のこの唐突な言動を愚かで危険な兆候と判断し、芽のうちに摘んでしまおうとしているようだった。

その直後の一、二分のあいだに起こったことは、仮に真相について考えたとしてもだれにも計り知りえないであろう。と言うのは、ハンクが咆哮の声をあげたあとの重苦しい静寂のなかで、さながら彼の呼びかけに応えるかのように、頭上に広がる暗夜の空を何かがものすごい速さで飛びすぎていったからだ。しかもそれと同時に、風の音のように細い人間の声が、言い知れぬ悲痛な調子で何ごとかを訴えていた――

「おお、おお！　なんて高さだ！　おお、おお、足が燃えてる！　おれの足が火に包まれてる！」

ハンクは顔をシャツの襟ぎわまで隈なく蒼白にして、子供のようにぽかんとした表情であたりを見まわした。キャスカート博士はよく聞きとれない声をあげたと思うと、不意に向きを変え、何か恐ろしいものから逃げるようにテントへ向かって走り出そうとした――が、すぐに固まったように足を止めた。三人のなかでシンプソンだけが妙に落ちついていた。彼が感じている恐怖はあまりに深すぎ、ただちに反応することすらできずにいるのだった。さっき響いた声が前に聞いたものと同じであることに気づいたからだ。

呆然としているほかの二人へ顔を向けると、冷静を装う口調で言った——

「ぼくが聞いた叫び声と同じです——今のと同じ言葉をわめいていたんです！」

そして空を見あげ、大声で呼びかけた。

「デファーゴ、どこにいるんだ？　上にいるなら、早くおりてこい——！」

そのあと、三人が何かしらの行動を起こすよりも前に、何か重いものが、上方から木立のあいだを擦り抜けて落ちてくる音がした。その何かは木々の枝を折りながら、凍《い》てついた地面に激突してドスンッと音を立てた。ひどい衝撃を伴う墜落だ。

「あいつだ！　神よ救いたまえ！」

半ば噎《む》せるような声でそう小声を洩らしたのはハンクだった。片手を腰ベルトに差した狩猟用ナイフへと思わず知らずというふうにのばした。

「こっちへ来るぞ。あいつが近づいてくる！」つづけてそう言ったハンクの声には、怖さのせいで理性を失くした笑いが混じる。そうするうちにも、固い雪を踏む重々しい足音がはっきりと聞こえた。真っ暗ななかを、焚き火の明かりが光の円をなしているほうへと近づいてくる。

よろけるような足どりで何かが徐々に距離を詰めてくるあいだ、三人の男たちは焚き火のまわりで押し黙ったまま立ちすくんだ。キャスカート博士はまるで急に痩せ衰えたように見える。目をピクリとも動かさない。ハンクは狼狽の色をありありと浮かべ、またも何か荒々しいことをしそうに見えた——が、結局何もしなかった。彼も石の彫刻のように固まったきりだ。二人とも怯え切った子供のようだ。見るにも忍びない図だ。そのあいだも足音の主は姿を見せぬまま、固い雪を踏んで近づいてくる。果てしないと思えるほどに——まるで現実ではないかのように——長くつづくが、しかし容赦なく着実に接近する。その不気味さよ！

8

ようやく暗がりのなかから——長らく焦らしたすえに——何かの影が現われた。明るい焚き火とまわりの闇とが織り成す不たしかな光彩のなかへと、それは進み出てきた。十フィートと離れていないあたりまで来て止まり、三人をじっと見すえた。と思うとすぐまた進みはじめたが、その動きは針金で操られでもしているようにぎこちない。いよいよ迫って焚き火の光輝のなかに入ると——人間であることが見てとれた。どうやらデファーゴであるようだ。

その瞬間、三人それぞれの顔に恐怖が新たな皮膚となって張りついた。その皮膚を透かして見守る六つの目は、さながら通常世界の縁から未知の世界を覗きこむ者のごとき光を帯びた。

デファーゴはよたよたとおぼつかない足どりで進み出てくる。三人が集まっているほうへとまっすぐに歩いてきたと思うと、急にシンプソンへと向きを変え、彼の顔を間近から覗きこんできた。声とおぼしき音が口からこぼれ出た——

「戻ってきたよ、シンプソン兄い。だれかが呼んでるのが聞こえたんでね」乾いたかすかな声で、力を振り絞るせいで息が切れ、しわがれている。「いやなに、ちょっといつもの地獄巡りをしてきただけさ」そう言って笑い、シンプソンへ向かってさらに顔を突き出した。

だがその笑い声のおかげで、蒼白な蠟人形のような顔で固まっていた三人はわれに返った。ハンクはいきなり前へ跳び出し、何かわめき立てた。わけのわからない言葉で、少なくとも英語ではなく、インディアンの言語ででもあるのかもしれない。ハンクがデファーゴの前に立ちはだかる格好になってくれたおかげで、シンプソンは図らずも安堵できた。キャスカート博士はハンクよりは落ちついたようすで、その後ろからゆっくりした足どりで前へ進み出た。

そのあとの数分にどんな言葉が交わされたのか、混乱しすぎているシンプソンの頭は朦朧として捉えられなかった。間近から見すえてくるデファーゴの荒れ果てた顔はそれほどゾッとさせるもので、ただ当惑して見返すしかなかった。何も言えず立ちすくむのみだ。どんなに圧迫感に責められようとも、年齢と経験を重ねたほかの二人のように、ただちにそれを撥ね返す行動を起こすことができない。彼らが動くさまを、半ば現実感を失ったガラスを透かし見るようにして見守るしかなかった。その光景は夢を見ているように歪んでいた。だがシンプソンの記憶に残っているのは、ハンクが意味不明な言葉をまくし立てるのに混じって、伯父キャスカート博士の威厳ある声が何か言っていた——何か食べろ、寒くないか、毛布をかけてやる、ウイスキーを飲むか、といったような——ことと同時に、あの鼻を衝く正体不明の臭いがただよっていたことだ。不快でいながらどこか甘やかで困惑させる臭いが、そのあともずっと鼻孔を襲った。

このときシンプソンが本能に駆られて思わず吐いたひと言が——ほかの二人より経験にも鍛錬にも乏しい者でありながら——三人が共通して懐いている疑問と懸念を代表して吐露することと

なり、この場の不気味な空気に一抹の安堵感をもたらした。

「本当におまえか？　デファーゴなのか？」不安に堪えぬ思いで、息をひそめて問いかけた。

問われた相手が口を動かすよりも前に、ただちに大声をあげたのはキャスカート博士だった。

「もちろんそうだとも。当然じゃないか！　見てわからんのか？――彼は疲れと寒さと怖さで死ぬような思いをしてきたんだぞ。それだけの目に遭えば、だれだかすぐにはわからないほどようすが変わったとしても、不思議はなかろう！」

　それはほかの二人を納得させるためと言うより、博士が自分自身に言い聞かせているようだった。強すぎる口調だけでそうと知れる。しかも身振り手振りを交えてそうまくし立てながら、ハンカチで鼻を押さえた。あたりに立ちこめるあの臭いを博士も感じているのだ。

　デファーゴとおぼしきものは煌々と焚かれる火の前に背を丸めて坐りこんだ。体を毛布で包んでもらい、温《ぬく》めたウイスキーを飲み、与えられた食べ物を荒れた手で摑む。その風体は、最後に見たときのあの案内人の男とは似ても似つかない。言ってみれば、六十代の年寄りの現在の写真と、若いころに古い時代の服装で撮った昔の銀板写真とが似ていないのと同断だろうか。それほどに、焚き火の明かりのなかで見るこのデファーゴらしきものの気味悪い変貌は――ひょっとすると偽者か、さもなくば変装かとすら思えるほどの変わりようは――筆舌に尽くしがたいものだ。シンプソンがわずかに残るこの昏く恐ろしい経験の記憶からのちに語ったところによれば、その男の顔は人間よりむしろ獣のようだったと言う。目鼻立ちがありえない形に変わり、皮膚はゆるんで垂れさがるかのようで、どれほど途方もない緊張と労苦を強いられてきたのかと訝られた。

その顔はどことなく、ロンドンのラドゲートヒルに集まる行商人がふくらませる風船の顔を思わせた。ふくらんでいた風船がしぼむと、顔が変わると同時に、抜けていく空気が人の声に似た音を洩らす。デファーゴの顔と声の異常なまでの変わり方はちょうどそれに似ていた。キャスカート博士はのちにこの言うに言われぬ現象を説明するに際し、真空に近いほど大気の希薄な空間にいたために、肉体が膨張し破裂する危機に見舞われ、その結果顔も体もこのようにつねならざるものに変わったのではないかと推測した……

ハンクは自らも抑制できないほどの激しい狼狽と動揺を示していたが、ここにいたって突然それが限界に達したと思わせる挙動に出た。炎にこれ以上炙られるのを避けるかのように不意に焚き火のそばから離れ、両手を顔の前にあげて目をふさぎながら、怒りと懸念が入り混じったような大声を放った——

「おまえはデファーゴじゃねえ！　全然ちがうやつだ！　おれは——おれだけはだまされねえぞ！　二十年も付き合ってきて、わからねえはずがあるか！」今にも襲いかからんばかりの形相でそうわめき、うずくまる男を睨みつけた。「もしほんとにこいつがデファーゴだったら、爪楊枝の先に綿をくっつけて地獄の床《ゆか》を拭いてやらあ！　神さまにゃそれでちゃらにしてもらうぜ」と、嫌悪と不快感をあらわにそうつけ加えた。

もうハンクを黙らせるのは不可能とすら思えた。何かに憑かれたように立ちはだかってわめくさまは、見るに忍びなく聞くにも堪えない——なぜなら、真実を言い当てているからだ。それを五十回も別の言い方でくりかえし、一回ごとにますますひどいわめき方になっていく。ハンクの声のこだまが森に鳴り響く。一度などは本当にこの〈謎の男〉に跳びかかりそうに見えた。そう思わせるに足るほど、ハンクの手はしばしば腰に差した刃の長い狩猟用ナイフにのばされた。

だが結局何もしなかった。怒りの嵐はあっけないほど速やかに、流れ出す涙とともにやんでしまった。不意に声を途切れさせたと思うと、ハンクはたちまち地面にへたりこんだ。キャスカート博士がどうにか説得し、テントに戻らせ大人しく寝《やす》ませた。そこから先はテントのなかにとどまったまま、垂れ蓋の隙間から蒼白な顔を覗かせて成り行きを見守ることとなった。

キャスカート博士は決然とした雰囲気をただよわせて足を進め、背後には三人のなかでだれよりも勇気を保ちつづけている甥のシンプソンを従えて、デファーゴを名乗るものの真向かいに、焚き火を挟んで立ちはだかった。そしてその顔をまっすぐ見すえながら話しかけた——毅然とした調子で。

「デファーゴ、何があったのか話せ。そうすれば力になってやれる。そう思わないか?」

博士は威厳のある口調で、命じるようにそう告げた。いや、その時点ではたしかに命令だった。が、雰囲気はすぐに変わった。痛ましいまでに人間離れした顔の男がぐいと向きなおると、博士はまるでこの世ならぬおぞましい何かから離れるかのようにたじろいだ。すぐ後ろからそのさまを見ていたシンプソンには、男の顔が今にも剥がれ落ちそうな仮面のように思われてきた。そしてその下から黒々とした忌まわしい何かが闇のなかで姿を現わすかとさえ。

「いい加減に話してくれデファーゴ、何もかも!」そうわめく博士の声には、恐怖に耐えがたくなった嘆願の調子がにじんできた。「わたしたちはもう、これ以上こんなことをつづけてはおられんのだ！」理性よりも本能が勝った声となった。

するとデファーゴを名乗るものは白々とした笑みを浮かべ、まったくの別人のものとしか思えない声でぼそぼそと答えた――

「おれは見たのさ、あのウェンディゴっていうでかいやつをな」と男は小声で言い、ちょうど獣がよくするようにくんくんとあたりの空気を嗅いだ。「そいつと長くいすぎたせいで――」

哀れな男がその先をつづけたか、それとも博士が激しい調子で問い返すのが先だったかは、あやふやなままにとどまった。なぜなら、恐れのにじむふたつの目以外の全身をテントのなかにひそめているハンクが、またしても金切り声を張りあげたからだ。

「おお、何てことだ！　やつの足を見ろ！　足がとんでもなく変わっちまってる――！」

デファーゴが坐ったまま身動きしたせいで、彼の脚が爪先まで初めて焚き火の明かりにさらされた。だがシンプソンにはハンクが見たものを目にする猶予が与えられなかった。ハンク自身も何を見たのかを口にするいとまがなかった。と言うのは、その瞬間にキャスカート博士が、危機に駆られた虎が襲いかかるほどのすばやさでデファーゴに跳びかかり、彼の足を毛布で隠してしまったからだ。そのあまりの速さのため、若い神学生がかすかにかいま見たかぎりでは、以前は鹿革靴におおわれていた部分が、何やら黒々とした奇妙な形のものに変わっているらしいと言えるにとどまった――しかもそれさえ不たしかな印象にすぎない。

すると、博士がつづいて何かするよりも早く、あるいはシンプソンが何か訊こうと考えるよりも――ましてやそれを口に出すよりも――早く、デファーゴが二人の目の前で、苦痛と困難に抗うようにゆらりと立ちあがった。歪み変貌したその顔には、邪悪さすら思わせる、あるいはいっそ怪物的とすら言いうる表情が浮かんでいた。

「とうとうあんたたちも見たな」と、しわがれた声を吐く。「おれの燃えた足を、焼けた足を見たな！　こうなったからにゃ、早くおれを助けねえと、もうじきとんでもねえことに——」

彼の哀願するようなその声は、突然五十島ヶ池をわたって吹いてきたとおぼしい囂々《ごうごう》と鳴る風の音によってさえぎられた。頭上でもつれ合う木々の大枝が揺れる。燃え盛る焚き火の炎が強風に傾く。そしてそのわずかなひとときのうちに、何かが轟音とともにこの小さな仮野営《キャンプ》に押し寄せとり巻いたかのようだった。デファーゴは体にまとわりつく毛布を払い除けると、背後の森のほうへ振り返り、姿を現わしたときと同じよたよたとした足どりでそちらへ向かっていった。それを止めるためにだれもが筋肉ひとつ動かすことができず、反応すらできないうちに、よたつきながらも驚くべきすばやさで森のなかへ消えていった。たちまち暗闇が呑みこんだ。それから十秒と経たず、突風と揺らぐ木々の騒音の渦中で、驚愕のままに目を瞠り耳を澄ますのみの三人の男たちは、はるか上空から降り注ぐひとつの叫び声を聞いた——

「おお、おお、なんて高い！　おお、おお、足が燃える！　おれの足が火に包まれてる！」

声は果てしない空の静けさの彼方へとたちまち失せていった。

キャスカート博士が不意に自制をとり戻したように——と同時にこの場の責任者としての自覚の表われか——テントから森のほうへ駆け出そうとするハンクの腕を荒々しく掴み、あわやのところで制止した。

「止めるな、おれは知りてえんだ！」案内人の男がわめく。「この目で見てえんだよ！　あいつはデファーゴじゃねえ！　あれは――この森を隠れ処にしてる魔物だ……！」

それでも博士はどうにかして――どのようにしてなしえたかは自身にもわからないとのちに認めたが――ハンクをテントのなかに押しとどめ平静にさせた。どうやら体が自然と反応し、かつまた生来の統制力を遺憾なく発揮できる境地に達しているようだった。事実ハンクをみごとに抑えこんだ手腕は賞賛に値する。ところが甥のシンプソンのほうは、これまではあれほど従順に制御しえたにもかかわらず、今はむしろハンク以上に博士を心配させる因子となっていた。あまりの緊張の連続により、悲嘆を爆発させるほどのヒステリー症状を呈しはじめたためで、このうえは大枝の寝床で毛布の下に安静にさせるほかなくなっていた。と同時に、現在の状況下ではハンクからできるだけ遠ざけておくのが得策と思われた。

かくてシンプソンはこの森閑とした仮野営をおおう森の暗夜に見守られつつ横たわり、毛布のなかで途切れがちに泣きわめく声をあげつづける仕儀となった。「速い」とか「高い」とか「火が」といった言葉と、神学校で聖書を学んでいたときの記憶とが奇妙に綯い交ぜになったとりとめのないたわ言を吐きつづけた。

「火で顔が焼け爛れた者たちの群れが、恐ろしい速さでテントに向かってくる！」あるときはそんなうめき声をあげたかと思えば、すぐあとにはだしぬけに上体を起こして森のほうを見すえ、じっと耳を澄ましながらこんなふうにささやくのだ。「この森はなんと恐ろしい――やつらの肢が森のなかを走り抜けて――」するとそこにキャスカート博士が駆けつけ、なだめ慰めて悪夢を逸らせてくれるのだった。

幸いにもヒステリー症状は一時的なものだった。ハンクと同様に睡眠によって癒された。

午前五時すぎ最初の曙光が射すまで、キャスカート博士は寝ずの番をしていた。おかげで顔は白墨のように血色が失せ、目の下には普段はない赤みがさした。静寂が支配する夜のあいだじゅう、耐えがたい恐怖と戦いつづけた、その苦闘が体の外に痕跡を表わしたのだった……

夜が明けると博士は焚き火を燃やしなおし、自ら朝食を作り、ほかの二人を起こした。午前七時、揃って本拠の野営へと出発した。依然三人とも当惑と懊悩をかかえてはいたが、それでもめいめいの仕方で内心の混乱を抑えるべく努め、多少とも精神の安泰をとり戻しつつあった。

9

会話はほとんど交わさなかったが、そのうちに前向きなことやありきたりなことにとどめて話すようになった。苦痛を伴う記憶は出来事の合理的な説明を求めていたが、しかし敢えてそれを試みる勇気はまだだれも持ち合わせていなかった。原始的な環境に慣れ親しんでいるハンクが、いちばん先に落ちつきをとり戻した。もともと精神構造が複雑でないせいもあるだろう。ところがキャスカート博士となると、なまじ〈文明〉というものを具えているだけに、未知の何かに出くわしたときには、自分の力で対処するよりも〈文明〉に頼り切ってしまうところがある。そのせいで博士はこんにちにいたるまで、事件のある部分に関してはいまだ合理的確信を持てずにいる。ともあれ、そのときもおそらくそんなわけで、落ちつきをとり戻すのに時間がかかった。

三人のなかでこの事件にいちばん秩序立った結論を与えることができたのは——必ずしも科学的ではないにせよ——神学生のシンプソンだった。彼の考えは、未開の原生林の奥地で自分たちが目撃したものは、その本質からして原始的なきわめて荒々しい何かであり、それは人類の進歩にすら抗して生きのび、ある種の途方もなく未発達な生命形態として、図らずも目の前に現出したのではなかったか、というものであった。彼はそれを考えるに際し、荒唐無稽にして粗野な迷信が人類の心性を支配していた先史時代のまなざしを以て臨むべく心がけた——すなわち自然の生命力がいまだ穢《けが》されず、始原の宇宙を統べていた偉大なる力が依然として衰えていなかった時代に倣って。彼はこんにちにいたるまで、後年ある説教において述べたこのような考えを維持しつづけている——「人間の精神の及びえないところにひそむ侵すべからざる原始の力は、それ自体は必ずしも邪悪なものとは言えないにせよ、それが存在するかぎり人類とは本質的に敵対せざるをえないのかもしれない」

このことについてシンプソンは伯父キャスカート博士とは議論を戦わせることがなかった。たがいの考え方があまりにも根本的に異なるため、それが障壁となって、議論することそのものが困難であるためだ。それでも数年後に一度だけ、何かのきっかけからこの問題について話す機会が訪れた——と言っても、この件のある細部に関してのみであったが——

「結局のところ、あの出来事はどういうことだったとお考えです?」

甥のその問いに対し、キャスカート博士は思案しつつも、満足な答えを返せなかった。

「もはや知ろうとしないほうがいいだろうし、敢えて答えを見い出すべきでもないだろうね」

「せめて――あの臭いについては……？」とシンプソンは食いさがった。「いかがお考えに？」

博士は甥をじっと見返し、眉を吊りあげた。

「嗅覚というものは、精神の深いところでの感覚としての意味におけるかぎり、聴覚や視覚ほど容易なものではない。わたしと言えども、おまえと同程度の理解しかできてはいないよ」

その答え方は本来の能弁さとはかけ離れていたが、ともあれ応酬はそこまでであった。


一行は寒さと疲労と飢えに苛まれつつ長い陸路の運行をつづけたすえに、日没のころ、一見して人がいそうにないとわかる本拠の野営を目にし、体を引きずるようにしてそこに入った。焚き火も燃えておらず、プンクが出迎えるようすもない。三人とも疲れすぎて心に余裕がなく、驚きも疑問も持てずにいた。ところがほどなく、突然ハンクが魂の底から絞り出すような叫び声をあげたと思うと、ほかの二人の前へ跳び出し、焚き火跡のほうへと向かっていった。その声は一連の異常な出来事がまだ終わっていないと告げるかのように響いた。キャスカート博士と甥のシンプソンがのちに告白したところでは、そのときハンクは興奮したようすで焚き火跡のわきにひざまずき、かすかに蠢きながらうずくまっている〈何か〉を抱きしめたが、二人はその何かがデファーゴにちがいないと骨の髄から感じとったと言う――本物のデファーゴが戻ってきたのだと。

たしかにそのとおりだった。

間もなく本人の口から語られた。疲労の極に達していたフランス系カナダ人の男は、抜け殻のような状態で野営にたどりついたと言う。灰だけになった焚き火跡をまさぐり、なんとか火を焚こうとそこにうずくまったが、小枝とマッチを持ってみても、弱りすぎた手は生活習慣にすら従わなかったと言う。そんな単純な作業さえ脳が体に指示できないのだった。精神が回復もむずかしいほど空っぽで、記憶も逃げてしまっていた。最近の出来事だけでなく、それ以前の自分の半生をそっくり忘れ去っていた。

哀れなまでにひどく消耗してはいたが、このたびは本当のデファーゴであった。顔にはいかなる表情も浮かんでいなかった――恐怖も、安堵も、ほかの二人を認識している気配すらも。自分を抱きしめた者がだれか、食べ物を与えてくれたのがだれなのか、体を暖め、慰めといたわりの言葉をかけたのがだれかも意識にないようだった。心も体も限界に達するほど疲れ果てているようすで、言われたことをするにもおずおずと従うのみであった。これまでの人格を形作っていた要素がすっかり失せてしまったかのようだ。

ある意味で何よりも心胆寒からしめたと言えるのは――デファーゴが痴呆状態のような笑みを浮かべながら、ふくらんだ頬の内側からもじゃもじゃした苔の塊を引き出したことであった。そして「〈苔喰らい〉になっちまった」とつぶやきながら、わずかに口に入れていた食べ物までも吐き出した。さらにゾッとさせることには、哀れな子供のように弱々しい声で、足が痛むと訴えた――「焼かれるみてえだ」と嘆いたのである。それが事実とわかったのは、キャスカート博士が彼の足をつぶさに診たところ、左右ともひどい凍傷に侵されていると認められたゆえだ。また、両目の下にはつい最近のものとおぼしいかすかな出血の痕が見てとれた。

あのような原野のただなかで長くすごしながらいかにして生きのびられたのか、仮野営から本拠の野営までのたいへんな距離をいかにして踏破できたか。しかもカヌーを持たないため、途中の湖は岸沿いに徒歩で大きくまわりこまねばならなかったはずだが――これらの疑問はすべて未知のまま残ることとなった。デファーゴ自身何も憶えていなかった。心も記憶も魂までも失った彼は、この不思議な出来事が起こった初冬がすぎ、間もなく冬が終えようかというころ、ついに身罷った。長らえたのは生還後わずか数週のみであった。

インディアンの男プンクはと言えば、経緯に新たな光を与えるほどの情報を持ってはいなかった。あの日の夕刻五時ごろ――捜索に向かった一行が戻る一時間ほど前だ――プンクは湖の岸辺で魚を洗っていたとき、案内人の男らしき人影が弱々しい足どりで野営のほうに歩いてくるのを目にした。またそれに先立ち、何やら奇妙な臭いがただよってくるのが感じられたと言う。

だがプンクはそれを嗅いだとたんに、野営から逃げ出してしまったのだった。そしてインディアンの血を持つ者のみが具える底力により、寝食も忘れ丸三日間かけて自宅まで逃げ帰ったと言う。土着民に伝わる恐怖がさせた行動であった。すべてのことが何を意味するかをプンクは知っていた。デファーゴはウェンディゴを見たのにちがいないと。

砂

Sand

1

一月のその夜、フェリックス・ヘンリオットが帰途にあるあいだ、通りには霧が立ちこめているのみであったが、最上階に位置する小ぢんまりとした自宅《フラット》に着いてみると、風の音が聞こえてきた。いつの間にか街には風が吹きめぐっているようであった。部屋の窓にも吹きつけていたが、初めはかすかで気づかない程度だった。そのうち急に人の泣く声のように高まったり低まったりをくりかえすようになり、注意を惹かずにはいなくなった。ヘンリオットはその音に呼ばれたような気がして、窓の外のおぼろな夜の闇を見やり、耳を澄ました。

さだまるあてもなく吹く風ほど、物悲しい泣き声をあげるものもほかにあるまい。わけもなく胸騒ぎが身のうちを走り抜けた。霧がなす幕がわずかに引き開けられた。星が空から覗き見ているような気がした。

「風ひとつで、ものごとが変わることもあるものだ――たとえかすかであれ」ヘンリオットは椅子に身を沈めながら、吐息をつくごとく独りごちた。「何が動くか知れないからな！」

彼自身の内心もすでに変化していた。あのさまよう風にも似た気ぜわしさが胸のうちで湧き起こっている――どこか遠くへ行きたくなる気持ちが。こういう願望を呼び起こすものは、ほかにもあるだろう。雨の音、鳥の声、野火の匂い、曲がりくねった山道の景色。だが世界の大いなる地への冒険と探究の旅へ最も強く心を誘うものは、風の呼び声を措いてない。その思いが今ヘンリオットの心をわしづかみにしていた。卒然と孤独感に駆られた――七百万人の住むロンドンのただなかで。

「今こそ起《た》ちて　旅に出ん
湖岸《さし》に打つ波　夜《よ》も昼《ひ》も聴きつ
路傍《みち》に立ち　薄墨の舗石《いし》に立ち
つねに聴きいたり　心の深き奥底《そこ》に」

そんな詩の一節をひそかにつぶやく。詩人イェイツの霊感が生み出すイニスフリー島の情景が心に去来する。自分も山並を越えて遠くに行きたいと思わずにはいられない。変化を、冒険を、移動を求めて、店が並びバスが走り人々でごった返す都会を遠く離れて、どこかへ。ロンドンはもう何週も霧に噎《む》せている。今宵の風でようやく息を吹き返した気分だ。

だがどこに行く？　望みは熱く、懐《ふところ》は寒し。

ヘンリオットは散らかる本や書簡類や新聞へ目をやった。どれにももう興味が湧かない。むしろただ耳を澄ます。過去にした旅の景色が、狭い部屋のなかを色つきで駆けめぐる。次から次へと蘇ってくる。旅しているときよりも、こうやっていちばんいいところを思い出すことのほうが楽しいほどだ。風の響きがたくさんの声をつれてくる。そのどれもが誘惑に満ちている。

黒海の岸辺に波が寄せてはおだやかに崩れゆき、彼方の空に壮大なコーカサス山脈が誘う。マルセイユでは仙人掌《サボテン》や高野槙《こうやまき》が風に揺れ、魔法の蒸気船が空飛ぶ夢のごとく世界をめぐる旅へと出航していく。小アジアではイダ山の山腹に泉が湧く音が響き、マラトンでは御柳《ぎょりゅう》の木が風に囁く声が聞こえる。イオニア海にふたたび夜明けが訪れ、蘇鉄の香りがただよう。青い茂みにおおわれた島々が朝日に溶けゆくころ、テンペ渓谷ではいくつもの滝のしぶきを受けて芝生が露を孕み、見あげれば――何という景色か！――白い影の群れが空に踊る……それともあれは朝日がペリオン山を背景に霧で描いたものにすぎないのか？……「早暁の灰色の空の下、ともに芝生を歩いたときのことを思い出す。無数に分かたれた厚い雲が不承不承な風にゆるゆると牽かれゆき……」

そして空気のこもった室内にその次に忍びこんでくるのは、廃墟の塔に咲く匂紫羅欄花《においあらせいとう》の香りと、噎せるような甘い蔦の香りだ。「蔦の花にたわむれる黄色い蜜蜂」の羽音が聞こえる。展《ひら》けた山並を風が鞭打つ。ロンドンの霧をひそかに切り裂いていくのもあの風にほかならない。

そして――ヘンリオットは魅せられる。街から闇が溶けて失せゆく。霧は群青の空へと掃かれ去る。街路の喧騒が海の唸りへと変わる。船の索具がきしみ、甲板が前後に揺れる。船乗りが帽子に手を触れ、二フラン硬貨をポケットに入れる。ひとたび汽笛が鳴れば――多くの冒険の旅へと導いてくれた先触れの音だ――ロンドンの騒音さえ、玩具の汽車が洩らす音にもひとしい、とるに足りぬものと化す。

それは愛すべき音ながらも、死神の呼び声のごとくだ。その低い響きには無情な何かがある。さすらう者たちをいたるところから引き寄せる音だ。「汝の知る世界を去り、われとともに来たらば吉、さもなかりせば凶！　もはや錨あげられたれば、翻《ひるがえ》るはときすでに遅し。このうえはただ――心すべし！　いと珍しきことを、何者も寄せつけずわがものとしうるなれば！」

ヘンリオットは椅子に座したまま、落ちつかない気分で身動きした。不意に思い立ち、旅行案内書や地図帳や時刻表の並べてある書架へ顔を向けた――この部屋のなかでもいちばん価値ある持ち物と思っている書籍類だ。とにかく冒険好きで成り行き任せ、常識や普通の考え方に囚われず、新しいもの珍しいものを飢えたように求めつづける性分だった。

「これが安アパートメントに住むいちばんの利点だ」と独りごちて笑った。「何物にも縛られずに済む。鍵さえかければ、あとはどこへなりとだ。だれも知らないし気にもしない――よほど物好きな泥棒でもいれば別だが。いたとしてもとうの昔に下調べして、盗る値打ちのあるものなど何もないと知っているさ！」

そう考えると、もう余計なためらいはなかった。旅仕度さえ簡単に済ませた。移動する心の準備はつねにできており、旅先の街で短い滞在をすること自体、放浪の旅をつづけるための小金を掻き集めるあいだの休み場所程度に考えていた。壁に造りつけの戸棚の最下段から、旅行用の大きな雑嚢《ざつのう》――擦り切れ汚れた袋型の容れ物――を手早くとり出した。底なしなほどたくさん入るしろものだ。南京錠と鍵がいちばん深いところに眠っていた。いろんなものを煙草の灰だらけにしながら、いつのころから着ているかもわからない古ぼけた衣類などを雑嚢に山と詰めこんだ。そのあいだも例の「蔦の花にたわむれる黄色い蜜蜂」の歌がわれ知らず口をつき、窓の外でますます高鳴る風の音と混じり合っていた。いつしか落ちつかない気分も魔法のように失せていた。

ただしこのたびは、ペリオン山の美景もテンペ渓谷の涼しい木陰も夢見ることは適わない。貧富の差によって移動も左右される文明の時代であり、本格的な旅行など富裕層のものにすぎず、ほかは安い放浪の旅で済ますしかない。そこで思い出されるのが、エジプトの砂漠への旅に招待されるという僥倖に恵まれたときのことだ。因襲的なものを嫌うヘンリオットの性格を知る招待主は、あくまで公平な選択による招きだ、と穏当な調子で強調していた。頭のなかにエジプトの地図が描かれ、高級ホテルの名がちらつくのを否めなかった。エジプトは昔から気持ちを昂ぶらせる夢の地であったが、その地の真髄に触れようとする試みはいつも徒労に終わってきた。発掘調査家やエジプト学者や考古学者といった人々は、かの地が帯びる灰色の旧々《ふるぶる》しい神顔《かんばせ》をつまらない知識で飾り立てるだけで、観光ホテルのラベルを旅行鞄に貼りつけるようなものにすぎない。彼らはエジプトの因《よ》って来たる由来を語りはするが、古代の人々がいかなる夢を見、何を愛してきたかを知りはしない。あの国の真髄は砂の下に埋《うず》まったままであり、霊廟や神殿からどれだけ些細な情報を見つけ出してみたところで、真に荘厳にして神秘な内実を発見したことにはならない。ヘンリオット自身若いころには、手に入るかぎりの資料をもとに研究に没頭したことがあった。古代王朝の時代に行なわれていた神の儀式には、真に超感覚的な智識を反映した重要な象徴が秘められているものと信じて――少なくともそう期待して――いたものであった。かつては本当に神に近づくための手立てであったはずの儀式も、今はただ表面的に解釈され、哀れむように説明されるにすぎない。しかもこうした考え方を覆してくれるような人材には――少なくともヘンリオット自身がこれまでエジプトを訪問したときには――一度も出会えたことがない。「おもしろい考え方だ」と学者たちも言いはするが、あとは背を向け、ふたたび発掘に精を出すばかりだった。砂がエジプトの真の世界をこんにちにいたるまで隠しつづけている。発掘しても出てくるのは骸骨ばかり。どこの博物館もそんなものを保管しているにすぎない――にやつき顔をしているだけの髑髏に何が語れよう。

今こうして詩を謡いながら荷作りをしていると、昂揚する希望にあふれた若いころが蘇ってくる――あの希望を生み出していた情動が本物であり真実であったからこそだ。ロンドンの街に広がる甍《いらか》の波の彼方に、ナイル河の水面《みなも》にかかる霧を透かして見た旧きピラミッドの巨影が誘うように浮かびあがる。「来たれ」部屋の天井のすぐ下あたりから荘重な囁き声がする。「汝に見せたきもの、語りたきことあり」声の主が灰色の悠然たる船団のように砂漠をわたり、地上にはない港をめざしていくのが見えるようだ。船団は一体となり、何がしかこの世ならぬただひとつの力強いものを象徴する数多の表情を帯びる――いにしえに地上から消えたある神秘的な想念の徴《しるし》を。

「こんなふうに夢見てばかりはいられない」とヘンリオットは笑った。「ぼんやりしていると、ブーツとまちがえて火挟みを荷物に入れてしまいそうだ。いつの間にか、部屋じゅうが安物市場みたいに散らかってしまってるじゃないか!」

そう言うと荷物の上から踏みつけ、さらにきつく詰めこめるようにした。

だが脳裏の映像は消えようとしない。青い空を凧が旋回しているのが見える。何マイルもつづくきらめく砂漠の上を白い禿鷹《はげたか》のつがいが飛ぶ。ナイル川をくねり進む帆船が大きな翼のような姿を大地から現わす。椰子木立がメンフィス遺蹟に長い影を落とす。甘やかに汗ばむ暑さを感じ、ヌビア地域から吹く砂嵐《ハムシン》が頬を掠る。小さな庭園では李《ミシュミシュ》の花が咲き……砂漠の匂いがただよい……滅びし王家の霊廟が灰色に佇み……エジプトの静けさがロンドンの古い街並みに絶えまなく降り注ぎ……

　砂の魔法が忍びやかな嵐のようにいつの間にか身のまわりを囲んでいる。

　そしてヘンリオットが大きく薄汚い雑嚢と格闘しているあいだに、あちこちに山をなす衣類の山がベドウィン族のきらめく顔に変わっている。駱駝たちの物憂い足音とともにロンドンに衣がかけられ、風が吹きおろす音と地下水の音が半ばする——それらは古代から現代にもたらされる音で、驚異とそしておそらくは涙をもわれらにもたらす。

　深く蠱惑された光を目にたたえながら、ヘンリオットはようやく立ちあがった。エジプトへの思いが今までにないほど強く心を侵し、呼吸もままならい深みへと導いていた。あまりにもはるかであるにもかかわらずあまりにも身近に思えるところへ。もはやここがどこかもわからない。かすかな恐怖さえ忍び寄る。

「こんな頭《ず》陀《だ》袋《ぶくろ》こそ世界の不思議だ」とまた笑い、言うことを聞かない腸詰《ソーセージ》形の化け物を部屋の隅へ蹴りやった。

　そしてまたどっと椅子に腰をおろし、粋なラベルを書いてやろうとペンを走らせはじめた。

「フェリックス・ヘンリオット、マルセイユ発、アレキサンドリア行き」だが文字にインクが滲んだ。ペン先に砂が詰まっていた。同じ文句をまた書きなおす。すると、忘れていたものがいくつもあることに気づいた。いくらか焦り気味にそれらを袋に詰めこむ。袋の奥に入れられるにつれ形が変わっていき、やがて見えなくなるが、また自然と上へあがってくる。まるで熱く乾いた不定形の砂を詰めこんでいるかのようだ。あるコートのポケットから――前の夏にドーセットに行くとき着ていったコートだ――砂粒がこぼれ落ちた。記憶にも思考にも砂が詰まっているようだ。

その夜の夢では絶えず風が吹いていた。エジプトの古く物悲しい風が吹き、砂が移ろい形を変えていった。アラブの人々が悪鬼たちとともに踊っていた。手の届かない遠い砂漠の彼方まで踊りつづけていった。速くてとても追いつけない。とても古い何かに足を押さえつけられ引き戻される。無数の小さい指に突かれ刺される気がした。目の前が帳で閉ざされた。何かが体に触れた――顔に、手に、首に。「われらとともにここにとどまれ」くぐもった声の群れがそう呼ぶのが聞こえた。地中から立ち昇ってくる声のようで聞きとりにくい。無数の喉が砂を詰められたまま声をあげているかのようだ。やがて苦闘のすえにヘンリオットはようやくその何かを手につかんだ。だがそれはすぐに指のあいだを擦り抜け、たやすく逃げてしまった。黄灰色の顔を持つものもで、あらゆる方向へ自在に移っていく。水のように流れるが、それでもなお固体だ。そして幾世紀とも知れず旧い。

思わず叫んだ。「おまえはだれだ？　名を名乗れ！　知っているような気がするが……忘れてしまったのか？」

それは彼方へ去りかけて止まり、こちらへ振り向くと、言い知れぬ色彩に輝く貌《かんばせ》があらわになった。声が聞こえた。風のようにうねり、唸り、囁く。ヘンリオットはそこで目覚めた。心臓が奇妙なほど震え、肌にうっすらと冷たい汗が滲んでいた。
だが声はまだ部屋のなかにあるようだった——すぐ近くに。
「わらわは砂」そう聞こえたあと、すぐに失せた。

次に気づいたのは、背後に横たわるパリの夜景だった。と思うと蒸気船の上にいて、驚くほどの速さできらめく海を走り、アレキサンドリアへと向かっていた。リヴィエラが水平線に消えるのを喜ばしく見送り、まばゆい陽光と気紛れな風と古風な英語を話す人の声とがまわりにあふれていた。あの忙《せわ》しない気分はすでにない。齢《よわい》四十にして依然生粋の放浪者であるヘンリオットは、平凡で退屈な都会の網の目に囚われた生活には嫌気と苛立ちのみを覚えてきた。解放される機会のないあんな暮らしには。そして今ついにふたたび旅立つことができ、たとえ金などなかろうとも、放浪の楽しさをこの解放感のうちに爆発させられるようになったのだ。計算による警告など煩わしいだけだ。ある夏の日にロング・アイランドの自宅から散歩に出て、海をすぎゆく帆船を眺めたあと消息を断ち——八年後にようやく帰ってきたというアメリカ人女性のことを思い出す。八年も衝動的な旅をつづけるとは！　その婦人にはいつも尊敬と憧憬の念を覚える。

フェリックス・ヘンリオット自身はと言えば、単に民族的な面で混血であるばかりでなく、放浪者であると同時に哲学者であり、その複雑な人間性の内面においては、ときとして力強い詩人と敬虔な信仰人の血が加わることもある。さまざまな経験を重ね数多くの書物を読んできた。若かりしころには世界の大いなる謎を解こうと情熱を燃やしたが、結局は諦めを余儀なくされねばならなかった。そうした謎があまりの驚異に満ちみちていることを思い知らされてきた。世界では何が真実であってもおかしくはない。いかなることでも驚くべきものではないのだ。どれほどとんでもないと思える迷信でも、どこかに事実がひそんでいる。人はこの宇宙に関する理知的な説明なるものが自分たちの期待を納得させられないと覚ったとき、その失望を自ら慰めるため安易に冷笑主義に走るものだが、ヘンリオットはすでにその陥穽から脱している。窮極的な答えを理知性に求めることなどとうにやめている。

彼にとってはどんな小さな旅でも必ず冒険の香味が伴った。旅の時間には終始魅惑的な可能性が詰まっている。それはときとして劇的な形をなして表われる。「まるで小説のようだな」彼が旅の話をすると友人たちはそう評する。たしかに旅はつねに小説も同然だ。

しかし大いなる砂漠の唇に小さなヘルワンの街が接吻をするかの地においては、これまで出遭ったいかなるものとも異なる冒険が待ち受けている気がする。旅の途上ではいつもこう自問してきた――「これほどの興奮をいかにして受け入れられよう？」

おそらくいまだかつて受け入れられたためしはない。それほどの興奮を砂がもたらすのだ。エジプトの砂漠において、小さきヘルワンの母たる神秘な何ものかが産み出した砂だ。

2

カイロの街を通りすぎたときには、リヴィエラを離れたときと同じ安堵を覚えた。俗悪な人間社会が雄大にして荘厳な砂漠にあまりにも隣接しすぎていることに嫌悪を感じるためだ。静かで小ぢんまりしたヘルワンの街の安逸にようやく身を落ちつけた。最上階の部屋をとったホテルはかつて副王《カディヴ》宮殿だったところだ。現在も依然として王宮の雰囲気をただよわせている。高い天井、通気よく涼しい廊下、広々としたホールなど、イギリスの貴族邸宅《カントリーハウス》に通じるものがある。足音を忍ばせて歩くアラブ人のホテル従業員たちが奉仕してくれる。白壁は熱をとりこむことなく、明るさと通気性のみを豊かにする。どこかしら、砂の上にじかに張った大きく広いテントにも似た開放性がある。翳りに富んだ庭園では夾竹桃が風にそよぎ、部屋の隅に置かれた気に入りの椅子のそばの椰子をも同じ風が揺らす。かつて副王が裁きの場としていた部屋の高い窓からは、広大な砂漠を灼《や》く陽光が射しこむ。

やがて日没には寝室の窓から、うねる丘陵をなすリビア砂漠の彼方を黄金と深紅に染めながら沈みゆく夕陽を眺める。こちら側からピラミッドを見ていると、ナイル河が椰子の木立のあいだを曲がりくねって流れ、農地を潤していくのがわかる。バルコニーの手摺りの向こう側ではエジプトの星々が昔ながらの夢に出てくる星座をなし、ヘンリオットのベッドまでも見おろしてくる。南を見やれば、数千マイルもつづく無人の大砂漠が上エジプトからヌビアを経て、さらにはあの恐るべきサハラ砂漠にまでつながっている。これほどの果てしない砂漠の彼方までもなぜ人は知らねばならないと思ったのかと、またも訝らずにはいられない。カイロから三十分もかからずに着けるここでなら、ドアのすぐ外で砂漠が息づきながら横たわっているというのに。

リビアの北端とエジプト砂漠の南端とに挟まれたここヘルワンは、まさに砂に憑かれた地だ。

まわりを海のごとく砂漠が囲む。どこへも逃げ出せないような気にさせられる。四囲の岸辺に砂が打ち寄せる島のなかを歩きまわっているようなものだ。日の照りつける広い街路の奥では、どの通りでもはずれの二軒の建物のあいだにすぐに砂漠が見える。砂は青くきらめき、あるいは火に炙《あぶ》られたように紫色に光る。遠方では海の色を思わせる深緑の広がりもある。街の通りはいわばそこへ近づくための開かれた水路で、望遠鏡越しに目でそこをつたっていけば信じがたいほどの遠方まで望める。砂漠もその水路づたいに細長い触手をヘルワンへとのばしてくる。砂は洪水のように街にあふれ、あるいは街をおおう。壁を越え家々をすぎ教会を跨ぎ、海となった砂漠がその無数の柔らかな足で静かに街を侵す。罅《ひび》に、隙間に、割れ目に、砂はいたるところに注ぎこまれる。この地が何者の所有物であるかを人々に思い出させる。すぎゆく風は街角に渦巻く塵埃を浮きあがらせ、物静かにして力ある〈何者か〉からの許可の伝言をヘルワンにもたらす——陽光の下でおだやかに横たわり夢見るがよい、と。人工のオアシスも借地の上に造られた一時的なものにすぎず、せいぜい九十九世紀もつづけばいいところだろう。

砂漠は海であるというこの思いつきは、しつこくつきまとって離れない。とくに不安を誘う短い日暮れどきのおぼつかない明るさのなか、砂漠は白い小さな家々へとうねりながら押し寄せる大波のように見える。波は五十マイルもの距離を休むことなく一気に走り抜ける。あまりに深いため泡立つことも乱れることもなく、ただ大山のように豊かに盛りあがるのみ。下層は間断ない急流で、遠洋と近海を途切れずつなぐ。ひとつひとつの波が小砂漠で、総じて大砂漠をなす。今し方嵐が去ったばかりで、ヘルワンは岸に投げ出され、嵐のなごりが乾き去るのを待っている。

だが毎朝目覚めるごとに、またもいつの間にか海の深みへ運ばれていることに気づく。そのたびに街の一部が波に流されて失せる。そびえ立つモカタム丘陵はいつ倒れてくるとも知れないようで、そうなれば人がヘルワンと呼ぶ小さな砂場など跡形もなく埋められてしまうだろう。

砂漠からの伝言は音も立てず香りもさせず、ふたつの感覚のみを介してヘンリオットに届いた――視覚と触覚によって。当然ながら前者が主となる。伝言は目を通じて侵入する。未修正のままの映像が好き勝手な速さで網膜に到来する。こうして砂漠は見る者をもてあそび、砂が目から人の中枢にまで忍び入る。

何よりも、これだけ壮大なものがすぐそばにあることの威圧感がすさまじい。こんな景色がすぐ目の前にあるところでせせこましい社会的行動をする人間の不遜さを、ヘンリオットはしばしば訝しく思う。砂漠の顔の一端を踏み均したところでゴルフやテニスに興じたり、最奥の地でピクニックを楽しんだり、安ぴかな街の壁のすぐ外側に計りがたく巨大な〈何か〉が寝息を立てつつ横たわっているとも知らず夜ごと踊り狂ったりしている人々のことを。そうした者たちの浅はかな賞賛の声など、無遠慮で挑発的なだけだ。日ごろ享楽を追いかけてばかりいること自体、不敬な無関心を表わしている。無謀な遊興に耽りたいだけなのだ。その卑俗な心根に崇敬の念などありはしない。半ば瞼を閉じた砂漠の旧い顔の前を、安手な観光客の群れが笑いさざめきながら通りすぎていくのを見るとき、胸のうちで震えを覚えることがしばしばある。

ヘンリオットの混乱した想像のなかで、砂漠の崇高さがますます人間を小さいものに思わせてくる。こうした人々は、自分たちの卑しい矮小さを振り撒きたいだけなら、もっとほかの場所を選べばいいのに。静かに眠る灰色の大砂漠がいつ目覚めて彼らに気づくことか！

ヘンリオットがいるホテルにも「上流階級」と称する「品のいい」人々が何人か宿泊しており、それがまた彼のなかの反感を憤懣の域にまで高める。華美な衣装で着飾り、現在世界的人気を博している小説本を小脇にかかえ、狭い世界の狭い通りを尊大な自己満足もあらわに闊歩していく。空疎な頭で考えていることを自分たちの排他的な仲間うちでのみ通じる陰語でおしゃべりし合う──真に重要な価値あることは除外して。彼らの俗悪な外見だけでもうんざりさせる──平素身のまわりで見慣れすぎているがゆえに──が、このような壮麗な環境のなかで見ると、彼らの持つ本質的な下品さや醜悪さがいっそう強調され嫌悪させる。この膨大な砂のなかに彼らはロンドンに渦巻く最新の醜聞を持ちこみ、霊廟や神殿のなかでさえそれらをわめき立てる。さらに嗤うべきことには、自分が知り合いになる価値もない者だとも気づかずに、次はだれに知遇を得させてやろうかなどと埒もないことに頭を悩ませるのだ。高貴な砂漠を背景にしては、彼らがどんな高い称号を戴こうとも、道化師を飾る帽子や鈴も同然のものと見えざるをえない。

しかも困ったことに彼らの中にはヘンリオットの知人たちもいるため、退屈な付き合いから逃げることも叶わない。だがここで真に価値を手にしているものはヘンリオットだけなのだ。ほかの者たちはわが身の平凡さが彼との対比をきわ立たせていることにも気づかない。ましてこのような悠久の美を具えた砂漠を前にしては、その差はより歴然たるものだ。

ときとして内心の反感が言葉となって口をついて出る。だがもちろん彼らはその真意など知るよしもなく、「なかなかいいことを言うじゃないか」などと評するにとどまる。そしてヘンリオットはいくらかなりとも気分が和らぎ、ひそかに満足する。

「砂漠は彼らなど気にもとめはしない。彼らの存在すら意識しない。波打ちぎわに落ちている塵芥を海が意識するはずがあろうか？」

ヘンリオットは崇拝者の敬虔さを以て、移ろいゆく偉大なる砂の祭壇へと近づいた。その雄大さが本心よりひざまずかせずにはいない。輝く砂は世界最古の神殿にまで達し、これまで経てきた旅のすべてが聖なるものであったと思わせてくれる。彼にとって砂漠は神に捧げられた地であり、聖別された場所であった。

そして心得のよい招待主はヘンリオットの特別さをよく承知しており、〈館〉を彼のために開放していつ来てもよいようにしてくれている——オアシスの北端に位置する〈館〉だ。そこでならだれにも邪魔されることはない。招待主に感謝しなければならない。本当に来てよかった。これがヘルワンの歓待だ。砂漠は彼が来たことを認識しているのだ。

広い食堂室の隅の自分の席からはほかの客たちが見わたせる。だがヘンリオットの目はいつもある一人の男へと引き寄せられる。すぐ近くのテーブルについている男で、その人物のようすにずっと興味を動かされていた。ほかのほうへ目をやっているときでも、できうるかぎりその男をひそかに観察しつづけた。好奇心を掻き立てる何かがある——何かを期待させるような雰囲気をまとっている。いや、そう言うだけでは足りない。何かを予感させるような、恐れさえ抱かせるものをどこかに持っていそうだ。神経質そうな、落ちつかなげなようすをした男だ。不安げに不意にあたりを見まわすところにそれが表われている。食堂内にいるほかの客にも意識を集中させてみようと試みるが、いつもその男へ視線が戻ってしまう。向かい側の席に独り座し、人に見られることに怯えるように食事している男に。ときおり本当にだれかに見られていはしないかと恐れるように顔をあげる。ヘンリオットの好奇心は知らず知らず疑念へと変わっていった。謎めいた男だ。同じテーブルにもう一人分席が用意されていることに気づいた。

「俳優か、あるいは異教の聖職者か、私立探偵か、それとも——ただの変わり者か？」

そんなことを思いながら盗み見ているうちに、疑問に楽しみが伴わないことに気づいた。人に正体を知られまいとしているような警戒感を感じ、疑念がふくらむばかりだ。

髭は生やしておらず、肌は浅黒く、顔立ちはいかつい。濃い髪は直毛ながら梳《くしけず》ることの少なさそうな蓬髪で、いくらか灰色が混じる。笑みを浮かべるときには、無理をしているように顔が引きつる。平凡な男とはとても思えない。ヘンリオットは直感的な推測に跳びついた。

「あの男はただの観光や遊興のためにここにいるわけではない。何か深刻な理由があってエジプトに来たのだ」

不調和なほどさまざまな表情が表われることからもそう思える。酷薄そうな頑《かたくな》な表情が表われたかと思えば、口のはたの皺に真意の読みにくい夢想するような表情が浮かび、気味悪く見えることもある。伏せがちな薄青色の目にも同じ表情が強く表われる。その目はどこかあらぬ方を見ているようだが、「夢想」という言葉はあたらないのかもしれない。「追求心」とでも言ったほうがしっくり来るだろうか。だがその奇妙な表情の真意はつかみきれないままだ。不調和な心理同士が顔のなかで重なり合う――表面の落ちつかなさそうな動きと、その下の冷然とした深層とが。矛盾に満ちた顔だ。

観察しつづけるうちに、ヘンリオットはますます興味を惹かれていた。

「あの男を知らねばならない。彼にかかわることなら何でも知りたい」

あとでわかったことだが、名前はリチャード・ヴァンスと言い、イギリスのバーミンガムから来た実業家だった。だが本当に知りたいのは出身地などではない――あの夢見るような、何かを追い求めるような、逃避的な表情の理由をこそ知りたい。だが遠からぬ距離で向かい合っていても、たがいに目を合わせることはなかった。それはヘンリオット自身も相手から見られていることに気づいているためであった。バーミンガムから来たリチャード・ヴァンスは同様の注意深さを以て、ロンドンから来たフェリックス・ヘンリオットを観察しているのだった。

やむなく機会を待つことにした。いずれきっと近づきになれるはずだ。機会のほうからおのずと訪れてくるものだ。この奇妙な鎖のひとつめの輪はすでにつかんでいる。ほどなく何かのきっかけで鎖を強く引けるようになるはずだ。そしてふたつの人生がひとつところに寄り合い、同じ円環に入る。男の同伴者がどんなご仁かと気になりつつも、知遇を得られるのはまちがいないという思いはいよいよ強まっていった。ヘンリオットはこうした第一印象からの予測力に自信があり、あてがはずれたためしはめったになかった。

その予想に従い、無理に近づいて知り合おうとすることは避けた。それでその後の数日を招待主の友人と頻繁に食事を重ねるうちに、バーミンガムの実業家リチャード・ヴァンスの姿をいつの間にか見かけなくなっていたことに気づいた。ある夜晩く友人宅からホテルに戻り、広い廊下を通って自分の部屋に一、二歩足を踏み入れたとき、背後からのろのろと尾を引くような声が聞こえた。すぐ近くからの声で、あまり心地よい響きではなく――

「お邪魔をしてすみませんが、じつはその、もし方位磁針《コンパス》をお持ちでしたら、ちょっとお貸し願えないかと思いまして」

あまりにもすぐそばから聞こえたので驚いてしまった。触れそうなほど近いところに立っていたのはリチャード・ヴァンスだった。わずかな距離をとって後ろについてきたのにちがいない、まさにアラブ人のような忍びやかな足どりで。そう思うのは、廊下を少し戻ったところのドアがひとつ開いており、部屋の明かりが洩れていたからだ。ヘンリオットが途中で前を通りすぎた部屋で、この男はそこから出てきたのにちがいなかった。

「え、何ですって? コンパス――とおっしゃいましたか?」

一瞬当惑に襲われた。初めて立ち姿を見て、背の低い男であることがわかった。ただ、肩幅は広く体はがっしりしている。濃い蓬髪を見おろす形になった。その外観と声に気味悪さを感じる。そう思ってしまったことが、不意を衝かれたヘンリオット自身の顔に表われているかもしれないと思えた。

「驚かせてしまって、ほんとにすみません」さも申し訳なさそうに言うが、先ほどより和らいだその表情は、もともとのけわしい目鼻立ちと妙に釣り合わない。「絨毯が柔らかいので、足音をさせずに歩いてきたようです」頼みごとをするときのつねと思ってか、かすかに笑みが浮かぶ。

「携帯用の小型コンパスでけっこうですので――お持ちでしたらお貸しいただけないかと思いまして」

「ああ、コンパスね。いいですとも！　どうか詫びなどおっしゃらず。たしか持っていたと思います――ちょっと待ってください。よければ、どうぞなかへ。今見てみますので」

相手は礼を言い、廊下で立ったまま待っている。ヘンリオットはいっとき探したあと、幸いにもたしかにコンパスを持ってきていることがわかったので、それをさし出してやった。

「これはどうも、たいへん助かります――明日の朝にはお返ししますので。こんな時間にお騒がせしまして、どうかお許しください。その――真北がどの方角かをどうしても知りたいんですが、持っているコンパスが故障していましたもので」

ヘンリオットが短く受け答えをしたあと、男は戻っていった。わずか一、二分のあいだの出来事に思われた。ドアに鍵をかけ、椅子に腰をおろして、考えてみた。なぜかわからないが、こんな些細なことにうろたえている自分がいた。そんな気分になるのは莫迦げたことに思えるが、しかしよく考えれば――妙な不気味さを覚えざるをえない。コンパスが必要になることもないとは言えまいが、それにしても何のために？　しかもこんな夜中に。平素には持たないこうした疑問を抱かせるものは、いったい何だ？　何か気味悪いことが起こっている気がする。それも、この世ならぬことのような――そんなふうにまで思ってしまうのはなぜだ？　あの男がすぐ身近に来たというだけで衝撃だった。本当に驚かされた。じつに招かれざる考えだが、あの男の来訪とともになんだか不条理なものが――恐怖とも歓喜とも驚愕ともつかない感覚が――舞いこんできた。それに、あの声には妙に音楽めいた響きが――一種の軽やかさとでも呼べそうな調子が――あり、聖歌とか詠唱歌とか祈禱歌といったものを思わせた。のろのろと尾を引くような声と最初に思ったのはまったくの誤りだった。

ヘンリオットはそれを自分の想像のしすぎだと考えようとした。だがそうたやすくは片づけられなかった。自身に起こっている困惑の気持ちは単に想像力のせいだけではない、もっと現実的なものだ。そう考えるうちに、やがてあることに初めて気づいた。あの男が訪れたとき、そうとわかるかわからないほどにかすかなある香りを身辺にただよわせていたのだ。それはある意味で芳しいもので、僧とか寺院とかといったものとつながる、いわゆる香《こう》を連想させる匂いだった。そのなごりが今も部屋の空気中に残っている。そうとわかると、あの男の声が詠唱めいていたこともなんとなく納得できる。あれはたしかに宗教的なお香なのだ。だがそれらとコンパスがどうつながる？――この深夜のエジプトの砂漠で！

すでに覚えていた好奇心と興奮のなかに、一抹の不安が紛れこんできた。

ベッドに就くために服を脱ぎながら、「忌々しい想像力め！」とつぶやく。「いつも想像にもてあそばれる。そのせいで眠れなくなるんだ！」

だが胸に湧き起こった疑念は消えはしない。横たわって寝《しん》に就く前に、どうかこうか説明をつけなければ収まらない。そしてようやく気づいた――答えは星ではないかと。あの男は天文学者か何かではないか。あるいは占星術師のたぐいか！　ありえないことではない。ヘルワンの夜空には美しい星々がきらめいているのだから。モカタム丘陵の尾根に天文台があるので、そこで祝祭日などに天体望遠鏡を観光客に貸与している可能性は充分にある。そうだ、そうにちがいない。そう確信すると、ヘンリオットはバルコニーに忍び出て、あの男が性能のいい望遠鏡でも使って天体を覗き見てはいないかたしかめようと試みた。ホテルの同じ側の部屋同士なのだから。だが問題の部屋の窓には鎧戸がしめきられ、屈みこんで目を望遠鏡につけている人影も見えなかった。空では無数の星がまたたきながら、静かな砂漠を見おろしている。夜のなかでは物音ひとつせず、動くものもない。リビア砂漠からの夜風がナイル河を横切っていく。肌を刺す冷たさだ。急いで部屋のなかに戻る。ベッドのまわりに念入りに蚊帳《かや》を吊り、明かりを消して、寝入るべく体を横たえた。

予想に反し眠りはすぐに訪れた。浅い眠りではあったが。エジプトの星空の下に暗く横たわる砂漠を最後にひと目見たおかげで、強い力を持つ手が興奮を静めてくれたようだ。それはなだめ落ちつかせてくれる一方で、なぜかわからないが、深く巨大な目の細かい網のようなものに囚われる気がするのだった。だがこの深い網は神経に障ることがない。神経では理解できないもっと奥底の何かに触れてくるようだった。体は眠っているが魂は目覚め、囁きかけてくる。

この薄い眠りの膜の上を些細で愚かな夢があちらこちらへ走りまわり、ひどく小さい何かやら、あるいはそれと同時に言葉に尽くせないほど力強い何かやらの、奇妙にもつれ合った絵を描き出す。そんな二種の異なった悪夢がたわむれ紡がれ合っていく。そこにはコンパスを持った浅黒い顔の人影がいて、天空を計測して真北を見つけ、地上で描く奇妙な輪郭をもとにして、そのはるか上にただよう甚大な〈存在〉を見い出すための手がかりとする。そしてそれを天空から悪夢のなかへと写しとるのだ。あの男の奇妙な頼みごとがもたらした興奮が、眠る前にかいま見た星空と砂漠が呼び起こす深遠な興奮と混じり合い沸き立つ。二種の興奮が内的に重なる。

時間が経ち、浅い眠りから昏睡へと落ちようとする寸前、ヘンリオットは目覚めた――砂漠がいつの間にか部屋に忍びこみ、ベッドに横たわる自分を見おろしているという奇妙な感覚によって。ホテルの外壁のまわりで風が泣き騒ぐのが聞こえる。窓ガラスを叩く鋭い音もかすかに。すぐにベッドからおりた。まだ事態を理解できるほど完全に覚醒してはおらず、熱に浮かされたような混乱を起こすに足る悪夢のなごりが依然わだかまっている。部屋の明かりを点けた。一瞬後、窓を叩く妙な音の意味がわかった。風が強まったせいで、細かな砂粒が舞いあげられガラスにぶつかっているのだった。そんなものが自分を呼んでいるという考えは、もちろん夢のつづきでしかあるまい。

窓を開け、バルコニーに出た。石の床が素足に冷たい。風が全身を洗う。白く光る砂漠が近く遠く広がるのが見え、目の下の皮膚を何かが刺した。

「砂だ」と独りつぶやく。「またも砂だ。いつも砂だ。寝ても覚めても、どこもかしこも砂ばかりだ――ほかには何もなく、ただ砂、砂、砂……」

目をこする。寝言のつづきをつぶやいているのか。目覚める前に尋ねかけた、夢のなかのだれかに向かって？　今でさえ本当に目覚めているのか？　実はまだ夢のなかで、そうと気づくのは朝のことになるのか？　何か巨大なものがさらさらと砂を散らしながら、遠い砂漠へとしりぞいていったあとのようだ。砂がついていく――流れ、渦巻き、世界を包みながら。風がやんでいく。

ヘンリオットはふたたび眠りに就いた。すぐに無意識へと落ちた。灰色の大きな顔を持った赤茶色の無辺の広がりにおおわれ、目隠しされて。その存在は膨大でありながらひと粒ひと粒はきわめて小さく、その指は、翼は、目は、夜空の星ほどにも無数だ。

それは小さなバルコニーの上にまで盛りあがり、夜通し見おろし待ち受けている。ときおり部屋のなかにまで忍び入り、枕のすぐそばに積もる。そして砂の夢を見せる。

3

真夜中に方位磁針《コンパス》を貸してくれと頼みに来て好奇心を極点まで高めたバーミンガムの男とは、その後の数日のあいだ出遭う機会が少なくなった。理由のひとつは、ヘルワンの街でも比較的遠いほうに住む知人たちとの付き合いが多くなったことであり、もうひとつはヘンリオットが幾夜かを砂漠に出て寝ることにしたためだった。

砂漠が与えてくれる大いなる安逸ほど愛すべきものはない。そこでは外の世界のことがすべて忘れられ、のみならず記憶のすべてまでも忘れることができる。何もかもが消え失せる。魂は自らの内奥を覗き見るのみだ。

アラブ人の少年を一人雇い、寝袋や食料や水を驢馬《ろば》に積んでワジ・ホフまで運ばせた。ヘルワンから東へ一時間ほど歩いたところにある荒涼とした峡谷だ。海抜千フィートもの崖が両側に切り立つあいだをうねるように涸川《ワジ》が穿たれている。平かな台地と起伏に富んだ丘陵とが織り成す変化ある風景のなかに、突然広い谷あいが展《ひら》ける。涸川はつねに動いており、行くたびに同じ場所にあったためしがない――日の光が移ろうとともに砂漠が腕を動かしていくかのようだ。そこで夜明けを眺め日没を眺め、そのあいだの日中を寝袋のなかで眠ってすごす。延々たる地平線の上で夜と昼がこの世ならぬ色彩に変化するさまを楽しむ。孤絶のなかで砂漠が体に沁み入ってくるようだ。夜には燃料を節約しつつ小さく燃やす焚き火――薪をたくさん運ぶのはたいへんなので――のまわりで野干《ジャッカル》が吠える。昼には真上で鳶《とび》が円を描いてようすをうかがい、ときおり禿鷹が羽ばたいて青空を横切っていく。岩ばかりの谷がなす凄愴な風景はまるで月世界のようだ。懐中時計は持ってきておらず、夜明けから一時間後に驢馬とともに訪れる少年はさながら別の惑星からやってくる者のようで、はるか往古に忘れ去られたいずことも知れぬ深淵から日常的な時間と空間を越えて物資を運んでくる。

静寂のなか短い黄昏が訪れると、ほんのかすかながら不安が深まる。まぶしい日の盛りや漆黒の闇夜ならばかえって割り切って耐えられるところを、さだまり切らない日暮れどきは目を閉じ身を隠したくなる。すると想像を超えた効果が働く。心が落ちつかなくなる。その理由はわからない。崖や色褪せた石灰石の礫《れき》が内側から光を洩らすかに見え、それが砂漠のおぼろな警報灯のように見えるせいだろうか。風雨に削られた不規則な形の丘陵も不吉な稜線をなし、蠢《うごめ》きうなずくかと思われる。そうした景色も朝の明るさのなかではもとの姿に戻って眠りに就く。だが夕暮れになるごとに波が押し寄せる。海から打ち寄せるもののように盛りあがり、危険な姿をさらす。波は横一列に並んで攻め寄せ、一斉に襲いかかる。まといつく砂をきらめかせ、自らも輝き、星の下でさえ光を失わない。月の明るさでようやく呑みこまれる。モカタム丘陵の上に昇る月は壮大な白い光景を生み出し、砂漠の全容をも照らし出す。月光は砂が秘める豊満な美しさを引き出す。果てしないほどの広い領域を照らし、こののち幾世紀も生命の生まれぬであろうところまで明るませる。ヘンリオットは何者もいない星の上に、あるいは息をしたり動いたりするものが創造される前の地球にいる気分だった。

だが何よりも心に刻みつけられたのは、このあたかも死の世界のような地で途方もない量の活力が生み出されつつあることだ。ここにはただだっ広いだけの平原が持つ憂鬱がない。広大で単調な風景に特有の寂しさがない。この地の谷と台地がなす無限の変化には予測可能な理解が伴う。「果てしない世界」という言葉が持つたしかな意味をここでは理性で実感できるのだ。砂漠にははじまりも終わりもないが、その感覚は永遠の平穏であり、星空にも似たたおやかな静謐だ。人を当惑させ怯えさせるものではなく、むしろ勇気と自信と希望を与える。砂は数えきれない歳月をかけて大地が崩れた破片だが、そこには力強く昂ぶる生命力があり、その巨大さは不安を誘う余地すらなく、その深さにはたやすく逃げ去る弱さもない。久遠の静寂の奥には、死を思わせる灰色の仮面の下には、あふれんばかりの生気を宿しているのだ。だからこそ砂漠にいるだけで荘厳な気持ちになれる。

この死の表層とその下に秘められた生の内実との対照性は、矛盾しているようでいて人を魅するものを孕む。ヘンリオットに砂漠が与える興奮は途切れたことがなかった。ここにいると孤独を感じない。つねに幾百万の同胞《はらから》がいるようで、空の星同士が身近に感じ合うように砂漠を自らに近いものと感じる。あるいは砂のひと粒ひと粒が仲間と感じ合うようなものか。

砂漠を離れたのはまたも砂嵐《ハムシン》——砂塵を伴う熱風——がきっかけだった。ここ何日かの夜と昼を計り知れない歳月のように感じながらホテルに戻った。数千年も旅をしてきたような気分だった。血のなかに砂漠の魔法が注ぎこまれていた。帰ってみると、ホテル暮らしが前にも増して味気ない退屈なものに思えた。それだけ人間としての感覚が研ぎ澄まされたのかもしれない。華やかに着飾った観光客たちのおかげでかえって敏感になれたのかも——仮にここにいるあいだだけ気にせよ。毎日がつまらないものに思え、正装をしても前と同じ俗悪さを感じるだけだった。砂漠にいたときは王侯貴族の心持ちがしたのに、今は奴隷になったようにおどおどするばかりだ。

だが砂漠が与えてくれた誇り高い気持ちが、まだどこかにわずかながら残っているようでもあった。レンズのように純粋にものごとに焦点を合わせる力が。ホテルの食堂に集まっている人々を見まわすうちに、余計なものへの目移りが次第にしりぞけられていき、向かい側の小さなテーブルに席をとる二人の人物に焦点が合うと、少なからぬ衝撃を覚えた。

夜中に真北を見つけたいと言ってコンパスを借りたバーミンガムの男リチャード・ヴァンスのことを、ヘンリオットはそのときまですっかり忘れていた。あの男が今ふたたび目に入った。直観力が蘇ったような気がした。記憶が閃きを曇らせる前に、とっさに思ったことがあった。

「あの男を砂漠につれていくべきだったかもしれない。彼ならそのわけを理解でき、気に入ってくれたんじゃないか！」だがその裏には真に直感したことがあり——それが一瞬のうちに表層まで広がってきた。「それどころか、彼は砂漠のどこかに属している男だ。砂漠が彼をここにつれてきたのだ」だがそれはすぐまた陰に隠れた、深層水流が下層へもぐるように。「あの男、コンパスで何をしたかったんだ？　本当の目的をどこに隠している？」

そう訝りつつも、ヘンリオットの注意はヴァンスの隣に坐る女性に奪われていた。さまざまな考えが去来するあいだも目はそこばかりを見ていた。前は空いていた席が今はついに埋められている。ヴァンスに初めて気を惹かれたときとは異なり、その女はまっすぐにヘンリオットを見返していた。目と目が正面から合った。数秒のあいだおたがいを観察した。女の射抜くようなまなざしは鋭いが決して無礼ではなく、こちらの顔を丹念に探索しているかのようだ。当惑させられるのを否めない。ヘンリオットはパン屑がこぼれるのもかまわず、負けずにじっと見つめ返した。相手より先に目を逸らすことなどできようか。ようやく女のほうが先に視線をさげたときには、それまでの短いあいだに多くのことが起こったような気持ちに襲われていた。長い親密な会話を交わしたあとのような。女はこちらを念入りに値踏みしていた。質問と答えがまたたく間にくりかえされた。すでに見知らぬ他人同士ではない。この先はもう直接的な観察などせずとも、女が自分の存在をずっと意識しつづけ、内密に交渉してくるであろうことが予測できる。女は息とともにひそかに質問をつぶやき、ヘンリオットは速まる胸の鼓動に乗せて答えを返す。それどころか女はリチャード・ヴァンスについても教えてくれた。あの男に気を惹かれたのも、女の力があの男に影響していたからなのだ。謎めいた重要な秘密を知っているのは女のほうだ。ヴァンスは彼女の強烈な人格を反響させる存在にすぎない。

これがヘンリオットが得た第一印象だった——これまで出会ったあらゆる女性のなかで最も目

を瞠らせる顔から読みとったことがそれだ。食事をしているあいだその印象はずっとつづいた。もはや女はこちらのテーブルに移動してきたも同然だ。すぐ隣にいるにひとしい。今このときから二人の心は確実に絡み合っている。

　人は見知らぬ者に自分の望みどおりの性格や身の上を夢想しがちなもので、このときのヘンリオットも想像力を思い切り働かせていた。それでもある確信は消えずに残りつづけ、むしろ徐々に大きくなっていった——エジプトの地がその深奥に隠す秘密の存在に、この女は気づいているのにちがいないという思いが。とすれば、この地について知識や助言を与えてくれるかもしれない。彼女が古代の事物に関心を持っていることはたしかであり、顔を見ているだけでこちらまで砂漠を思い出してしまうほどだ。同時にもちろん——砂のことまで思い出させる。

　まさに記憶が閃くようだ。彼女を見ているだけで、砂漠のテントですごしたときの安逸と歓喜が思い出されてくる。そしてそこから先はもちろん、このすらりとした美人によってヘンリオットの想像力が構築を余儀なくされた夢想だ——しかもそれは必ずしも夢想ばかりとは言えまい。

　だがじつのところ、女性というものについてのヘンリオットの知識はかぎられており、女性についてわかったふりをすることも考えられなかった。恋愛体験自体が少ないのだ。それは母親に対していだいていた愛情と尊敬の念が、異性のすべてをある高みに置いて見させてしまうためであった。女性との交際——もしそう呼べるとすれば——は相当若いころのごく一時的なものでしかなかった。しかもそれは過酷な試練を経ての恋愛成就などには到底いたらず、今でも理想と憧憬の域にとどまりつづけている。他人から見ると、ヘンリオットの女性への態度は無意識のうちに滑稽になってすらいるようだった。それほど女性を畏敬と賛嘆の対象とのみ見なしていた。困難な問題に挑戦することは楽しいがとかく煩わしいものであり、危険ですらあると考えてしまう。つまりは結婚というものに向かない男なのだ！　ところが今、そんなヘンリオットを意識的に魅するこの女性の存在が心から離れがたくなっている。そこにはふたつの意味合いがある。ともに確実である可能性が相当高いことだ。ひとつは恋愛に長けた男がよく言う陳腐な科白に象徴される――「あれは昔知っていた女だ」「あの女とどこかでかかわりがあったのはたしかだ」「なんだか昔からよく知っているような気がする」といった思いであり、もうひとつはほとんどそれから生じたといってもいい考え方だ――「あの女にはかかわるな」「厄介ごとを抱えこむだけだぞ」「危険だ、やめておけ」――という意識であり、悪い予感の表われと言える。

だがどちらの考えも証拠があるわけではなく、しりぞけようと努めた。しかしこの女の十人並みをはるかに超えた容色に目を奪われるうちに、当初跳びついた判断が依然として残っていることに気づかざるをえなかった。つまり、どこかで見憶えがあるという思いと、それに伴うよからぬ予感とが残りつづけた。そしてもうひとつ――これは本当に夢想と言っていいことだが――この女ならエジプトについて教えてくれるはずだという思いこみだ！

そんなことを考えつつ、魅入られたように女を注視しつづけた。この女もまた肌が浅黒いが、それは高齢者によく見られるような色合いでもあった。自然な呼び方をすれば初老ということになるが、その言葉で表わせるのは肌の色だけだ。表情となると、途方もない歳月を思わせる深みが感じられた。漆黒の瞳はまるではるかな昔日を旅してきたかのような深遠さを湛え、のみならず顔の全域が神秘的なものを表現している。この女の心は忘れられた往古のことどもを知悉していにちがいない――そんな思いがヘンリオットの頭のなかに湧き起こってやむことがなかった。頬骨が奇妙なほど高く、ラムセスの名で広く知られている何人ものファラオの顔立ちをつい連想させる。角張った頑丈そうな顎、強い意志力の徴とも言える鷲鼻。そこにある力強さは否定しようもなく、当然威厳が伴うが、それでいて人を寄せつけない冷徹な雰囲気は感じられない。口もとから顎にかけてのしっかりとした線や、何よりも黒い瞳の上に配されたまっすぐな瞼には高貴さが滲み出ている。そんな瞼に護られたまなざしには言いえないほど強く心を魅するものがある。黒石を穿った彫像を思わせる顔立ちから放たれるその視線は、砂漠の彼方の遠く人ならざる世界をも見通すかのようだ。細かく見れば顔には老いが表われている。だが全容から発せられる昏い妖美がそれをもおおい隠す。

そのあとヘンリオットは自然な流れとして、あの女とつれの男とがどのような関係にあるのかを憶測した。だが巧くは行かなかった。想像はすぐ停滞せざるをえない。リチャード・ヴァンスの母親と見なしうるほど老いてはいないし、と言って妻と見られるほどには若くない。興味はつのる一方で――と言うより、つねならざるほど疑問に駆られていた。あの男があの女と一緒にいる図には、何やら奇怪な雰囲気がある。女が印象づけている強い権威性によって、男を思いのままに操っている――直接的にではないにせよ――のではないか。しかも男は本当はそれを嫌っているが、しかしその意志を思い切って口に出すことができず、愛想よさをとり繕って黙従するしかなくなっているのではないか？　渋々言うことを聞き、時機が来るのをひそかに待つだけになっているのでは？　男の挙動や表情に見られる妙にこそこそしたようすに、その心理がうかがえる。どこかに真の動機を隠しているようだ。本当は屈辱を覚え、心に期すものがあるが、それを表に出す勇気がない。それであんなに不自然に親密さを装い、女の表情を絶えず盗み見ているのだ。

この推測は当たっているかもしれないと、ヘンリオットは考えた。頭を悩ませた試みが報われた気がする。とすれば、さらなる想像も可能だ。あの女は何かしら富を持っており、男はそれに期待しているのではないか。たとえば、屈辱に耐えながら女に七年も仕えつづけ、いつか脱出することを計算しているとか——それも決して尋常な脱出にはなるまい。そう考えると身震いすら覚える。それでも想像をやめられない。

もちろんまったくの的はずれという可能性もある。空想を遊ばせすぎるとき陥りがちなことだが。それでも今回にかぎっては正しいのではないかと思わせる何かがある。ただ、あることに思い及ぶたびに、いつも想像が止まるのを避けられない。それはこの二人が醸す奇怪な雰囲気だ。ヴァンスという男の不自然さに因するところが大きい。あのような顔立ちをした男が、本当に弱く不活性なはずがない。あの男は苦労して真の動機を隠しているが、しかしその結果が不自然な表向きを生んでいるため、図らずも真の動機があることを明かしてしまっているのだ。何かしら積極的に行動する意志を秘めていることを。とり繕っているだけで、目的は眠っていない。ヴァンスはつねに目覚めている。初めあの男に衝撃を受けたことをヘンリオットは思い出した。あのときの胸騒ぎについて思いをあらたにすべく努めた。

次に、このひと組の男女がエジプトの地で——あるいは砂漠で——何をしようとしているのかに想像をめぐらせた。何らかの目的があるからこそこの砂漠に来たことは、当然まちがいない。だがその先の可能性の候補をいくつか挙げようとすると、またも停滞を余儀なくされる。それは、ある意味で正解がほぼわかっているからだ。つまりあの女は、ヘンリオットがこれまで求めようと努めつつ得られずにきた古代エジプトの秘密に触れているのにちがいない。それは砂に深く埋もれている石の廃墟のことであるにとどまらず、かつてその廃墟が表象しながら後代の学者たちによる妄想という砂のなかに埋もれてしまった真実という意味でもある。

ではその真実とは何かとなれば、知識に乏しいヘンリオットには満足な手がかりを得るすべすらない。答えに導いてくれるだけの情報を持たない。だから思考をさまよわせるしかなかった——運命が導いてくれるまでは。その導きが顕現したとたんに、これまで考えすぎだとしてしりぞけてきた悪い予感や凶兆といったものがにわかに真実味を帯びてきた。当惑が襲った。危機意識が湧き起こった。知己を得ようと足を踏み出すことを躊躇せざるをえなくなった。

「やめたほうがいい」と警告の意識が囁く。「あの気味の悪い二人づれにはかまうな。彼らのやろうとしていることにかかわっても、何の益にもならない」

彼らの目的が何かしら危うい、禍《わざわい》にさえ近いものかもしれないというこの思いは、奇妙なほどつのるばかりだった。どんな恐ろしい目に遭うか知れたものではない。だがそう思ってためらう一方で、先ほどは警告を発した運命が、こんどはあの二人の知己を得ることへとヘンリオットを押しやるのだった。初めは迷いながらも——今ならまだ逃げられると思いながらも——間もなく積極的に足を踏み出していた。好奇心が打ち克ち、ついに最終決断へと導かれていた。

4

運命によってはじまったこの罪のないゲームの端緒は、いかにもよくある単純なものだった。ある晩の夕食のあと女がテーブルに二冊本を置き忘れていったので、ヘンリオットは一瞬ためらったのち、すぐその本を手にとって女を追いかけた。どちらも知っている本だった――考古学者ウォルター・マーシャム・アダムズの著書『定本埃及《エジプト》考古学』と『埃及遺蹟大鑑』で、ともにピラミッドの存在理由を奇矯に解釈した内容であり、ヘンリオット自身強く興味を惹かれた憶えがあった。彼の記憶がまちがっていなければ、両書ともその主張する説の信憑性を否定されたはずだが、少なくとも手がかりになる要素があるのはたしかだった――つまり、それらの本が述べる説をもとにして自分自身の想像力を羽ばたかせ、さらに大胆な新説を構築できる可能性があるのだ。本のページのあいだに、細かな手書き文字のメモ紙が数枚挟まれていた。ヘンリオットはもちろん読んではいないが、ただざまざまな種類の形象――古代の精妙な図案――について書かれたものらしいとだけは見てとれた。

女はどこへ行ったのかわからなかったが、喫煙室の隅にヴァンスがいるのを見つけた。

ヴァンスは丁寧に礼を言った。「叔母はときどき物を置き忘れる癖がありましてね」

そして本を受けとったが、そのときの挙動からは焦りの気味が隠しおおせておらず、ヘンリオットには見逃すべくもなかった。ヴァンスは紙片を本から抜きとって折りたたみ、注意深くポケットに仕舞った。紙片の一枚にはペンで略地図らしきものが描かれており、どうやら砂漠のどこかを示したもののようだった。紙の下辺に明らかに東西南北を示す方位図と見られるものが書きこまれていた。これまた地理にかかわる形象と言える。ヘンリオットはそれをたしかに目にとめた。そのあとはありきたりな挨拶を交わしただけで、会話は発展しなかった。ヴァンスは落ちつかないようすで、懸念に苛まれているのが見てとれた。何ごとか言い訳すると、そそくさと喫煙室を出ていった。十分ほどして、外の廊下を通るのが目にとまった。こんどは女を伴っていた。女は袖なし外套を、ヴァンスはアルスター・コートを着ており、夜の戸外へ出て行こうとしているところだった。ホテルの出入口でヴァンスが振り返り、ヘンリオットに向かって誘うような視線をすばやく投げかけた。それとなく何かを問いかけるようなまなざしだった。自分たちが外に出るところをだれかに見られていないかたしかめようとしたら、彼がいたので、試みに誘ってみた、というふうであった。

　おおよそのところ、以上が運命に導かれた展開の冒頭部と言える。そこにはまだ重要なものは何もない。細部はとるに足りぬことばかりで、会話もわずかであり、ヘンリオットの想像を増強できそうな要素はない。それでもそんなとるに足りぬことをなんとかつけ加えていくうちに、曲がりなりにも推測が形をなし、どうにか輪郭がついてきた。あのメモや、描かれた図形や、あの男の挙動や、彼ら二人が外へ出て行こうとしていることや、あの誘うような視線や——それらのひとひとつが、あるいは総合が、隠されているものの一部なりともかいま見せてくるようだった。

ほとんど無意識のうちに、あの二人の埋もれている目的を発掘しているような気がした。砂が動きつつある。心を集中して働きかけるうちに、砂がひと粒ひと粒どかされていく。秘められているものの先端が現われてくる。砂は今自ら地中へと沈んでいき、隠していた木乃伊《ミイラ》をあらわにしつつある。足もとでどんどん崩れていくのを感じる――乾いた軽い砂粒の山が流れ出していくのを。つねにつきまとうもの――それは砂だ。

次なる展開も似たようなもので、それが自然に接近する道をさらに拓いてくれた。その過程をヘンリオットは期待とともに注視した。ただしそこには不安に近い気持ちも伴った。怠らず観察し、いかなる細部も洩らさぬよう努めた。彼らの存在が徐々に近づいてくるのが目に映じるようだった。それは若者たちがたがいに友だちになりたいと思いながらなかなかきっかけをつかめず、何かしら手管をもちいねばならないのと似た状況だ。運命はそういういたずらを仕掛けてくるものだ。とにかく彼らがもう一人仲間を増やしたがっているのはたしかだ。彼らの目的にとって人員がもう一人必要なのだ――ヘンリオットがその条件を満たせるかどうかを知りたがっている。例の女性は――まだひと言も会話をしたことがないにもかかわらず――何年も前から知っている顔馴染みのような気がする。今彼らは観察と考慮を重ね、本当に知己となりうるかを諮っている。

ヘンリオットがもちいた手管は決してあからさまなものではなかったが、しかし目にする多くの新聞記事や洩れ聞こえる人の会話のなかに、そうしたものがよくあったことがおのずと思い出されてきた。すると自分がありがちな芝居の悪役になったような気がしてくる。主役はわざと餌を撒き、悪役がそれに食いつくのを待つのだ。予想どおり知遇は自然に得られた。

「叔母なら教えてさしあげられると思いますよ。アラビア語を完璧に心得ている人ですので」

ヴァンスがそう言ったのは、ヘンリオットが夕食のあと隣合わせた宿泊客と現地人の名前の意味について話しているところへ、横から会話に加わってきたときのことだった。隣合わせた客はすぐ離れていったので、ヘンリオットとヴァンスが二人きりで立つ形となった。ヴァンスが紙巻き煙草のケースをさし出すので、ヘンリオットが一本もらい受けたところで、後ろのほうからスカートの布《きぬ》ずれが聞こえてきた。

「ちょうど叔母が来たようです」とヴァンスが言った。「紹介させてください」

彼はヘンリオットの名前さえ訊こうとしなかった。どうやらすでにどこかでさぐり出していたようだった――それもまた彼らに初めから意図があったことを露呈させる要素だ。

場所は広い休憩室の人目につきにくい一隅で、ヘンリオットが振り向くと、たしかにあの女性の泰然とした姿がこちらへ向かってくるのが見えた。分厚い絨毯が彼女の足音を吸収し去っていた。悠然と近づくと、黒い瞳でヘンリオットの顔を見すえた。背筋をのばし、顔を上向け、肩を張り、優雅に歩いてくる。その足どりにも威厳と力強さがあふれている。ドレスは黒色で、顔もまた夜そのもののように浅黒い。どこからこれほどの壮麗で高貴な雰囲気が生まれるのかと訝らずにはいられない。だがその昏い威光に満ちた姿には、どこかしらスフィンクスの石像を思わせるような不思議さがあるのを否めない。四肢は不動なのに全体は優雅に動く謎めいた像が進んでくるさまのようだ――砂の上を。まっすぐな瞼の下からふたつの瞳がヘンリオットを睨《ね》めつけている。彼は心の深いところでかすかな不安のざわめきを覚えた。あの目をどこかで見たことがあるようだが、どこでだったろうか？

女がすぐそばまで来たところで、ヘンリオットは軽くお辞儀をした。するとヴァンスが肘掛け椅子のある一角まで先導していった。そしてはじまった会話は、あらかじめ練りに練られたものであることをうかがわせた。だがどこかで同じ会話をしたようにも思えてならない。そもそもこの女には見憶えがある気がずっとしている——われ知らず心の一部が、古い記憶を縫い合わせている糸を抜きとろうと努めているようだった。

令夫人《レディ》ステイサム！　紹介されたその名前に、ヘンリオットは初め落胆を覚えた。だれもがあまりに儀礼称号をつけたがりすぎる。言葉の音節の一部がアクセントだけになって発音されないことがよくあるが、それと同じで意味のないものだ。姓名しか持たない身分に生まれた者が、ときとして自分のとるに足りなさを嫌い、人の気を惹くために勝手に称号をつけることがある。だがこの女ならば、たとえばジェマイマ・ジョーンズというような平凡な名前だとしても、選ばれた特別な名前なのだと人に思わせることができるだろう。それほど彼女の人格が威厳をあふれさせているからだ。だがそうであるにせよ、あとになって考えたとき、一瞬でも気後れを覚えたのは、ヘンリオットにとって自分に納得がいかないことだった。思わず片腕をあげて——比喩的な意味でだが——自分を護ろうとしたような気がする。のみならず、そのときわれ思わず感情は、自分を護ろうとするだけでなく、この女をヴァンスから護らなければ、という思いでもあった。なんとも混乱した気持ちだ。矛盾している。この女をよく観察してみると、服装にせよ物腰にせよ、外見的には女性らしい柔らかな感じを表に出すことがなく、ためらいや危うさやなよやかさといった女性的な特徴に欠けているのがわかる。と言って男性的なたくましさがあるわけではない。彼女の魅力は人格の強さであり、人を虜にするような器の大きさだ。そのせいかヘンリオットは彼女と話しているあいだ、ふと気づくと相手が女性であることを忘れているのだった。彼女が相手に抱かせるものは、畏敬の念であり、驚異であり、そして理由のよくわからない一抹の恐れの気持ちだった。恐れが芽生えると同時に、彼女を護りたい気持ちはどこかへ失せてしまう。と言うのは、彼女との会話のあまりの興味深さに惹きこまれるうちに、些末な感情などすべて消し飛ばされてしまうためだ。ここでヘンリオットは初めて、真の意味でエジプトに近づいた――長らく求めつづけてきた本当のエジプトに。その感覚は言葉では説明できないものだ。とにかくそう感じとったのだ。

初めはありきたりなやりとりだった。

「あなたもエジプトがお好きでいらっしゃいますのね？　期待していたものは見つかりまして？」彼女はそう切り出してから、こう諭した。「この地では、人は自分が貢いだ分だけのものを手に入れられますのよ」

ヘンリオットは自分が最も関心を持つ話題について、存分に話せることの喜びを味わった。そしてその関心を理解してくれる人と話せる歓喜を。最初はこの女性には何も言えそうにないという印象だったのが、いつしかまったく逆になり――この人となら何でも話せるという気持ちになっていた。十分前にはまだ赤の他人同士にすぎなかったが、今は深く親密な話ができるまでになっている。ヘンリオットが考えを述べれば彼女はつねにすぐ理解してくれ、ある程度までは同意さえしてくれた——そこからさらなる議論が可能となり、一般的な基本理解からはじまって深い考察にまでいたることができた。興が乗るにつれ、最初に感じていた不安や懸念も忘れ去り、危険さへの意識も失せていた。彼女の心根のすべてが理解できるような気がした。彼女が考えを口に出す前から何を言おうとしているか読みとれることもしばしばあった。彼女の思考の流れまでが手にとるようにわかる気がして、そうするとまたもあの奇妙な感興が湧き起こるのだった——これと同じことが前にもあったのではないかという思いが。彼女がその尋常ならざる考え方を述べるために使う言葉や言いまわしのひとつひとつにおいて、まったく予想がつかなかったことは一度もないような気さえした。

彼女の考え方が尋常でないというのはまさに文字どおりの意味であり、それがために普通なら価値がないと見なされる思考法をあえて採っていた。それどころか、一般的にはまるで知られていないことにまで考えをおよばせた。だが多くの分野にわたって書物を渉猟しているヘンリオットは、彼女のそんな話題にもついていくことができた。何よりも魅惑されたのは、彼女の確信の強さだ。自分の意見を譲ろうとしない。真実を知っているという自信があるからだ。ヘンリオットが話すあいだは腕組みをして聞き入り、黒い瞳で彼の目をじっと見つづけた。ヴァンスも絶えず警戒しているような目で見ながら耳を傾けていたが、会話には加わらず、自分の意見を差し挟むことがなかった。まだ知り合ったばかりの間柄という態度をとりつづけていた。ヘンリオットは会話の興がやや減じた隙に、ヴァンスのその消極的な態度には何か裏があるのではないかと二度までも考えてみた。それぞれ異なる推測を試みたが、しかし結局どちらもちがうだろうと思いなおし、ひそかな苦笑とともにしりぞけた。想像力の働かせすぎだろうと。根拠が薄弱すぎた。つまり、ヴァンスをこのステイサム女史の護衛か用心棒のようなものと見なすのは、やはり考えすぎだろう。ただ少なくとも彼の態度のなかに、ときおりそういう用心棒めいた意志がかいま見えるのはたしかだ。表面的には無関心あるいは消極性を装おうとしてはいるが、しかしつねに女史を注意深く守りつづけていることを隠しおおせてはいない。

よく知らない他人同士が何かのきっかけで急に共感し合えるようになり、たがいに親しくなれたかのような気分になることがあるが、そういう状況は往々にして危険なものだ。つまり、何かしら相手の過誤を見つけたとき、親しくなったのだからとつい無遠慮にそれを指摘したりすると、たちまち表面的な気安さの化けの皮が剥がれてしまう。このときの雰囲気も、あとになってからヘンリオットを後悔させるものとなった。だがその雰囲気のさなかでは、そんなことにかまってはいられなかった。ステイサムとの会話はそれほど楽しいものであり、期待以上に夢中にさせることであった。

それはこの女史が、自らの夢見るエジプトこそが真実だと確信してやまないためであった。彼女の関心は歴史学的なものでも考古学的なものでもなく、また政治学上のものでもなかった。女史の興味の中心はいわば宗教的なものだが——しかしそれは日常的な意味での宗教ではなかった。古代エジプト人の持っていた智識の話題に及ぶと、観点が次第に浮世離れしたものとなり、ヘンリオットは自分が話しているあいだでさえ、何やら女史が自分の口を通じて話しているかのような錯覚に囚われた。自分自身の考えはいつの間にか頭のなかから抜きとられ、代わりに女史の考えを話しているような気がした。しかしあとから気づいたことだが、そんなふうに思えてしまうわけは、ヘンリオットがこれまで学んできたことや読み漁ってきたことをすべて吐き出すように、女史が巧みにかつ容赦なく誘導しているためであった。また、ヴァンスが注視している対象も夫人というよりヘンリオットのほうなのであり、彼が女史によってどんな反応を引き出されるかを観察しているようだった。それもまたあとで初めて気づいたことだ。

この二人はどこかしら〝常道〟をはずれた人々ではないかという最初の印象は、今し方の会話によって裏づけられた。しかしそのはずれた先の〝道〟は少なくとも非常に興味深いものであり、その背後にある考え方もきわめて魅惑的であった。ステイサム女史の考えはヘンリオット自身の思考にもはるかに増して大胆なものだと、会話がまだ終わる気配もないころに早くも気づかされていた。彼女の考えに則れば、いかなることでも真実となる可能性があるとさえ思われた。それほど人類の知識などまだ些細なものにすぎず、はるかに大きな問題の最終解答を見い出すにはあまりにも不足にすぎるのだと。

早い段階でのいくつかのやりとりのなかで、この女史がいわゆる〝迷信的学説〟に関心を持つ人々の一人であることが理解できた。曰く、古代エジプト人はほかのいかなる古い文明の民族よりも、世界の永遠の謎とされる智識を深くきわめた民であり、その叡智ははるかな往古にアフリカとメキシコをつないでいた沈める大陸アトランティスの宗教体系に基づくものである、といった説を信じているのだった。アトランティスは今から八万年前に海に沈み、その一部であったおぼろな砂の島ポセイドニスのみが長らく残っていたのち、これもついには波間に没した。そしてこのアトランティス文明の生き残りの人々が、現代世界の全民族の祖先となった。世界のあらゆる宗教や神話の体系がすべて大洪水の物語とともにはじまっているのはそのためであり、大天災によって文明が滅んだ秘史を象徴しているのだという。エジプト文明も例外ではなく、アトランティスの僧たちの一団がこの地に移住し、かの大陸の不可思議な智慧がもたらされたことにはじまる。この僧団はアトランティスの天変を予言した人々であったという。

そうした話をステイサム女史は能弁に語った。このような強固な確信と知識を、自身の大いなる夢の資源としていた。プラトンからイグネイシャス・ドネリーにいたるまで、この壮大なアトランティス伝説をめぐって世界史上で著わされてきたあらゆる説について知悉していた。その沈める大陸がたしかに存在した証《あかし》を——ヘンリオット自身それについてはさまざまな書物を長年におよんで読んではいたが——女史は驚くばかりに完璧に網羅していた。シェークスピアの正体はフランシス・ベーコンであるとするいわゆるベーコン派の研究者たちが驚くべき証拠の数々を挙げているという話を聞いたことがあるが、それに匹敵するほどの情報量であった。シェークスピア＝ベーコン説は必ずしも理性が受け入れるものではないとしても、想像力を刺激してやまないのはたしかだ。彼女が数々の証拠を挙げるのを聞くにつけ、それと同種の感興に捉えられるのだった。彼女の持つ人格の力と、そして自らの信ずるところを物静かに語る口調とに意識を傾注していくうちに、聞き手は彼女の大いなる夢を自分も追いかけてみたいと思わずにはいられなくなってくる。それは驚異的な可能性を秘めた華麗きわまりない夢に思われた。彼女の語りに伴って古代エジプトの魂が空へと立ち昇っていき、高貴なまなざしで高みから見おろしてくるような気がするのだった。これまでも現地の人々が古くからある信仰や慣習について話すのを数多く聞いてきたが――ベドウィン族や砂漠の王女の話も聞いてはきたが――しかしヘンリオットが独り言でさえ口に出さず秘かに求めてきたものは、そうした話だけでは満たされないもっとはるかに古い智識体系なのだった。この浅黒い肌をした稀に見る女性は、まさにそれに近いものをもたらしてくれる。心の奥底に長く眠っていた何かを目覚めさせられる気持ちだった。長く忘れていた疑問の数々が声をあげるのが聞こえるようであった。

彼女によって自らのうちに巻き起こされる嵐を、ヘンリオットは何とかして押さえつけねばならなかった。

しかしステイサム女史の話は到底単なる輪郭を述べるにはとどまらないものであり、あとから細部を思い出そうとすることにさえ困難が伴った。実際に口に出して語られたこと以上の示唆がそこにはあふれていた。彼女の話を聞いていると、近代において一般的である懐疑的歴史研究は安直な精神の表われにすぎないと思われてくる。そうした学問ほど安易なものはなく、内実の空疎さを隠蔽しているにすぎない。「われわれはあらゆる説を検証したが、どれもこれも証拠に乏しい」こうした姿勢は自らの精神を計測の道具としているにすぎず、創造性の貧困さを告白しているだけだ――このようなきびしい指摘の数々を聞かされるにつれ、彼女への尊敬の念はますます高まっていく。いかにそれがヘンリオット自身の許容量をはるかに超えるものであろうとも。しかも、一般的に見ていわゆる信憑性の低い説であろうとも、持ち前の驚異的な想像力を発揮することにより、陳腐な妥協には一切陥らずに済んでいる。まさに男性的な強さを持った女性なのだ。ヘンリオットはますます魅せられていった。

ステイサム女史の考えによれば、古代エジプトの神秘的宗教とは、生と死の秘密にかかわる事象を象徴的に説明する体系であるという。その智識はアトランティス文明の遺産であり――これまた一般的にはそうは理解されていないが――その物理的根拠となる廃墟が、カルナックの地に現在も残っている。イギリスのストーンヘンジや、メキシコの埋もれていた神殿や廃都の址《あと》で見つかる不可思議な文字群が、エジプトの遺蹟に見られる聖刻文字《ヒエログリフ》ときわめてよく似ていることもその表われだという。

「いずれもがまったく誤まった解釈しかされていませんわね」と女史は指摘する。「しかも、すべての進歩した智識体系は依然として埋もれたままなのです。いにしえの神秘の智慧はことごとく地上から消え去り、あとには意味不明な言語をおぼつかなく読み解こうとする退屈な研究だけが残りました。いわば宝石箱のなかの肝心な宝石は失われ、あとにはただ砂ばかりが詰めこまれてしまったようなものですわね」

女史はそう言いながら、黒い瞳でヘンリオットの目を鋭くさぐり見ていた。その声の響きのいかに不思議なことか。一語一語が長く尾を引き、まるで読経でも聞いているようだ。ヘンリオットは自身の身のうちからこだまが返っているかのような思いに駆られた。こだまはいずこかの忘れ去られた砂漠の上を響きわたっていき、砂の帳が心のなかを占めるように舞い躍る。幕があげられる。うねる砂の丘陵が一面の平らかな砂漠へと均されていき、おぼろな廃墟の稜線が現われて朝日に照らされる。

「しかし砂は除去することができるはずです」と、女史の甥がここでほとんど初めて口を開いた。この突然の発言には奇妙な効果があり、会話が急に実際的な方向へ切り変わったような気がした。しかもその言い方の大胆さには、聞き手の不賛成を誘うようなところがあった。いわば餌であり、聞き手の反対意見を釣りあげようとしているのだ。

「わたくしたちは盗掘者になろうというわけではありませんのよ、ヘンリオットさん」彼が反応する前にステイサム女史がそう牽制した。「そんなこととはまったく目的が異なりますの。それと、これはわたくしの直感ですけれども――」と問いかけるようにつけ加えた。「――あなたはきっと、お力をお貸しくださるだけのご興味をお持ちではないかと思いますのよ」

そういう具体的な誘いの言葉が今になって初めて発せられたことは、ヘンリオットには少なからず意外だった。だからそのぶしつけさにも驚かなかった。むしろ自分のほうから跳びつきたい気持ちだ。足もとの砂が急速にしりぞき、いつでも自由に踏み出せる気分だった。

だがそこで不意に心の警告が聞こえた。たしかに興味をそそられることであり、大いに誘惑されるが、しかしこの二人の目的に加担するのはためらわれる――それが何であるにせよ。そう思うと、初めに覚えた恐れの気持ちが一瞬ぶり返したが、しかしそれをなんとか抑え、返答を考えた。女史の顔をまっすぐに見すえた。

(いったいあなたは、本当は何を知っているのです?) 自分の目がそう問い質しているのを感じた。(かつてぼくたちが――ぼくとあなたが――ともに知っていたことを、今思い出させてください。それに比べれば、今の話などとるに足りぬことでしょう。それから、なぜぼくが立つべき場所に別の男がいるのです？　ぼくの記憶を埋めている砂は、今少しずつ動き出しています。それをあなたの手で完全にとり除いてください）

ヘンリオットの心はそう囁いていたが、しかし声に出してはまったく別のことを言った。口に出した言葉の選択はつい奇妙なものになってしまった。

「古代エジプトについては、思い出せるかぎりの昔から興味を持ってきました。しかし満足の行くほどにはその道をきわめていません。この問題にはどこかに途方もないものが――何かしら巨大で神秘的な謎が――あるような気がするのです。ですので、仰せのお話にはたいへん関心を覚えました」

ステイサム女史は無表情で聞き入っていたが、目には魔法をかけるかのような昏い信念にあふれていた。その目を覗きこんでいると、つねに砂を背景として浮かびあがるおぼろな風景が見えてくる気がした。今自分が話している女性は、つい三十分前には名前も知らない他人だったが、今はそれさえ忘れがちだ。心に浮かぶおぼろな風景を追おうとするが、追いつくことはできず……さながらロンドンで見た夢のようだ。

いつの間にか女史がふたたび話しはじめていた――どこでどう話題を変えたのかも気づかないうちに。すでに聞き知っている古代エジプトの霊身《カー》――あるいは副身《ダブル》――の話では、その存在により死者の魂の蘇生が可能となること、さらには肉体の再生すら可能であること。占星術の話では、天体の運行が地上にあるものすべての動静に影響すること。アトランティスで信仰されていた古代宗教の話では、人ならざる生命の偉大なる潜在力が儀式や祭儀によって励起され、下等生物においてさえその発現が可能となること、それゆえそうした生き物が〈聖獣〉として崇拝されたこと。のみならずそうした動物――牛、鳥、鰐、猫など――は比較的近い時代においても神と見なされ尊重されてきたこと。

「こんにちではあらゆるものがまちがった解釈をされていますわね」と女史が言う。「象徴を解釈する際にも、それが意味していた力と象徴そのものとが同一であると勘ちがいしてしまうのです。でも不思議はありませんわ。現代の学者たちは心に遮眼帯《ブリンカー》をしているも同然で、真ん前に見えるものをしか研究対象としないのですもの。たとえば彼らは〈愛〉という概念さえ存在しないかのように思っていますが、それがたしかなら、人類で初めて恋愛をした者は頭がおかしかったことになりますわね。古代の人々が知っていた精神の力を、自分たちが知らないからという理由だけで、現代人はそうした力の存在を否定してしまうのです。音を聴く力も無視されていますが、もしそれがなければ、交響楽を聴きながら体を動かしている人たちがいたとしても、楽団も聴衆もともに愚か者ということになりますわね。わたくしたちが教会の鐘の音《ね》の美しさに感動したとしても、鐘の形と揺れ方を見てありがたがっている莫迦者と見なされるだけになりますでしょう。ことほどさように、かつてはあたりまえに存在するものとされていた偉大な精神の力が、今は骨抜きにされているのですわ。秀でた学者のなかには、そうした力の体系を詳細に分析しようとする人たちもいますが、でも精神の力が持つ神性は現代ではおよそ失われているのです。形骸的な象徴は残っていても、それが象徴する力そのものはもはや体験しようがないのですわ」

「あなたがおっしゃる精神の力とは」とヘンリオットが口を挟んだ。「それこそがすなわち霊身《カー》であり、しかもそれは今もなお——」

だが女史は手を振ってさえぎった。

「今や学者たちも一般の人々と同じように、形骸的な理解で満足しているにすぎないのです。ヌトは女性の姿をした天を表わす神で、体を曲げて大地に手足を触れているとか、シューは広い空間を表わす神であるとか、トートは鴇《とき》の姿で表わされるとか、ハトホルは西方の山々の守護神であるとか、月の女神コンスはナイル河の神格とも見なされるとかね。そんな時代においても、太陽神ラーの大神官は、偉大なる神智を司る者でありつづけているのですわ」

太陽神ラーの大神官、偉大なる神智！——またしてもなんと詠《うた》うようなすばらしい響きであることか！　女史の声は言葉に力を漲《みなぎ》らせる。ヘンリオットは脳裏に浮かびあがる風景が不意に変化しはじめるのを感じた。メンフィスやヘリオポリスの雄大な廃墟か星空を背景にして起《た》ちあがり、荘厳なるいにしえの神殿をおおっていた悠久の砂が振り落とされていく。

「では、そんな偉大なる神智に、今でも触れることが可能だとおっしゃるのですか？　往古には命あるものとして顕現していた大いなる力に？」

ヘンリオットは自らすでに確信を持ちながらそう問い質したことに、われながら驚いていた。夫人の話に耳を傾けるうちに、目の前の景色がどんどん変わっていく気がした。かつて副王《カディヴ》宮殿であった広い廊下が溶解し、砂漠へと変わっていく。広大な原野の匂いがする。ヘルワンの地にとり憑いている砂の匂いだ。忍びやかに廊下を歩くアラブ人の給仕たちの白い衣が、リビア砂漠からの風に渦巻く砂塵のように見える。そしてすぐそばにいる二人の男女にも微妙で不気味な変化が訪れる。未知の星々のように名づけようのない感情と雰囲気がヘンリオットの心に湧きあがり、測りがたく遠い記憶の昏い霧をたどり求めていく。

ステイサム女史が迂遠な言葉で答えを返す。見すえるその瞳がもっと近づけばいいのにとヘンリオットは望んだ。

「愛とは、感じることよってしか知りえないものですわね」声が少し低まっているような気がする。「隠されたところにこそ、愛する人を感じるのですから。その過程とは、単純に言えばある種の魂の喚起でしょう。人を敬う心、人を信じる心を必要とする、一種のきびしい儀式だとも言えます。非常にむずかしい過程ですが——しかし現代世界でもなお効果があると認められる儀式と言えば、ただひとつ、人への愛の成就しかありませんわ。そもそも宗教的儀式とは、人の魂を永遠へと導く途《みち》なのですから」

ヘンリオットにはそれと同じことを自分が口にしていてもおかしくないと思われた。話を聞いているあいだも、まさに同じ考えが自分のなかにあることを感じていた。魂の喚起は日常世界のなかでもいくらでも可能なことだ。だが何も言わず、ただ驚愕の思いを視線にこめて夫人をまっすぐ見すえるばかりだった。もはやこれ以上問い質すことはなかった。あるとしても自らがそれを拒んだ。なぜかしらかすかな不安とともに思い出されるのは、ある種の儀式においては方位磁針《コンパス》の示す方角が重要な意味を持つ場合があることだった。方位とは、喚起されるまで眠りに就いているある種の力とその活動の方向を意味する。

上階の通路を通るだれかの手持ちランプの明かりが、深夜に密談する三人の上に一瞬降りかかった。このステイサム女史とリチャード・ヴァンスは、望まれざる実験をしようとしているようだ……ヘンリオットはひそかにそう考えた。そして彼を仲間に引きこもうとしているのだ。

「お二人は、夜にときどき砂漠へ出かけられることがおありのようですね？」

ほとんどわれ知らずそう問いかけていた。発作的に出た言葉で、過誤と言っていい。話題を変えたほうが賢明だと思っていたのに、まったく逆のことをしてしまった。

「あなたもお出かけではなかったですか？——ワジ・ホフでお見かけしたようですが」とヴァンスがしばらくぶりに沈黙を脱した。「やはり砂漠で寝《しん》をとろうと？　すると、恐怖の谷をご存じで？」

「話していましたのよ、あなたのことを——」ステイサム女史が身を乗り出してそう口を出してきたが、不意に言葉を濁した。ヘンリオットが不安を覚えて見返すと、すぐ先をつづけたが、幾分調子が変わっていた。「——暑い昼の盛りにはどうやってすごしていらっしゃるんだろう、とね。でも、絵を描《か》いていらっしゃるから平気なのかしら？」

ありきたりな質問のようでいて、この二人にとっては重要なことではないかと思えた。ヘンリオットの絵を描く才能を利用したいのでは？　単純な肯定の答えを返しながらも、直感が働くのを止められなかった。あまりに突飛な直感だが、しかし真実だと思えてならない——このきわめて風変わりな二人づれの旅行者は、何かしらを喚起するための儀式を試みようとしているのだ。何がしかの力を——ある種の生命力のようなものを——物理的実体として呼び出そうと考えている。それははるかな古代の信仰にかかわる何かで、それが実体化したときの輪郭なりとも描きとりたいのではないか――ヘンリオットの鉛筆によって！

信じがたいほどの冒険の扉が、今足もとで開けられた気がした。言葉にできないような何かを知ることができるか否かの瀬戸際に立たされている。ヘンリオット自身知りたいと望んできたエジプトの隠された真実へと導いてくれる手がかりが、目の前にあるのだ。砂が動いている。無数の砂粒の目が幾星霜を経た隠然たる瞼の下からこちらを見ている。記憶を埋めていた砂がひと粒ひと粒どかされていく。幾重にも巻かれていた木乃伊《ミイラ》の包帯がほどかれていくように。

ヘンリオットは応じる気持ちで満々だったが、怖さも否めなかった。これほどの機会を前にして、なぜためらい尻込みする？　すぐ隣に腰かけている、見守るばかりで口数の少ない男の存在が、なぜこれほどまでにひそかな警戒心を強めさせる？　脳裏に描かれた絵は華麗な色彩にあふれているが、そこにひと筋の黒色を滲ませるのがこのリチャード・ヴァンスだ。この男の不たしかな存在感が、何かしら黒々としたものを生み、壮麗な風景に邪《よこしま》で不気味な汚れを垂らす。禍々しい意志を託《かこ》っているような気がする。何か堕落した目的をいだいているかのようだ。

ヘンリオットのなかで想像が奇妙なほど熱く滾《たぎ》ってきた。実際に話題に出されたこと以上に、言外に仄めかされたことのほうが想像力を焚きつけていた。頭のなかでさまざまな考えが犇《ひし》めき合うが、どれも明確な形を持ちえない。この二人にはどこかで見憶えがある気がする――この奇矯な夫人でさえ見知ってるように思えてならない。いつか――遠い昔――彼らをよく知っていたのではないか。古代エジプトのまばゆい星の下で彼らに教えを垂れたことがあったのか？　今心に訪れているこの大きな興奮と歓喜により、大いなる力の感覚が日常的な細部にまで影響を及ぼしているのだろうか？　その力はいかにおぼろではあれ背後に壮大な始原の秘密を宿し、忘れられた古代の意味を孕む。この神秘の国に来て以来ずっとそれを感じてきたが、これまではつねにつかもうとしても逃げられてきた。いたるところにそれがただよっているにもかかわらず。テーベの巨像群の陰にそれがわだかまっているのを感じ、神殿の廃墟のなかにも感じ、スフィンクス像の風化した美観にも宿っているのを感じ、ピラミッドの凄愴なほどの荒廃にさえも感じてきた。その力の目に見えぬ翼がエジプトのすべてのものの上に広がっている。だが目に見える表に出ているのはその巨大な本体のわずかな断片のみだ。そして砂漠がその力の純粋無比な象徴となる。砂こそがそれを最もよく知っている。砂はその輪郭を、いや形さえも描き出す。

心が思い描くことをいかに拒まれようとも、脳裏からいかに視覚が逃げ去ろうとも、無限に小さな砂の粒が極限の広大さを感じさせてくれる。それほどに細かな砂こそが巨大な砂漠を形作るものであるがゆえに……

ヘンリオットはまたもどこからとも知れぬ視線を感じ、椅子に座したまま落ちつかなさを覚えはじめた。そのときダンスに興じていた客の一団が廊下を通りすぎ、彼にうなずいて挨拶した。女性客たちの香水の匂いがただよい、噂話を囁き合う声も洩れ聞こえた。彼らにはロンドンの雰囲気がまとわりついているようだ。詰し声のところどころを耳が捉え、若い女性客のかん高い笑い声がそれを追う。些細なことを話しながら上階をすぎていくその姿は、小さな舞台で蠢く操り人形の一群のようだ。

だが客たちが通りすぎていったせいで、ヘンリオットは不意に現実生活に立ち戻った気がした。

見慣れた日常の常識感が戻ってきた。今まで頭のなかに見えていた光景は、このステイサム夫人の精神の力によって漠然と見せられていたものにすぎないと気づいた。古代エジプトの霊身《カー》がいまだに彷徨する巨大な灰色の霊廟に重ねて砂漠を見ていたのだ。いにしえからの砂の帳が視界をさえぎっていた。だが今はもとの世界に戻り、生きている自分に還った。心のなかに一時的な野営を張っていたエジプトが、今ようやく移動していったようだ。

一瞬の静寂があった。急に別の場所に移されたような。それからステイサム女史がまだ話しつづけていることに気づいたが、言葉まで捉えられるようになったのはいっとき間を置いてからだった。彼女の声も物腰も先ほどまでとは少しちがっているようであった。

5

ヘンリオットのほうへと身を乗り出しているステイサム女史の顔が、急に活きいきと輝きを増してきた。体は石像のように隠然とした姿ながら、漆黒の瞳に熱情を思わせる炎が宿ったと思うと、それがたちまち全身の輝きへと広がるように見えた。心を動かさずにいない光景だ。精神の持つ力がこの熱情をあらわにしているのだ。それは彼女の全人生から来るものであり、それとともに生きそれとともに死んでいくのだろう。この感動させる効果を彼女の落ちついた態度がさらに強める。あの第一印象からすでに感じていた彼女の力強さが、今いちだんと激しく襲ってくる。この女性は自らの考えに確信をいだいている――それがいかに異常で荒唐無稽なことと見えようとも、彼女にとっては聖なるものなのだ。彼女の及ぼす影響力の秘密——それこそがこの確信の力にほかならない。

　ヘンリオット自身の態度も少なからず変わってきていた。驚きがいつしか畏敬へと変わっていた。この女史の智識はすべて真実だ。単なる想像力の産物ではありえない。

「あなたはわたくしのこの考え方に共感してくださっている——これは決して誤った推測ではないと思っていますわ」女史は真剣さを崩さぬ低い声で、ヘンリオットの心を読みながらそう言っているところだった。「あなたも同じ考え方をなさっていると思っているのです——ご自身でさえそうと気づいていないかもしれませんが。あまりに深い心の底に横たわっているため、おぼろに感じとられるのみだからでしょう——記憶が暗示することのように。そうではありませんこと?」

　ヘンリオットは目で肯定した。たしかにそのとおりだった。

「人にとって本能的に智《し》るということは」と女史がつづける。「つまりは記憶を掘り起こすことなのです。智識とは記憶のことにほかなりませんから」そこで間を置き、ヘンリオットの顔をまじまじと見た。「あなたは少なくとも、こうした古い時代の考え方を何でも迷信として片づけてしまう安易な懐疑主義からは、まぬがれていらっしゃいますものね」質問ではなくすでに断定だ。

「ぼくが信じるのは——何であれ、本当に真実に迫っている考えです」つっかえがちになったのは、彼女の言葉と顔があまりに近くに迫っているため、止めようもなく心が昂揚してしまったからだ。先をつづけるにも一拍休まざるをえない。「真実に迫ることが、人の世でいちばん重要と思いますので――ときには神以上に」夫人が使った言葉さえ借用した。「そういうことが創造性というものでしょう。世界を新たに構築するような――」

「古いものを再構築する場合もありますわね」

ステイサム女史はそう言うと、顔をヘンリオットよりも少し高い位置まであげた。彼を見おろす形になった。見あげていると、夫人の顔がより大きくたくましくなっているように見える。僧侶の顔のような、神秘的な力が宿っているようにさえ。この女性を過去のどこかで知っていたと思えてならないが、それはどこだったろうか？　ここはまったく異なった環境だった気がする。この女性のまわりにたくさん石柱がそびえ、広い通路がのびているのがおぼろに見える。またも砂漠がすぐ身近に迫っているのを感じる。テントを思わせる開放的なホテルの廊下に、細かな砂粒がただよいこんでくる。この部屋の家具のまわりにまで吹きこみ、ヘンリオットの足もとの床に溜まっていく。戸口や窓へ向かう道筋を阻むように。この矮小な今現在を砂が霞ませる。何世紀も動くことなく過去を閉ざしていた帳を、砂を運んできた風が揺らがせる……

ヘンリオットがそんな物思いに囚われているあいだにも、女史は多くのことを肩っていた。

「アトランティス文明の時代に存在していた精神の形態が、蘇ろうとしているのかもしれませんわよ――現代ではいかなる肉体的な形もとっていない精神がね」

ヘンリオットが物思いからわれに返ったとき、女史はそう言っているところだった。

「精神の形態？」小声で訊き返しながら、ふとあたりを見まわした――ほかの何者かがこの場に加わってきたような気がして。「それは――魂、ということですか？　何かしら人間のものとは異なる、あるいは——この世界に存在するあらゆる生命ともちがう精神、ということですか？」

心ここにあらずで聞いていなかったあいだにも、彼女の述べていることがなぜかしら心に伝わっていた。その先をじかに聞きたい気がして、つづけるのがためらわれた。彼らの計画遂行のために、自分がすでに仲間に加えられているのを覚っていた。そして結局は自ら積極的に同行することになる。それほどまでに彼女の持つ説得力に打ち負かされていた。

のみならず、今どんな答えが返ろうとしているかわかる気がした。自分の質問に夫人が答えを口に出すよりも前に、それがいわゆる類魂《グループ・ソウル》という考え方であることがわかっていた。すなわち、人間の魂は個々人の肉体に封じこめられてはおらず、その全的な存在顕現のために集団での共有を要するという説だ。

ヘンリオットは答えを待った。この突然の理解の深まり方は不自然な気がした。これまでのすべての会話があるひとつの方向へ収束していくのは、何やら自然なこととは思えなくて、しりぞけたい気分だった。おたがいを注視し合い、相手の出方に対して心の準備をくりかえしているうちに、信頼関係と親密さを熟成させる道を双方からともに切り拓いているようだった——いつの間にこうになったのだろう？　だが、類魂という考え方自体は新しいものではないにせよ、それを発展させることによってステイサム女史が示唆しようとしているものは、驚くほど新しい説となりそうな気がする——と同時に、かつてどこかで知っていたことであるように思えてならない。

ヘンリオットのなかにあるそれを支持する価値観は、どこか遠くで見つけてきたものではなく、自分の心の深いところにもともとあり、それを内心でずっと活かしつづけてきたように思えた。

「ひとつの魂が」と女史はおごそかに述べはじめた。「ただ一人の人間のみとして顕現していることはきわめて稀なのです。個々の軀体《くたい》というものが、魂を完璧に顕現できるだけの充分な能力を具えていないためです。人間の深層領域においては――獣や昆虫と同様に――ひとつの魂が多くの躯体によって共有されています。とくに原始人においては、ひとつの部族の総体がただ一人の部族員と同等の存在でした。鳥の群れはその群れ全体で一羽の鳥にひとしく、あるひとつの意識が群れ全体の鳥のなかに散在しています。鳥たちが空を飛びまわったり移動したりするのも、わたしたちが本能と呼ぶただひとつの深い意識の指示に従ってのことなのです。一頭のライオンの生命はすべてのライオンの生命と同一であり――それがすなわち、ライオンいう種類の動物の総体の精神を顕現する類魂なのです。ひとつの蟻塚は一匹の蟻と同一であり、蜂もまた一匹の蜂が群れをなすすべての蜂の魂を顕現しています」

　ヘンリオットにはこの話がどこへ向かおうとしているか察しがついていた。結論を急ぎたい彼は、途中で口を出した――

「個々の魂の顕現によって全体が連携するということが起こらない種類の生命も、あるのではありませんか？」何かに強いられるように質問が口をついて出た。「つまり、力そのものとして存在する――現在のこの地上世界ではどこにも物象化していない生命が」

「そうした力も、集団を求めていますわ」女史は動じることもないまなざしで見すえながら答えた。「その力がこの世界に蘇ったときに物象化されるための集団を」

「蘇ったときに！」ヘンリオットは思わず息をひそめて鸚鵡返しにしていた。

だが女史は聞き逃さなかったようだ。「そうした力もかつては地上に顕現していました。古代エジプトでは、あるいはそれ以前のアトランティスでも、そのことが知られていました――こんにちの世界では表立って視ることのできなくなった、純然たる霊的な力が存在することが」

「そんな力も、かつては軀体を持っていたと？」

「力の動きが空間で形をとり、それが軀体の顕現となっていくのです。霊的存在が自身を具現化するための充分な器として、その軀体を選ぶわけですわね。わたくしたちが慣習的に軀体と呼んでいるもの――それはそもそも何でしょうか？　あるひとつの方向への一連の動きが描き出す輪郭、それが軀体の基《もと》となるものです。人間の小さな魂にとっては――かけらとさえ呼びうるような些細な魂には――そのような軀体ひとつだけでも充分器とするに足るものとなります。しかしより大きな魂にとっては、大きな集団を器としなければならない場合があるわけです」

「つまり、教派《チャーチ》のようなものと考えればよいと？」ヘンリオットがまた割りこんだ。「同じことを信ずる小さな器が集まって大きな器をなす――そういうことじゃありませんか？」

女史はかすかにうなずき、肯定の意を示した。ヘンリオットの理解が完璧であることを示唆しているようだった。

「霊魂が覚醒して波をなし、人の群れの上に神秘的生命として降りかかり――」夫人がゆっくりと答えた。「――それによって、いわば教派が形成されますわね。それはすなわち、同じことを信じる魂の総勢の動きによって描き出される輪郭にひとしいものです。それこそまさに、類魂としての顕現ですわね。いわば、個々の魂は、類魂という教派をなす信徒の一人ひとりに相当することになります。こうして力は顕現のための器を獲得するのです。その過程がなければ、わたくしたちはそうした力の存在さえ知ることができません。また、ひとつの教派では、個々の信者の信仰が強ければ強いほど、その教派の背後にある霊的生命の顕現が完璧なものとなります。ひとつの類魂として、大地を歩けるわけです。さらに言えば、信仰に篤い集団は、信仰を否定するような集団には知りえない種類の魂を引き寄せることができます。つまり、信仰が畢竟《ひっきょう》神に近づける行動であるというのは、そういうことなのです……しかしこんにちの世界では、信仰は死んだも同然ですわ。神がこの世から去ったにもひとしい状況ですわね」

ステイサム女史は語りつづけ、自らの主張する説を敷衍《ふえん》していった。すなわち、いにしえの信仰が活きていた時代には、神格に近い生命がこの地上世界に存在しており、それを人類の益となすため、信仰によってそうした生命が喚起されていたという説だ。だが現代では喚起のための信仰が衰退したため、そのような生命もどこかへ退却した。世界は狭量なところと化し、巨大な集合体をなす霊力も、自らを顕現させるための器をどこにも見つけられずにいるありさまだ……夫人のこうした言葉と考え方とが、砂が溜まるようにヘンリオットのなかに注ぎこまれた。つねに感じているのは砂であった――砂が現在を埋め隠し、代わりに過去をあらわにしていく……

何かしら見慣れたものにすがって心を落ちつけようと試みるが、しかしどちらを向いても砂に顔を睨まれるばかりだ。ホテルの薄い壁の外には砂漠が横たわり、耳を欹《そばだ》てている。待ち受けてもいる。リチャード・ヴァンスはいつしか独りどこかへ遠ざかっているかのようだ。ヴァンスは結局のところ現代に属する男なのだ。ステイサム夫人とヘンリオットの二人だけが、数千年も遡った過去に立ちつくしている。そして砂漠のなかの神殿にそびえる石柱を見あげている。まわりでは砂が流れ動く。ヘンリオットの足も砂とともに動いていき……無窮の記憶の石段をくだっていき、途方もない懸隔を超えて恐怖が呼び覚まされ……

幾重にも巻かれた包帯の下から聞こえる木乃伊《ミイラ》の呻きのような夫人のくぐもった声が、人類世界にふたたび喚起されつつある強大な霊力について説明しつづけていた。

「それで、具体的にはどのような有用な目的をお持ちなのでしょう?」

とうとうそんな大胆な質問をしてしまった自分に、ヘンリオットは驚いた。答えはすでに本能で察知していたというのに。心の淵にわだかまる記憶の渦から湧きあがってきた答えだった。

「霊的な智識を伸長させ、生命力を拡大するためですわ」というのがステイサム女史の回答だった。「それにより、この古代文明が久遠とも言える歳月に及んで求めつづけた〈この世ならぬ王国〉との絆を、ふたたび結びなおさねばならないのです。そのあとも絆が完璧となるまで修復しなければなりません。そこにある力は、かつて――少なくともそうした力の一部は――ある種の生き物のなかにごく自然に顕現していました。生き物たちがそうした力を否定したり拒絶したりしなかったからです。聖なる生き物を崇拝対象とする信仰は、かつてあったそんな大いなる招喚の――と言っても怪物ではなく神的な力を呼び出すことですが――」そこで弱く笑みを洩らした。「――そうした招喚宗教のなごりなのです。そういう力は、信仰によって招喚されることを望み、そのための備えをつねにしているものなのですから」

ヘンリオットは息をつくような小声で問い返した――いつの間にか発していたその声に、またもわがことながら驚いた。

「つまり、たしかな輪郭と形を持ったものとして呼び出されうるものだと？」

「形をとるための素材は、いくらでも偏在していますわ」女史は変わらぬ低い声で答えた。「わたくしたち生きとし生けるものがいずれは成り果てる、かの塵埃もそうですわね。あるいは砂もそうなりうるでしょう――さらさらとした細かな砂粒ならば。そうした素材なら、備えのできている生命をとりこむための形を、たやすく作りあげることができるはずです」

ヘンリオットはそれを聞くうちに、ある混乱がゆっくりと内心に広がるのを覚えねばならなかった。煙草に火を点け、束の間黙って煙を吹かした。ステイサム女史とその甥は彼がふたたび口を開くのを待っているようだった。かすかな葛藤とためらいのあと、彼らが期待しているであろう質問を口に出した――それ以上引きのばすことはできないと覚ったがゆえに。

「そのための方法がどんなものか、たいへん関心がありますね。あるいは、そうした方法を再生させるためにはどんな試みが必要なのかに――」

ヘンリオットが問い終わるよりも前に、女史は答えはじめていた。

「それを知りたいと思う人は、往々にしているものですわ」幾分の暗鬱さとともにそう言う彼女の目が、一瞬けわしくなったようだった。「ある手がかりによって、わたくしが言うところの、〈形〉の再構築へと導かれるはずです」

「その方法とは？」小声で質問をくりかえした。

「力を喚起するための儀式です――もちろん実行可能な儀式でなければなりません。そしてそれによって見い出された〈形〉を象《かたど》るのです。それで招喚は完遂されます。象られた形なり輪郭なりは保存し、半永久化しておく必要があります。それを基にしていつでも復元できるように。つまり、この地上世界に顕現した物理的な形象を残しておかねばならないわけです」

「偶像《アイドル》ですね！」ヘンリオットが声をあげた。

「似姿《イメージ》です」ステイサム女史が言いなおした。「何であれ、生命は軀体を持たねばなりません——それによってわたくしたちに知覚できるようになるのですから。人間の肉体も、いわば魂がこの世に顕現するための乗り物ですものね」

「そうした形なり輪郭なりは」とヘンリオットは問いを重ねた。「描《か》き残しておく必要があるわけですね？」

「恐れて尻込みしたりしない観察者の持つ、技量ある筆によって、描《か》き留《とど》められねばなりません——それも、儀式そのものには参加しない傍観者によって。そうやって正確な似姿が半永久的なものとして固着されることにより、扉がつねに開かれている状態となります。そして、じつのところ実験はそこからはじまるのです。大いなる力を器にとり入れるための」

「たいへん心魅《ひ》かれる実験です！」ヘンリオットは声を強めた。

このような話に笑いもせず一抹の疑いもいだかないのは、自分でも驚くべきことだった。

「もっとも」とリチャード・ヴァンスが口を挟んだ。「およそ宗教の名に値する信仰においては、よく知られていることですがね」

遠くから聞こえてきたかのような突然のその介入には、多少とも興を削がれずにはいなかった。

だがこの男はここで口を出したくて仕方なかったようだ。

そのあとにつづく会話には、ヘンリオットはもう半分しか耳を貸していなかった。今し方ステイサム女史が口にした試みの案に圧倒され、もうほかのことには注意が向かなくなっていた。完全に思考停止していた。ただ、彼女が前世にもこのエジプトの地に毎年訪れ、砂漠をさまよい歩いたり神殿で失われた手がかりを見つけようとしたりしていたように思われるという話は、おぼろながら脳裏にとどめていた。またそれについて彼女が、「それはまるで子供のころのことのように、おぼろに記憶に残っている」と言っていたこともあとになって思い出した。さらには、ヘンリオットをずっと以前に知っていたような気がするとも言っていたようだった。かつて会ったことがあるのではないかと。だがあの実験の話がもたらした衝撃の前ではそれすらも夢物語にひとしく、心を奪うまでにはいたらなかった。ただ自分でもよく憶えていない受け答えをしただけだった。頭のなかを占めていたことへの思いはそれほど強く、礼儀さえ欠きがちな、心ここにあらずの返答をしたにすぎなかった。そんなことよりも、今はこの場から逃げ出して独りになりたいとのみ考えていた。そんなわけで、ようやく言い訳をして辞去したときには大いに安堵を覚えた。自室に戻ろうとすると、廊下には人けがなくなっていた。アラブ人の給仕が一人、だれもいなくなったあと明かりを消すために待っているだけだった。エレベーターはとうに停止していたので、階段を歩いて上階へあがっていった。

そのあとも旧きエジプトの魔法が心に憑いて離れなかった。相当若いころ、少年期に魅惑された古代への夢が、その当時の強さのままに蘇っていた。死の神オシリスの呪いが自分の血のなかで目覚めるのを感じた。大気の神ホルスと夜の女神ネフティスが忘れられた宇宙で飛びまわる。またそれらは時の彼方に埋もれた壮麗な祭祀や儀式を意識のなかに再生させた。昔日に子供の心を捉えてやまなかった太古の魔術や招喚儀式への夢が、心の底に長らく埋もれていた壮麗な祭儀や信仰体系への——かの『死者の書』まで含めた——憧れが、ヘンリオットのなかに呼び戻されていた。おぼろな過去の砂漠を超えてかん高い詠唱の声が聞こえてくる。宇宙そのものであるところの創造の力が脈動して生み出されるさまざまな形の生命が——人間の魂以外のあらゆる命が——いたるところに息づいている。それらの生命をすべて知ることができるはずだ。特別な能力と言葉とを持ったこのただ一人の女性によって昂揚された精神の声が、今こうして寝室へ向かうあいだにも呼びかけてくる。

ようやく寝室に入り、ドアを閉じて注意深く鍵をかけると——そこにヴァンスが立っていた。存在さえ忘れていた男が、近づいてきた——まっすぐ見すえたまま、関心があるかのごとく装い、信仰しているかのごとく見せかけ、内心では人をさぐり見つつ、壮大な景色を暗黒へと変えていく。背後には強靭な人格を隠し持ち、独自の目的を平凡そうな外見の奥にひそめ、これまでにない不遜な態度で突然迫ってきたと思うと、ヘンリオットがこの地に訪れた真意を問い質してきた。問われたときと同じ唐突さで、答がヘンリオットの口をついて出た。考えるいとまもないまま、不たしかな恐怖感とともにわれ知らず言い訳していた。予想もしなかったこのときの様相を、詳しく述べるとすればこのようになる——

黙ったまま関心を集中させて答えに聞き入っていたヴァンスの心理には——恐れがあるよう

だった。だがすぐに読みとれるその感情のさらに背後にあるものは、もっとおぞましい動機だ。このときヘンリオットはこれまでの人生で初めて、自分に死が迫っているかもしれないと感じていた――人の死は日常でよく起こっていることであるにもかかわらず、今このときまでこれほど身近でかつ恐ろしいものとして感じたことはなかった。しかもそれが自分の身に起ころうなどとは、夢にも思わなかった――無数の男女が忙しく動きまわっているこの地上世界から自分が消えるなどということは。だがそんな死が今、リチャード・ヴァンスという男の形をとってわが身を襲おうとしているのだ。その恐ろしさは名状しがたい。考えるだけで慄然とする。

急いで服を脱いだ、まるで早くシーツにもぐってしまえば安全だと考える子供のように。服だけでなく心までが体から脱ぎ去られていくようだった。今日の出来事はいつの間にか頭の隅へ追いやられていた。意志が弱まり、願望は急速に萎えた。疲れ果てていた。だが、何も考えられなくなり眠りに落ちようとしたとき、何やら逃げがちな昏い景色が、揺らぎながら脳裏を横切っていった。だが脳はそれが何なのか理に適った言い訳を見つけ出そうとすらしない。心のなかを覗きこむ目が見えてくるようだ。活発な現在のせいで動きを止められていた過去の記憶が四肢をのばしはじめ、悠久の砂のなかでそのこわばった筋肉を蠢かす――まさにステイサム女史が掘削しはじめた砂だ。ヘンリオットもともに知るところとなった前時代の遺物をあらわにするために。手から手へと砂が移され、おぼろだったものが明瞭となっていく。細部までは明らかにならなくとも、おおい隠していた大半はとり払われていく。

ベッドの上で輾転反側し、驚異への手がかりを見つけようとした。追い求めようとした。だが懸命に探すほどに逃げ隠れてしまう。深層意識の深みへ引きこもってしまう。今の自分の体に組みこまれている脳はなすすべを持たない。脳はそれぞれの命が持つ記憶を保存しているだけだ。古代の記録は魂の深みに刻まれている。深層意識だけがそれを読み解き明らかにする。ステイサム女史が掘り出そうとしているものこそ、ヘンリオットの深層意識の記憶にほかならない。

それが自分の奥底で蠢き渦巻くのを感じる。だがはっきりとは見えてこない。思い出したいことを思い出せないときの苛立たしさを覚える。あのヴァンスという男が秘める恐怖と邪な意志——現世におけるものか前世のものかはいざ知らず——とが持つ黒々とした背景に対置されるように、ステイサム女史の壮大な夢がひときわ映えて見える。理性がいかに抗弁しようと、あの夢には真実がある。冷静な判断や意志は眠りに就き、不可能性などわきへ押しやられている。彼女の持つ確信は、迷信でもなければ信憑性すら必要としない。それはたしかな記憶なのだ。膨大な霊魂の息吹きがエジプトの砂漠の上をこんにちにいたるまで延々とただよいつづけ、その甚大さはたしかに集団としてでなければ感知しえないものだろう。霊魂の群れがなすひとつの巨大な塊として顕現し、個々の魂はその塊を構成する小単位にすぎない。

リビア砂漠からの風が高まってナイル河の上を吹き、ホテルの側壁を掠っていく。窓が揺れ、旧きエジプトの風が悲しげに鳴る。窓の外の鎧戸を閉めねばと、ヘンリオットはベッドから起きた。いっとき立ちつくし、霊都サッカラに建つピラミッドの後方に浮く月を見つめた。プレアデス星団とオリオン座が夜空にまばゆく懸かる。地平線の近くには大熊座。まさに無数の星が砂漠の上空をおおう。ヘルワンの街路からは物音ひとつしない。砂の波がゆっくりと押し寄せる。

信じがたいほどに広大な記憶の原野から訪れる数多の思いが、ヘンリオットの頭のなかを通過していく。月光の下で白々と冴える砂漠は夜空とつながっているかのようで、その巨大さは理解も叶わないほどだ。それでも満面に久遠の安逸を湛えていることに変わりはない。砂漠のまったき静寂の彼方では、かつて霊的媒介の上に力を呼び出していた失われた〈言語〉のなごりが眠る。それは静かに横たわりながらも、果てしない砂漠の上で今ゆっくりと目覚め、ふたたび活きて動き出すべく準備を整えようとしている。そうやって砂漠が徐々に屍衣を脱ぎつつあることを、ヘンリオットはようやく卒然と意識に登らせた。屍衣の下からはその魂の具現物が姿を現わしてくる——歴然たる形をとって。

砂はつねに心のなかに、想像力のなかに積もっている。その膨大な山が今揺らぎ崩れ、ヘンリオットのほうへと動き出してくる。悠久の砂漠の顔がこちらを見ているのを感じる——かすかに風に揺れる帳の陰から不動不変の表情を覗かせて。古代エジプトが今砂漠という棺のなかで蠢き出している。幾星霜の眠りから覚め、崇拝者たちが近づきつつあるとの確信を持って。

あの想像を絶する〈言語〉のひと文字なりとも自分の精神を通じて表出する道をさぐるには、このような不たしかで微妙な方法によるしかない……

鎧戸を閉じ、しっかりと留め金をかけた。ベッドに戻るべく振り向いたとき、奇妙な身震いを覚えた。突然幻覚のようなものが見え、思わず体が固まってしまった。バルコニーの上に広大な砂漠の幻影が浮かびあがったのだ。それは背後から顔の真ん前にいたるまで、音もなく速やかに出現した。砂漠は急激に高さを増していって空にまで達し、オリオン座も月も隠した。砂漠の下辺は地平線の下から発している。ヘンリオットの目前で灰色の砂の幕がそびえ立っていく。広がりゆく末端部では無数の砂粒が渦巻き、表面にうねる屍衣の皺のごときうねりが月明かりの下で平らかにのびていくのが見える。亀裂と隆起におおわれた惑星の地表のごとき広大な砂漠の顔が、ヘンリオット自身の顔を覗きこんでくる……

その夜の夢も見ない深い眠りの奥で——そこだけは眠ることのない深層意識の領域で——あるふたつのことが覚醒し活動していた。たがいに反発し合うものだ。ひとつは邪悪で矮小で人間的、もうひとつは非現世的な崇高。すなわち、夜通し棘のように心を刺してやまない禍々しいリチャード・ヴァンスへの恐怖感と、そんな卑俗な感情の裏側にある、驚異と神秘への強い憧れの気持ちだ。

砂が蠢く。砂漠が覚醒している。古代エジプトにおいて無数の砂として顕現していたこの巨大な存在の霊身《カー》が、今ふたたびそれを媒介として地上に具現化しつつある。

6

次の日——それからの数日のあいだも——ヘンリオットはステイサム女史とその甥からあえて距離をとってすごした。知り合う経過があまりに急速で、安逸な気分ではいられなくなったためだ。他人を外見どおりの人と見なして満足することはたやすいが、所詮思いこみにすぎない。やはり他人の本質を知らねばならない。そうでなければ正しい判断はむずかしい。ヘンリオットのこれまでのいかなる経験に照らしても、あの二人を正しく判断することはいまだできていない。深層意識が理解に協力してくれはするが——しかし心のその部分が稼働するのは一時的にすぎない。それが休んでいるときは、ただ混乱した思考をさまよわせるしかない。

翌日、朝の光があふれたときには、あの女史が昨夜言ったことのほとんどが蒸発したかのように忘れ去られてしまった。ただ彼女の存在だけが記憶を解く鍵となっていた。それを手がかりに、どうにか大半を思い出すことができた——どうしても無理な部分を別にして。するとまた不安がぶり返してきた。ありありとした不吉な現実感を伴って。すべてが常識を超えたことだ。試みの結果もそういうものになるだろう——彼らに加わればそれを目撃できる。尋常ならざるものをこの目に収められるのだ。

その誘惑がヘンリオットに迷いをもたらした。興味が蘇るのがあまりに突然だったため、頭が麻痺してしまった。これから先の自分の人生まで考えるなら、時間をかけてでも正しい判断をしなければならない。だが正しい判断はなかなか訪れてくれなかった。懐疑的に笑い飛ばしてしまいたい気持ちと、逆に完全に受け入れたい気持ちとのあいだで、大きな振れ幅で揺れ動いた。ひとつだけ迷わないことがあるとすれば、あのヴァンスという男のなかに読みとった何かしら恐ろしい予感だ。それは打ち消そうとしても消えない。たしかな予感だからだ。証拠があるわけではないにもかかわらず、あの男への恐怖感は去らない。骨の髄から感じるものだ。

たやすく理解できる、安心して付き合える人々との交流に慰めを見い出そうとしはじめたのは、おそらくそのせいだ。招待主の友人マンスフィールド夫妻と話したときにもステイサム夫人の話題を持ち出しはしたが、詳しい会話の内容までは言わなかった。話しても意味を理解してもらえるはずはなく、虚ろな愛想笑いを返されるのが関の山だと思えたからだ。だがあのまっすぐな瞼の下から見すえる黒い瞳の鋭いまなざしについて話がおよぶと、マンスフィールドの妻は突然関心を強めてきた。

「まあ、それはあの名高いステイサム女史じゃありませんの！」と声を高めた。「そうにちがいないわ。一緒にいる男の人を甥と呼んでいたでしょう？」

「きっとその人だよ」と夫のジョン・マンスフィールドも加勢した。「フェリックス、その二人は避けたほうがいいんじゃないかな。きみも生け贄にされてしまうぞ」

自分でもなぜかわからないが、ヘンリオットは少し気色ばんだ。話すのも控えがちになり、起こったことを大まかに打ち明けるにとどめた。そしてもっぱら聞き役にまわっていると、世俗的な気質のマンスフィールド夫妻は、だれしもが好む噂話に興じるような話し方で情報を提供してくれた。多分に誇張や曲解に彩られた情報であることは否めないようだったが、それでも幾分かの根拠があるらしいのもたしかだった。やはり火のないところに煙は立つまい。

「あの男が彼女の甥なのはたしかだろう」とマンスフィールドが妻への反対意見を表明したあと、男性流の言い方で話に尾鰭をつけた。「それはまちがいないよ、彼はあの女史お気に入りの甥なのだ。彼女はたいへんな金持ちらしいからね、それで毎年小判鮫のようにくっついて旅に同行してくるのさ。おこぼれに与ろうとしてね。とにかく芳しからぬ二人組だ。エジプトじゅうのどこへ行っても見かけるが、いつも最後はヘルワンに戻ってくるのだ。彼らにまつわる噂話はそれこそ無数にある。きみも憶えているだろうが——」とためらい気味に妻へ顔を向け、声を低めた。「——あの女史のせいでおかしくなった人が何人もいるそうだ」

「このことはよく教えてさしあげたほうがいいと思うわ」と妻が言い、ヘンリオットへ顔を向けた。「わたしの姪のファニィもひどく怖い目に遭いましたのよ。アスワンだったかエドフだったかのあるホテルに姪が泊まったとき、ある夜ふと目が覚めると、隣の部屋から奇妙な詠唱か呪文のような声が聞こえていたんですって。部屋を仕切っているドアがとても薄いからなのね。それと同時に、お香のような厭な匂いもしていたそうなの。そして呪文にはときどき男の声も交じっていたんですって。そんなことが何時間もつづいて、姪はずっと眠れなくなり——」

「恐ろしくて、ということですね？」とヘンリオットが口を挟んだ。

「ええ、それはもう鳥肌が立ったそうよ。あまりの気味悪さに、身も凍るほどだったと言ってたわ。呼び鈴を鳴らして給仕を呼ぼうかとも思ったけど、でもベッドを離れるのも怖かったそうなの。部屋のなかに何かがいるような気がして。目には何も見えないけど、そんな感じがしたんですって。それで、ずっとそんな呪文めいた声を聞いているうちに、神経がやられたのか、めまいがしてきたんですって——催眠術にでもかかったみたいに。そしてついには息苦しくなってきて、それから——」こんどはそこで妻がためらう番だった。

「全部話したらいいさ」と夫が暗鬱に促した。

「ええ、それから——本当に怖いことが起こったの。じつに不思議なことだけど、隣の部屋とのあいだのドアが、こちら側へせり出してきたというの。しかもドアだけじゃなく、壁までがふくらんだり揺らいだりしはじめたんですって。まるで壁の向こう側から何か大きなものが強く圧《お》してくるみたいに。さらには、窓が——部屋には広いバルコニーがふたつあって、どちらにもヴェネチア式鎧戸がしっかりかりしめてあったそうだけど——ふたつの窓の外に何か影のようなものがあるんですって。深夜の二時で、外は真っ暗なはずなのに。姪が言うには、考えられることはただひとつだったそうよ。つまり——何かが部屋のなかへ押し入ろうとしている、ってことなの。たとえば大量の水が流れこもうとしているとか。あらゆる隙間や穴から、いちどきに。しかも、これが奇妙なところだけど——姪はとても怖い思いをしているのに、心のどこかではなぜか興奮しているというか、昂揚する気持ちがあったそうなの」

「結局、最後まで何も見えなかったんですか？」とヘンリオット。

「それが、思い出せないと姪は言うの。何かのわけで、意識が飛んだんじゃないかしら——彼女は認めたがらないけど」

「気を失ったんだろう、ほんのわずかのあいだにせよ」とマンスフィールドが口出しした。「これは事実よ、わたしの姪の身に起こったことですもの。そうでしょ、ジョン？」

「とにかくそんなことがあったの」と束の間の沈黙のあと、妻は締めくくった。

そのあと、ステイサム女史とその甥にかかわるほかの奇妙な出来事についても、マンスフィールド大妻の口から語られた。噂話はどこかでたがいに交じり合い、派手な箇所は強調されているらしかった。人は自分の好む言葉で噂を伝えがちなため、とかくそうなるものだ。だがヘンリオットは貪るように耳を傾け、それらの話をつなぎ合わせていくうちに、不安をぬぐい去れなくなっていった。たとえ噂でも背後にはどこかに真実がある。あの令夫人と甥が古代エジプトの謎めいた力と何がしかの関わりを持っているのはたしかであるようだ。

「あなたが王家の谷であの甥という人――ほんとに気味悪い人――と出遭ったときのことも、話してさしあげたら？」マンスフィールドの妻がそう夫に囁くのが聞こえた。

夫はいい機会を得たとばかりに、饒舌に語りはじめた。

「何年か前、まだあの男がどこのだれで、どういう人物かもまるで知らなかったころのことだ。もっとも、今もほとんど知らないがね――危険ないかさま師にちがいないと思っている程度で。とにかく、そんなころのある夜、テーベの近くにある王家の谷で、あの男とばったり出くわしたのだ。知ってのとおり王家の谷というのは、多くの王たちの亡骸がたいへんな宝物や大勢の供の者らと一緒に埋葬されている窪地で、比類ないほどの呪われた地と言われ、静寂と光と影が今も活きているかのごとき荘厳な雰囲気を醸し出しているところだ。どこかから古代エジプトに見つめられているかのようで、まさにそこにいるだけで慄然とせずにはいない」

「早く先をお話しなさいな」と妻が急かす。

「わたしは夜晩く家に帰る途中で、ひどく疲れていたが、乗っている驢馬はのろのろしてなかなか進まなかった。そんなとき、驢馬牽きの小僧が突然何かに怯えたように、わたしを残して走り去ってしまった。日没のあとで、砂漠は夕日を浴びて赤く輝き、王家の谷の崖も焔の色に染まっていた。驢馬は地面に足がくっついたかのように、一歩も動こうとしなくなった。そのとき五十ヤードほど離れたところに、男が一人立っているのが目に入った。ヨーロッパ人らしい風貌で、そのあたりに散らばる岩くれのあいだで何かしているようだった。初めは何をしているのかよくわからなかったが、そのうちに、どうやら儀式めいたことらしいとわかってきた。少し興味が湧いたので、そのまま眺めていた。するとやがて、その男独りではなく、まわりにたくさんの動く影があるように思えてきた。何やら高くて大きな影の群れが、あちらへこちらへと動きまわっているようだった。夕暮れどきの光の加減はなんとも当惑させるもので、景色がどんどん変わっていき、距離感が混乱して、見きわめるのもむずかしい。そこでわたしは驢馬からおり、歩いて近寄っていった。あと十何ヤードというあたりまで近づいたとき——奇妙な言い方に聞こえるかもしれないが——たくさんの影が一斉に離れていき、最初の男だけが残された。影が離れていくときは、まるで強い風のような轟音が伴った。暗くてよくわからなかったが、たしかに何か大きいものの群れで、それらが夕日に赤々と映える崖の壁面に跳びこむようにして見えなくなっていった——ちょうど崖をなす岩そのもののなかへ吸いこまれるように。唯一考えられるのは、影の群れのように見えたのは、じつは砂嵐《ハムシン》だったんじゃないかということだ——つまり砂を巻きこんだ熱風だな」

「そう、きっと砂の塊だったのよ」と、妻が自分も話したくて仕方ないように口を出した。

「しかし、熱い空気を感じたのはたしかだが、風そのものは少しも感じなかったのだ。それで、これは何かとんでもないものを見たのかもしれないという思いに駆られた——これまでにない体験をしたんじゃないかと。すると目さえ眩むような気がして——まるで何かに酔っているような気分だった」

「でも、その影の群れというのを、たしかに見たんでしょう？」とヘンリオットが質した。「それらの形とか、あるいは輪郭なりとも？」

「スフィンクスだ」マンスフィールドは即答した。「どう考えても、あれはスフィンクスと言うしかない。きみももちろん知っているだろう、砂漠にある、石灰石で造られたあの巨像の顔や頭の形を？　像は積年の浸食によって柔らかい部分が削り去られてはいるがね。スフィンクス像はエジプトの各地で数多く見ることができるが、それらの顔と目鼻立ちを思い出してみても、わたしが見たものに近いと言わざるをえない」

マンスフィールドはパイプ煙草を勢いよく吹かした。だが思いつきで話したというような気配は微塵もなかった。本物の体験談を打ち明けたのにちがいなかった。ただそのために少し気恥ずかしくなったのではないか。とすれば、今の話も省いたところがかなりあるかもしれない。

「その影というのが女だとしたら、きっとあのステイサム女史と同じ顔をしていたんじゃないかしら」とマンスフィールドの妻が言って、身震いしてみせた。「身の丈を小さくして、目のところを黒く塗ったら、そっくりになるとかね——まさに生きた偶像じゃない？」

そこで三人とも笑ったが、楽しい笑いとはとても言えなかった。

「その男とは、話したんですか？」とヘンリオットが問うた。

「話した」とマンスフィールドは答えた。「あとで考えると、どうも恥ずかしい話し方だったがね。というのは、なんだかひどく興奮してしまって——と言うより、頭に来てしまったんだな。そんなところで莫迦げた儀式の真似ごとをしているようなやつは、蹴り飛ばしてやりたいと思った。

わたし自身おかしくなっていたとも言えるね」と言って笑った。「あんな日暮れどきに、気味悪い谷で奇妙な男と二人きりでいるというのが、どうにも我慢ならなかったのだ。怖がっている自分に怒りが湧いたと言ってもいいかもしれない。とにかくわたしはそいつに近づいていき――憶えているだろうが、驢馬牽きの小僧はもういないのだ――こっぴどく怒鳴りつけてやった。何と言ったか自分でもよくわからないが、男はその場に立ちつくしたまま黙って見返していた。するとそれがさらによくない効果を生んだ――いっそう気味悪くなったのだ。男はわたしがわめいているあいだ、ただのひと言も発しなかった。やがて片手をあげ、何かの合図のような仕草をした。その瞬間、突然どこからともなくあの女史が現われ、男の隣に立っているじゃないか。近づいてくるところまでまるで見えなかったのにだ。岩の陰にでもひそんでいたのか、それとも地面にうずくまっていていきなり立ちあがったのか。とにかく夫人はそこに立って、男と同じように見すえてきた――わたしをまっすぐに。と思うと不意に西のほうへ顔を向けた――夕日があとわずかで沈むところだった――そのとき、彼女の黒い瞳が奇怪に輝いた！　それは表現しようもない驚きの光景だった」

「ステイサム女史は、何か言いましたか？」ヘンリオットが訊いた。

「ただひと言だった。その声というのが――笑うかもしれないが――銅鑼《どら》の音《ね》のような金属的な声で、『ここにいては危険よ』とだけ言ったのだ。わたしは背を向けると、できるかぎり速やかにその場を離れた。だが逃げるにも自分の足で行くしかない。驢馬はとうに小僧を追って去ってしまったからね。それからの一時間あまりというもの――また笑われるだろうが――恐怖のあまり血が沸き立つような気分だった」

そのあとマンスフィールドは言い訳か詫びを入れたい気持ちになったという。くだんの二人づれが自分と同じホテルに止宿していると知ったからだった。それで夕食のあと、二人のうち男のほうが喫煙室にいるのを見つけた。話しかけてみたところ、じつは知的な人物であることがわかったが、その男の口にしたあることが長く頭に残ったという。

「きみなら理解できるだろう、ヘンリオット。それで、ノートに書きとめてみたのだ——ただし思い出せるかぎりだが。よくわからず、記憶に残っていない部分も多いのでね。とは言え、まるきりでたらめとも思えなかった。どうやら古代エジプトの信仰や儀式や占星術といったものにまつわることであるようだった。それ以上となると、わたしにはわからないと言うしかない。だが思い出せるかぎりで言えば、そういったものをあの男は知覚で感じとれるように、あるいは感覚で理解できるようにと言うべきか、とにかくそんなふうに話していたように思う。きみも知ってのとおり——」と言ってつけ加えたことには、あたかもマンスフィールド自身そうしたことを信じているかのような調子があった。「——この地には今も依然として、古代エジプトの優れた信仰体系を想像させる雰囲気が、色濃くただよっているのはたしかだからね」

「それで、強く記憶に残ったこととは?」

ヘンリオットがそう問うと、マンスフィールドはヴァンスの言葉を書きとめたノートをとりに行った。

「あの男が言っていたことというのは——」戻ってきたマンスフィールドは、黙って聞き入る妻とヘンリオットの前で話をつづけた。「――宗教儀式の重要な部分についての説明ではないかと思われる。西と北の方角は何かの力を象徴しているとか、なぜ人は祈りのとき東を向くかといったようなさまざまなことだ。そしてこの宇宙全体に多くの活きた力が満ちており、招喚によってそれを顕現させられる、というようなことも言っていた。思い出せるかぎりの概略だがね、それから、こんなことも言っていたのだ――たぶんわたしが何かくだらない質問をしたときだったと思う」

そう言うと、ノートを手にとって読みあげた。

「『あなたは危険な状態にあった。それが〈西の門〉を通ってやってきたからだ。そのとき〈東の門〉から力が招喚され、あなたに向かっていったのだ』」

そのあとに喩《たと》え話めいたものがつづいたが、それはどうやら相手の男がわかりやすく説明するためのものだったようで、マンスフィールドはその部分を読みあげながら、気恥ずかしさからか笑いを噛み殺した。

「『わたしがあなたに襲いかかるとしたら、正面から向かっていくかそれとも背後からかによって、あなたのなかに喚起される応戦の力が変わってくる。つまり方角とはそれほど重要なものだ』とあの男は言い、それから、砂漠が覚醒し精霊が接近する時間を〈砂漠の夜〉と呼ぶのだ、とも言っていた」

マンスフィールドはノートをわきに置くと、パイプ煙草に火を点け、ヘンリオットが何か言うのを待つようすを見せた。

「こうした言葉を、きみならどう解釈するかね？」

答えが返らないのを待ちあぐねたらしく、やがてそう言った。ヘンリオットはやむなく、どうにも理解しかねるとだけ答えた。するとマンスフィールドの妻があとを引き継ぎ、あの二人づれをめぐってさらなる話をはじめた。

細部の省かれた話がおもで、今までほど驚かせるものではなかったが、それでもいかにもありそうな種類の話がほとんどだった。要するに、エジプトじゅうのパーティーで囁かれる噂話のたぐいだ――曰く、数千年の眠りを妨げられた木乃伊《ミイラ》が盗掘者に復讐したとか、王女の霊廟から盗まれた甲虫《スカラベ》の首飾りをしていた女性が目に見えぬ手に首を絞められたとか、霊身《カー》やパシュト神などの小像や護符を持つ者たちが奇妙な災《わざわ》いに見舞われたといったものだ。そうした話は非常に多岐にわたるうえに、偶然の要素が強い出来事が多く、また往々にして信憑性に乏しい人々によって語られがちだ。だが近年エジプトの砂漠や谷で発生を噂される神や魔物にかかわる出来事には、そうした昔ながらの話とは一線を画するものが多くなっている。つまり疑いなく本当に起こった出来事を基にした話が多く、説明がつけられないままとなるのだ。そしてかのステイサム女史とその甥は、いわば大皿に山盛りにした果物に群がる蠅のように、そうした噂話を自分たちの糧にしているようであった。だからエジプトの現地人たちも夫人のことを恐れ、彼らは案内人や通訳を雇うことさえむずかしくなっているのだった。

「そういうわけだから、ヘンリオット」とマンスフィールドが締めくくりにかかった。「悪いことは言わん、あの二人組にかかわるのはよしたほうがいい。この古い国では、大昔からの奇妙な風習がいまだにたくさん残っている。そういうものに携わる人々は、古くて不気味なことを今の世でふたたび行なうすべを知っているものだ。きみはこれまでにもすでにかなりめんくらわされてきただろうし、怖く思ってもいるだろう。初めてここを訪ねてくれたときから、そうだなと察しがついていたよ」また一緒になって笑ったが、しかしマンスフィールドの口調は真剣だった。「それで、どうかね――」と話を変えた。「――一緒に狩りでもやってみないか？　三角州《デルタ》地帯の原野には野鳥がたくさんいるのだ。今年は早めに北の巣へ帰る鳥が多いのでね。気晴らしにいいと思うが？」

だがヘンリオットは鶉猟《うずら》には関心を持てなかった。それよりも独りで考えごとを深めたかった。友人たちを訪ねて泊めてもらうのは安らぎを得たいからだが、しかし結果は決まって興奮させられたり落ちつかなかったりする。それに、今は気持ちが大いに揺れている。ステイサム女史とその甥に対してはたしかに恐れる気持ちもあるが、しかしあの二人が何をしようとしているのか知りたくもある。だから彼らと一緒に冒険してみたいという思いが強くなっている――その結果が苦い経験になるかどうかはさておき。それで結局、友人の忠告も自分の不安感もあえてしりぞけることに決めた。すでに砂に足を攫われていた。

いったい自分は何をしているんだとつい笑い出すときもあったが、そんな楽観的な気分は長くはつづかなかった。彼らの奇怪な計画には必ず真実がひそんでいるのだという思いにいつも還ってくる。もし彼らの望むとおりその計画に加わったなら、何かを目撃できることになるはずだ――それが何であるにせよ、自分を惹きつけてやまないものにちがいない。無謀な者は危険なことに惹かれるものであり――それが死や自殺行為である場合さえある。砂はすでに心まで捉えていた。

彼らに指示されるままに従うことに意を決した――もちろん、自分の鉛筆の力とともに。そして彼らと同じものを目撃し――そう考えるだけで身震いが起こるが――古代エジプトの神官たちのみが智《し》っていた、はるか昔に消えた壮大な力のなごりなりとも智りたい。しかもそれは、さらに遠いいにしえの大陸アトランティスに遍《あまね》く広まっていた智識のなごりかもしれない。砂はすでにヘンリオットの想像力をもつかんで離さなかった。まさに砂に憑かれていた。

7

ヘンリオットはあからさまに口にこそ出さなかったが、ステイサム女史とその甥との交流をふたたび得られるようにとそれとなく努めた。だが芳しい成果があがらなかった――避けるとまでは行かないまでも、二人は彼に近づこうとしないのだった。おまけに出遭う機会自体が少なくなっていた。夜中かあるいは格別に薄暗い夕暮れどきに、二人が急ぎ足でホテルから出てくるのをたまに見かけることがあるぐらいだった。いつも砂漠のほうへ向かっていくようだった。彼らに無視されている――おそらくはわざと――という思いが、欲求にいっそう火を点けた。こちらから頼みこもうかとさえ考えた。そんなとき、不意にあることに思いいたった――高まる期待によって心が完璧な受け皿となったとき、そうした閃きがよく訪れるものだ。つまり、彼らはある特定の時機を待っているのではないか。マンスフィールドが言っていた〈力の夜〉こそがそのときではないのか？　古代エジプトの暦において、超感覚的な世界が人の心に接近し、あらゆる可能性の扉が開く夜のことであるという。その閃きが脳内の一角を確実に占めると、あとはどんどん増大していくのみとなった。実際に調べてみると、今から十日後とわかった。断食月《ラマダーン》の最後の日で、ちょうど満月の夜だ。この不思議な導きをこそ受け入れるべきだと決した。すると思わず笑みが浮かんだ。今なら何でも受け入れられそうな気がした。こう思いいたったこともすでに冒険なのだ。いわばゲームの一部だ――しかしそう自分に言い聞かせても、これから訪れるであろうことが恐ろしい現実感を伴って黒々と心に刻まれてくるのを否めない。

それからの来たるべきときまでの日々を辛抱強く待ちつづけたが――待ち切れない思いは日に日につのるばかりだった。まぶしい日差しの照りつける昼にはそのことを考えて笑ったりもした。だが夜になるとしばしば眠れなくなった。今ならまだ逃げ出せるなどとつい考えてしまうためだ。だが逃げ出しはしなかった。砂漠はまばたかぬ大きな目でヘルワンの街を見つめていると同時に、ヘンリオットが何を思いどう行動するかをも逐一監視しているかのようだった。それで日長日差しを浴びつづけるオアシスとともに眠り、忘れられた月の夢を見ることに努めた。砂はついに心の最奥部にまで侵入した。身も心も砂におおわれた。

ときには気を紛らすため、普通の観光客のような遠出も試みた。自分の行動の滑稽さを認識しながらも、魅惑しつつ迫りくる壮麗な冒険への夢を決して見失いはしなかった。そんな矛盾し合う二種の思いが、すべての行動において合体していた。ベドラシェインでナイル河をわたり、リッカラの陵墓群をふたたび訪れてもみた。だが日除けをかざしたりヘルメットをかぶったりした観光客たちが——現代文明という密林で暮らす猿たちが——くだらないおしゃべりに興じているあいだも、ヘンリオットの心底を流れる神秘の昏い川が途絶えることはなかった。この地では新旧ふたつの世界が重なっているが、新しいほうの世界はごく薄い層にすぎず、いわば砂漠の上に貼られた膜のようなものだ。照らす光の加減ですぐに消え失せてしまう。だがサッカラ陵墓の地下回廊に入ると、これまでは古代史への関心や賞賛の念から訪れただけだったが、今は名づけえぬ何かに突き動かされるようにして歩きまわることができる。暗い石室に横たわる花崗岩製の大きな棺には、はるか昔日に聖なる牛が人間と同様に防腐処理され包帯を巻かれて収められていた。揺らぐ蠟燭の明かりはいにしえの儀式の雰囲気を伝え、疑念や嘲弄に陥りがちな現代人を威嚇している。四千年前に穿たれたこの地下世界は生ける者のわずかなつぶやきさえ許さず、禁じられた原始の力の不吉な息づきを感じさせずにはいない。考古学者オギュスト・マリエットが四十年前に発見した古代人の手や足の跡を見て、まるで昨日のもののようなその生々しさにヘンリオットは目を瞠った。四十五トンもある石材をその場所に嵌めた者たちの痕跡だ。それからふたたび日差しの降りそそぐ地上に出ると、脳内の地平に散らばるほかの何物にも増して、エジプトのピラミッド群に対する疑問が頭をもたげてきた。若いころの単純な憧憬はことごとく砂にふさがれ、途方もなく年旧《ふ》りたものであるかのような想念が残されるのみだ。

　帰途に就くときには、ほかの観光客たちに紛れるようについていくことが奇妙に安堵を催させた。そうでないと、独りきりでは考えるのも恐ろしくなるようなことを考えつづけることになってしまうからだ。ほかの観光客よりも少し先を行き、メンフィス遺蹟の亡霊が歩いていそうな砂漠の端のほうを横切っていく。頭上では椰子の葉が風にそよぎ、そのあいだからは多くの旅人が長い石造りの街並を散策するさまが見える。それは想像力の許容できる風景であり、足の下の地面までがたしかに実在するものとして安逸を誘うようだ。偉大なるラムセス王たちもこの椰子の葉陰に仰臥し、空を見あげながらヘンリオットと同じように考えに耽っているのかもしれない。そこまでなら想像力の及びうる範囲だ。

こうして毎日のように観光客たちが忙しく動きまわるようすを眺め、彼らが街でチップをはずんだり露店で土産物を買い漁ったりするところを眺めてすごした。ヘンリオット自身もそれに加わるのが心地よく、ほかの人々と笑い合ったり観光案内書を読みこんだり、おぼつかない英語による観光案内に聞き入ったりした。だが内心ではいつもそんな自分の虚しい努力の滑稽さに気づいた。驢馬たちは驢馬牽きの少年のかけ声に乗せて、鈴を鳴らし飾り玉をきらめかせながら荷を運ぶが、そののどかな風景さえも、あのステイサム女史がヘンリオットの深層意識に沸き立たせた願望の波を完全に止めることはなかった。エジプトでは神秘的な生き物とされる駱駝がどこにでもいて、のろのろと砂漠を歩きまわっては細長い喉を鳴らして水を飲んでいる。ここでは駱駝たちの大きな歩幅の一歩ごとに、何世紀もの歳月が経過しているかのようだ。毎夕には日没が赤と金の夕焼けと不思議な緑色の光線とで空を染めたあと、往古を思わせる薄暗い黄昏が不意に訪れ、暗鬱な雰囲気を高める。そんな舞台にほどなくひと組の男女が現われ、月に照らされた砂漠で古代の招喚の呪文を唱えることになる。サッカラの遺跡が砂のはるか下に埋まる前の数千年もの昔に、神官たちによって唱えられていたのと同じ儀式の呪文を。

やがてある朝、ヘンリオットは身のうちに湧き起こるひとつの疑問の声の記憶とともに起きた。問いは夢のなかで聞こえたもののようで、答えが訪れる直前に目覚めたのだった。

《なぜ毎日観光などに時間を費やしているのだ？　そんなことをしてすごすくらいなら、独りで砂漠の奥にまで赴いたほうがいいのではないか？　なぜ心変わりしてしまった？》

この内心の声は、今の自分の行動の釈明を求めている。そしてわれ知らず湧きあがってきたそれへの答えは、ヘンリオット自身を驚かせるものだった。頭の奥にずっとわだかまっていた、確実にして明白な答えだ。それはただひとつの名前に尽きる――リチャード・ヴァンスだ。

あの男の邪悪な目的への恐怖感は、これまではほかの多くの感情に紛れていたが、今ふたたび説得力を持って蘇ってきた。現実的でわかりやすすぎる恐れの気持ちは、この世ならぬ顕現を目撃することへの期待によって忘れ去られていた。だがつねに脈々と活きつづけ、今ついに表に出てきた。独りで砂漠に出ていくことが恐ろしいのは、ヴァンスがそこで何をするつもりかという昏い予測の絵が脳裏に描かれているからだ。その禍々しい意志への怯えが、今また心にとり憑いて離れなくなっている。独りで砂漠へ行くのは、ヴァンスのもくろみが描かせる予測の絵のなかに身を投じることを意味する――それが今奇妙なほどたしかなこととして認識されてきた。

その懸念を裏づける具体的な証拠があるわけではない。あの邪悪な意志を持つ凶暴な男と砂漠とを結びつけるのは、ある意味で考えすぎかもしれない。だが確実なことだという予見は否めない。その気になれば論理的に否定できることでありながら――仮にいっときそう思っても、すぐまた直観が打ち克つ。危険性への恐れはすでに心にとり憑き満たしている。砂漠を恐れる気持ちは、そこで起こるであろう凶悪な出来事への予感なのだ。そんなまったく人間的なことへの恐怖心が、もっと大きな——いわゆる超自然的な——ことへの憧憬の気持ちを束の間抑えこむことになった。

だが、徐々にそして着実に、ステイサム女史の計画には是が非でも加わらなければという願望が今一度勢力を盛り返してきた。今あの二人はわざとヘンリオットを遠ざけているように見える。以前のように誘ってくることはまったくない。それで苛立ちがつのり、ついにはほかのことに手がつかないほどになると、ある日ホテルの給仕に思い切ってそれとなく尋ねた——ステイサム女史とそのつれはすでにホテルを発ったのだろうか、と。すると、女史のほうはここ数日顔が見えず、ヴァンスもあまり人と話せる場に出てこなくなったので、所在はわかりかねるとの返答だった。ともあれホテルを去ったわけではなさそうだと知ってヘンリオットは安堵したが——懸念はなおやまない。頭の奥では沸々と不安が滾った。夜もほとんど眠れない。神秘な目的にかかわる重大な計画にふたたび呼び出されるときを待ちわびながら、胸のうちでは矛盾した感情を渦巻かせつつ、まるで幼い子供のような興奮に心が静まるときとてないままにすごした。

8

だがその週がまだ終わらないうちに、リチャード・ヴァンスが何かもくろんでいるような日つきと物腰で近づいてきた。ヘンリオットは自分の恐れが杞憂だったことをひと目で察し、急激に湧き起こる期待で身震いが起こりそうなのをこらえて待ち受けた——不安におびえながらも待ち望んできた勧誘のときが、ついに訪れようとしているのがわかったからだ。警戒心を最大限に研ぎ澄ませつつも、内密に話のできる椰子の葉陰の一隅へと足を進めた。もちろん慎重さを心がけてはいるが、しかし願望は心のさらに奥にあるものだ。現世的な心理は用心を呼びかけるが、太古に憧れる気持ちは、歓喜のままに屈すべしと強く命じる。

すでに夜となり、空には星が出ていた。ヘルワンの街は幻想的な光をきらめかせて砂漠の辺縁に横たわる。砂は洪水のようにあふれている。砂漠による侵犯のときが近い。いたるところの地下深くで砂が激しく脈動している。地上は風もなく穏やかであるにもかかわらず。究極の静寂がこの地の全域をおおう。時間の流れまでが星々と砂漠との狭間のどこかで停止し、やがて来る逆行のときに備えている。砂の神秘が感じえぬほどのかすかさで、街の通りまでも侵していく。

やがてヴァンスが前置きもなしに用件を切り出した。場合にふさわしく声は低いが、言葉は鋭くはっきりとしており、肌を刺す砂粒のごとくヘンリオットの胸に息苦しいほど刻みつけられた。警戒も反抗も許さぬ強さで。

「叔母から伝言を託《ことづか》ってきまして」

ヴァンスはまるで遊山にでも誘うような調子でそう言った。ヘンリオットはホテルの中央ホールの小暗い席に座しているが、相手の顔にはちょうど窓からの光があたっている。それがまぶしくはあるが、物静かな態度に隠された興奮の色が青い瞳に表われているのだけはわかった。

「明後日に砂漠で一夜をすごす予定なのですが、あなたもご一緒にどうか、と叔母が申していまして」

「くだんの実験をなさるわけですね？」ヘンリオットはさりげなさを装って訊き返した。

ヴァンスは唇を笑みの形に歪ませたが、目はまっすぐ見すえている。瞳に一瞬不気味なきらめきが宿り、すぐまた失せた。かすかに肩をすくめた。

「ご存じのように、古代エジプトの暦で言うところの断食月《ラマダーン》の最後の夜になります。依然として偽りの軽みを帯びた声だ。「〈黒き夜〉がつづくとされる〈力の夜〉ですので」〈黒き夜〉は砂漠においてさまざまな超自然的可能性が展《ひら》けるときとされています。そのときならば古代に行なわれていた儀式を復活できるはずと、叔母は申しています。たいへんに興味深い結果が得られるであろうと。必ずや目を奪うものになるはずで、少なくとも――ロンドンを安手に模倣したようなこのヘルワンの街を眺めるより、はるかにすばらしい体験になると言っています」そう言って、きらびやかな照明やら、踊りに興じるため華やかに着飾ってホールに集まった観光客やら、夕食のあとに演奏するホテル付きの楽団やらをさし示した。

ヘンリオットはすぐには返事をしなかった。不意にどこからともなくあの矛盾し合う感情が押し寄せ、またも争いはじめたからだ。ヴァンスは穏やかに話しつづけた。その平易さは害意などまったくないことを示したがっている。ヘンリオットは目を逸らさぬよう努めた。両者とも落ちつき払ったようすでおたがいを見すえ合っていた。

「願わくは、是非一緒に来てお力を貸してほしいと、伯母は申しています――と言っても、実験そのものに関与するわけではありません。ただようすを観察し、それを――」ヴァンスは半ば目を伏せ、その先を一瞬ためらった。

「それを絵に描《か》くわけですね」とヘンリオットが助け舟を出した。

「そうです、あなたが見たものを描きとってほしいのです」ヴァンスは声がいちだんと低くなるのを抑え切れなかったようだ。「輪郭なりとも捉えてほしいというのが、叔母の希望です。つまりその――」

「顕《あらわ》れたものを、ですね？」

「まさに。その場に訪れたものの形を把握したいのです。先ごろの夜に叔母とお話しになったときのこと、よくご記憶のようですね。あなたならきっと巧くやってくれると言っていました」

非常に率直な勧誘だ。夕食への招待にもひとしいほど正統な誘い方であり、狡猾なところなど微塵もない。望んできたものがついに手の届くところに訪れた。あとは承諾の返事をすればいいだけだ。そしてヘンリオットは承諾した――が、その前に本能的に四囲を見まわしていた、導きを求めるかのように。遠いリビア高原の上にきらめく星を見あげた。月明かりの下で白く不気味に輝く砂漠の長い腕を見やった。エジプトの大平原を護るように高く鋭くそびえるモカタム丘陵の偉容を眺めた。砂に削られた丘陵の尾根がワジ・ホフの上につらなる。

それらの問いかけに反応は返らない。砂漠は見つめ返すのみで答えてはくれない。聞こえるのは蜥蜴《とかげ》のきしるような囁き声や、砂の積もる通りを滑るように歩く白衣の現地人の唄う声のみだ。それに交じって、ヘンリオット自身が返事をする声が響いた。

「わかりました、参加させていただきます。でも、具体的にはどうすればいいのでしょう？計画についてもう少し詳しく教えてもらえるとありがたいのですが」

するとヴァンスの鋭いまなざしに、満足の色が滲むのが見てとれた。一方で、それに反する黒々とした意志も目と肌に透けて見える。悪辣なもくろみの気配が一瞬顔に表われ、と同時にこの世ならぬ智識への希求も表情のなかに仄見えた――そうした智識の存在をすでに信じている内心が。この男も矛盾した思いに苛まれているのだ。

やがてすべての表情が同時に失せた。身を乗り出し、さらに声を低めてきた。

「先日の話のなかに、この世にある生命には、あまりに厖大であるためただひとつの肉体に顕現することのむずかしいものが存在する、という話題があったこともご記憶でしょう。古代の宗教体系においてはそのことがすでに知られていた、というのが叔母の説でした」

「ええ、憶えていますとも」とヘンリオット。

「叔母の実験というのは、そうした巨大な力のひとつを呼び戻す試みなのです。力の一部なりとも蘇らせるために必要な儀式を行ない、われわれの精神のなかに降下させようということです。それによって精神が高められ、すばらしい幻視を体験できるものと見こまれます」

「そのあとはどうなります？」とヘンリオットが促す。

まるで家を建てる計画でも話し合っているかのように、問いと答えがいかにも自然につづいていった。だがヘンリオットの内心では、古代エジプトの象徴体系が孕む意味深さが思いやられ、魂の震えさえ覚えずにはいられない。それとともに記憶が怒濤のように蘇ってきた。

「われわれの精神のなかに、かの力が実質的な形を伴って注ぎこまれるとき、あなたの絵によってその輪郭を捉えられるならば、のちにそれを半永久的な素材として保存するよう計らいます。そして以後は望むときに喚起できるようになります。そうやって力の自然な実体そのもの——力自身が造りあげた形と徴《しるし》と姿と態《さま》とを具えたもの——が手に入れられることになります。すなわち、より完璧な力の獲得に向けての出発点にしたいと、叔母は望んでいるわけです」

「それは、本当の形を——つまり、目に見える何らかの具体的な形態を——帯びているんでしょうか?」とヘンリオットは問いを重ねながら、これほどの荒唐無稽さに疑念も嘲笑も感じない自分に驚いていた。

「われわれはこの地上世界にいるのです」耳を欹てる者などいないことがわかっていながら、ヴァンスは不必要に声を低めた。「つまり物理的世界にいる状態です、おわかりですね? したがって、たとえば対象が人間の魂であっても、肉体というものを目で見ることなしには、その存在を認識することもできません。親が産み与えた形、輪郭、徴、それらが魂の反映なのですから。つまり、これは——」と自分の胸を軽く叩き、「——われわれが魂と呼ぶ生命存在の署名を持った物理的軀体です。これの内部に一定の強さを持った生命がなければ、そもそも軀体自体が形成されえません。また同時に、軀体がなければ、われわれは魂を制御することも保護することもできません。いかなる取り扱いも無理になるのです。おそらく魂を知ることもできないでしょう——仮に感じることぐらいは可能としても」

「感じるのでは不充分だと?」ヘンリオットは相手が強意をこめた語を問い返した。

「感じるだけでは漠然としすぎていて、未来における利用に適しません」とヴァンスは答えた。

「それがひとたび形を持つなら、われわれはその特定の力の自然な象徴《シンボル》を手に入れることができるようになります。象徴とは似姿《イメージ》以上のものであり、魂を具現する生命をより直接的に、より集中的に表現するものです――ほとんど徹底的なまでに」

「すると、あなたの言われるその象徴というのが、つまり軀体であるわけですね？」

「いわば、顕現する実体の乗り物です。軀体はそれをごく端的に表わす言葉にすぎません」

ヴァンスは自分が述べることの重みを計るかのように、考えながらひどくゆっくりと答えつづけた。そのため驚くばかりに巧みな逃げ道を伴った言い方になっている。彼が次に述べた言葉のなかに紛れもなく秘められているある重要な意味を、探知できる者はきわめてかぎられているだろう。ヘンリオットの心は最初それを拒絶したが、しかし魂は受け入れざるをえなかった。古代からつづく命であるところの魂は、おのずとそれを認識し耳を傾けていた。

「生命は物質をもちいて軀体という形で自己を表現するとき、いちばん初期段階においては、幾何学的な連続形象をなぞるところからはじめます。下は最も低位である結晶から、上ははるかに複雑で高度な有機的形象にいたるまで、生命形態の初期的基幹にはつねに幾何学的連続性が伴います。それはあらゆる物理現象の根幹に必ず幾何学的法則性があるからであり、生命が持つ精神の内実も、その自己表現のための形へと向かう行動のなかにも幾何学性が伴います」

そこでヴァンスはぐいとヘンリオットに顔を近づけ、声をいちだんと低くした。

「したがって」と細い声で言う。「古代のあらゆる魔術体系に見られる象徴は、それが招喚し降下させる力を受容しうる形態の基幹をなしています。力はそれを媒介として物質に作用し、自らを表現するための輪郭を形成していきます。それらの象徴自体は物理的実体を持たず、いわば物質の触媒となります。象徴は生命を惹きつけ、それが表出され具現化されるために手を貸します。したがって正しい真実の象徴を手に入れることができれば、力を正しくそれに通じさせ呼び出すことができます——その力を覚醒されられたときに。言ってみれば、あらかじめしっかりした器を手に入れておき、それに力を注ぎこむわけです」

「力を覚醒させられたときに？」ヘンリオットは疑問をこめて鸚鵡返しにした。ヴァンスは以前自分で使った言葉を思い出しながらもちいているらしく、ぎこちない言い方になっている。

「力がこの世界を離れていることを意味します。つまり顕現していない、眠った状態にあるということです。それゆえその存在を人は知りえません。力を内包する具体物がこの世界にないのですから。したがって、まず力を覚醒させる必要があります」そのあとヴァンスは意味ありげにつけ加えた。「力は喚起に応えて覚醒します——正しい喚起を行なうことさえできるならば」

「それが招喚儀式ですね？」ヘンリオットは小声で言ったが、不本意にも不安が滲んだ。

ヴァンスはうなずいた。依然として身を乗り出し顔を近づけたまま、口をとがらせ積極的にしゃべっているが、そのさまはどこか物恐ろしくもある。

「それでわたしたちは——叔母とわたしは——あなたの画家としての才能を欲しているのです。あるいはまた、あなたの記憶もあとになって必要となるでしょう。降下してきたものの輪郭を完成させるためにはね」

そう言って相手の反応を待っているが、依然動揺させるほどに顔を近づけたままだ。

ヘンリオットは少したじろぐ気分だった。しかし決意はすでに完全に固まっている。自分が応じるであろうことは初めからわかっていた。どれだけ強い警告があろうとも、それをうわまわる願望の強さが身のうちにあるからだ。古代世界の魅惑が、見知らぬ生命の環のなかへ抗いがたく自分を引きこもうとしている。それに比べれば、ヴァンスという男への人間的恐怖感など今やとるに足りない。そんな感情は所詮現世的なものにすぎない。

「あなた方はその招喚儀式によって――」ヘンリオットは自分なりの冷静な判断を試みようと努めた。「――何がしか透徹した幻視を体験できるのでしょう。けっこうなことと思います。しかし局外者であるぼくは、あなた方ほどには興奮していない状態で観察したとして、何かを見ることができるでしょうか？　何かを知り、認識することが可能ですか？　まして、絵を描くことなどが？」

「儀式が失敗しないかぎり大丈夫です」即座に決然とした答えが返った。「ただし、降下してくる力が物理的な形をとりえるだけの強さを持っていなかった場合、実験が失敗に帰することもないわけではありません。主観によるだけの幻視ならばだれにでも起こりえます。いわば価値のない幻覚ですね。想像力を働かせすぎたときなどに起こりがちです」そのあと、躊躇と恐れを呼んでしまうのを防ごうとするように急いでつけ加えた。「あなたには高いところから観察してもらいます。わたしと叔母は谷の底のほうから――ワジ・ホフの低地から――見ている予定です。あなたは儀式の現場からできるだけ離れていたほうが――」

「なぜ近いといけないのです？」ヘンリオットは急な衝動に駆られ、思いとどまる前に身を乗り出して問い質していた。

するとヴァンスもそれに負けぬすばやさで答えた。急な質問に驚くそぶりもなく、完璧に自制を保っている。ただ瞳に昏いきらめきが一瞬よぎったが、すぐに冷然とした内奥へ隠された。

「あなたの安全のためです」と低い声で言った。「このたび叔母が招喚を試みる力は――その生命の種類からして――非常に強いものです。囮として使う幾何学的象徴によってその力が充分に引き寄せられたなら、ただちに物理的かつ現世的な顕現がはじまるでしょう。しかし、その過程とはどのようなものか？　その力の顕現を可能ならしめる信仰を受け持つ崇拝者たちはどこにいるのか？　いないのです――人間はどこにも。それゆえ、本来動かないものである物質を、崇拝者の代わりとするしかありません。力は自らを表現するために、強烈な衝撃を放って、手近にあるあらゆる利用可能な物質をそちらへと向かわせます――砂、石、そのほか変形可能なあらゆるものを動員し、力が自らを注ぎこむための器を形作っていきます。わたしと叔母はその現場のただなかに陣どり、一方あなたは外縁部に位置して安全を図ります。それゆえにこそ、近づきすぎないことが肝要と申しあげているわけです」

だがヘンリオットはすでに聞いてすらいなかった。魂が氷と化していた。と言うのは、今この無防備でいる瞬間にも、悪魔の割れた蹄が明らかにその姿をあらわにしていたからだ。ヴァンスが今し方示唆した危険性それ自体こそが、この男の恐ろしい意図を隠す帳の一端を引き開けるものにほかならなかった。ヴァンスもまたこの尋常ならざる実験の目撃者となりたがっていることはたしかだが、しかし彼の狙いは、この世ならぬ幻視を見せるものの様相をヘンリオットに描きとらせることのみにあるのではない。別の理由があってこそ儀式を見たがっているのだ。それほどの危険を冒してまで、彼はなぜ叔母の計画に加担するのか？　自ら望んで助力するこの儀式によって、自分自身命を落とすかもしれないのに！

その真相は知りようもない。ただひとつ言えるのは、危険に見舞われる惧れがあるのはヘンリオットだけではないということだ。

そのあとも二人はしばらく話をつづけた——夜更けにいたるまで。すでにホテルの明かりは消され、砂漠をへだてる鉄柵の外から武装した警邏員が二人を不審そうな目で見ていた。だがそれ以上にヘンリオットにとって重要だったものは、崖のてっぺんに見える岩棚だった——来たるべきときに彼はそこに立ち、儀式を目撃することを求められているのだ。そのためには日没までにあの岩棚にたどりつき、西空に月光以外のきらめきがなくなるときを待たねばならない。そしてステイサム女史は——ここ何日かのあいだ恐ろしい儀式を秘密のうちに準備するために心身を捧げているにちがいないあの夫人は——ほかならぬその儀式の夜に、眼下はるか下方の谷底に現われるときまでその姿を見ることはないだろう。神をも恐れぬいにしえよりの意志のために、リチャード・ヴァンスとともに余念なく準備を進めているはずなのだから。

9

日が沈む一時間ほど前、ヘンリオットは驢馬牽きの少年に指示して、食糧と毛布を驢馬に積ませ、どこで落ち合うかを告げた。指定したその場所まではかなりの距離があるが、ヘンリオット自身は徒歩で出発した。砂まみれの熱い街路を滑るように歩いていくうちにも、縄につながれた駱駝の隊列が、その昔ピラミッド建設にも利用された石切り場からの荷を負ってのろのろと進んでいた。ヘルワンで暮らすあの友人から思いとどまるよう警告されたことをふと思い出す。だが今は不安も払うほどに願望が強まっている。砂漠の波は大きく盛りあがりつつある。砂は長く白い街路の上でヘンリオットをたやすく圧し包み、はるかな谷底まで引きおろしていきそうだ。眼前にのびる千マイルもの距離を引かれていくさまが想像される。背中からは太古からの二千年の歳月が押してくるだろう。

すべてが陽光に満ちている。空に向かって宮殿のごとくそびえ立つ高級ホテル、アル・ハヤトの前をすぎていく。ホテルのテラスや柱廊では大勢の観光客が軍楽隊の奏でる音楽を聴きながら、晩い午後のお茶を楽しんでいる。ネルのシャツ姿でテニスに興じる人々、長い遠出から帰って驢馬の背からおりる人々。笑い声と話し声があふれ、さまざまな言語が犇めき合う。華やかさがヘンリオットを呼んでいる。普通の旅行者たちの日常が、ホテルにとどまってみんなと一緒に活きいきとすごせばよかろうと促す。間もなく楽しい夕食がはじまり、綺麗な白いドレスを着た美しい女性たちと会話したり踊ったり唄ったりする時間が訪れる。誘惑するまなざしが艶かしくきらめく。顔見知りの女たちが何人かいるのが椰子のあいだから見えた。だがそこまではるかに遠い距離がある。今のヘンリオットはこの現代文明から何千年も離れている。言い知れぬ孤独が胸を占める。今は独り忘れられた往古の砂のなかを訪ね歩き、失われた時代の廃墟をさまよわねばならないときだ。先を急いだ。すでに深い水域で息を切らせつつある。

ヘルワン天文台の建つ高台をめざして急坂を登った。途中で二人の天文台職員が仕事の合間の午睡《シエスタ》をすごしているのを見かけた。彼らは日ごろから人類世界を遠く離れた不変の静寂のなかに天体を探している者たちだが、ヘンリオットは自分もすでにその境地に跳びこんでいることを悟った。職員たちと目が合った。彼らの目も途方もない懸隔を間近なものとして知る者の目だ。ヘンリオットに向かって会釈し、丈の高いグラスから飲み物を飲んでいるストローを手の代わりに振った。彼らの声が空からおりてくるもののように遠く聞こえる。日差しにグラスがきらめき、氷のあたる音が鳴る。驚くばかりの静けさだ。ヘンリオットも手を振り返し、急ぎ足で通りすぎた。はるかな歳月が砂のようにすべり落ちてくるこの急坂で、立ち止まるわけにはいかない。

高く積もった時間の砂が崩れ落ちてくる速度が高まる。ようやく高台の上に出ると、いくぶん涼しい砂漠の大気が顔にあたった。視界の及ぶかぎり広がる、黒々とした奇妙に艶やかな絨毯のような砂の膜を音立てて踏み歩く。砂は掃き去られることもなくいたるところに平らかに散り敷き、消えた古代文明の人々がその灼けつく表面を歩いたときのままだ。やがて時間が空に向かって張りめぐらす幕の陰へと進み入る。そこでは時間の砂がすべて一方向へと流れる。流れは吸引と排出を伴っていちだんと強まる。奔流を感じる。深い砂が足をわきへ引っぱる。砂の中心の勢いを感じる。基層から上層へと砂が噴きあがってくる。ヘンリオットもそれに逆らわず進む。

振り返り、夕刻の光を輝かせるヘルワンの街をいっとき眺めた。街の人々の声がかすかながら聞こえ、途切れることのないつぶやきとなる。その向こうにはナイル河口の三角州地帯が広がる。椰子が鮮やかな緑をなし、ベドラシェインの家々の屋根がつらなる。大河が青い笑い声をあげつつ、帆をふくらませた遊覧船の群れを浮かばせる。反対側の黄色いリビア砂漠の地平線の上では、多くのピラミット群が楔形《くさびがた》の頂を赤と金に染まる空にそびえさせている。その荘厳さはこの風景のすべてを高みから睥睨するかのようだ。それらの昏き塔はまさに古代の力の象徴であり、年旧《ふ》りたその領域へと近づこうとするヘンリオットの小さな一歩一歩を見おろしている。

しばし眺めたあと、また歩きだした。東の空に月が青白い大きな顔を浮かべていた。これらの偉大な風景によってかつて表象されていた悠久の沈黙の上方に、月は半ば恐ろしげな表情をして滑るように優雅に昇る。それにつられるように砂漠の砂も昇りゆき、ヘンリオットの足をワジ・ホフへと向かわせる。ほどなくして尾根の下へおり、ヘルワンの街もナイル河もピラミッド群も視界から隠された。古代の水域へと入った。足を進めるとともに時間は遡り、一歩ごとに足跡が消えていく。同時に心も遡る。幾世紀もの淵を跨ぎ越え、過去へと入っていく。眼前には砂漠が横たわる――遠い昔に失せたものを魂で読みとるべき、展《ひら》かれた時間の霊廟だ。

日没の薄明が風景の上で魔物めいた遊びをはじめる。モカタム丘陵に紫の光輝がおりる。視覚が欺瞞を仕掛けながら不思議な舞いを踊る。遠くの空にあがる爪の群れが急速に近づき、蚊ほどの小ささだったものが一瞬にして翼を広げた鳥くらいの大きさになった。崖の尾根が前触れもなく突然近景に出現し、平らだった地面が瞬時に窪地へと移った。ヘンリオットは思わずよろけ、転んでしまった。気紛れな砂漠に、臆病な者は夕刻に出てはならない。窪地はいたるところに散在する。それに当惑させられることは無駄ではない、見慣れた景色が突然現実性を失う世界で危険を回避するためには。とくに夕刻にはこの当惑に襲われがちだ。夕闇は不気味なほど速やかに広がり、たちまちヘンリオットを包んだ。

　風景のそんな変化をも冷静に見すえて先へ進もうと努めた。余計な想像には囚われず、もっと重要なことを――この冒険そのものを――考えるようにしようと。想像力によって見えるものが誇張されそうになるのを拒み、視界を失わない賢明さを心がけた。

「これから驚くべき実験を目撃しようとしているのだ。熱狂的な信仰心によって夢を見ようとする二人の者たちの確信に従って」この独り言をくりかえし唱えた。「ぼくは誘いに応じたのだ――見せられるものは何でも見てやろう。そのなかには真実がなければならない――もし何もなければ、虚偽の心理が生み出した自己満足にとどまってしまう。それを見きわめたい――たとえそれがよい判断とは言えないとしても。冒険に挑みたい――いや、挑まねばならないのだ」

　それが自分に言い聞かせた方針だった。果たしてたしかなことか、それとも冷徹な勇気とは言えない結果になるかは、まだわからない。さまざまな感情がもつれ相争っているままだ。だから慰めとなるこの独り言をくりかえさざるをえない。それ以上の深みはまだ見えない。こんなときでも自分が何を望んでいるかを知っている者は、この世で最古の心理学上の方法を採るしかない。

正しい判断の仕方などとうに砂に埋められた。日常的な規範の上で脳が受けつける説明など、この冒険に関するかぎりはもはやできない。巨大でおぼろな忘れ去られた驚異の世界の深層海流で舵を切ってしまったのだから。

太陽はエジプト特有の唐突さで地平線の下に沈んだ。ピラミッド地帯が夕日を呑みこんだ。太陽神ラーは金の舟に乗り、リビア砂漠のはるか彼方へと漕ぎ出した。ヘンリオットは歩きつづけ、ますます孤絶感を深めていった。文明からあまりに遠く離れた夢の世界を歩く気分で、かつてはたしかにあった人とのつながりさえもう思い出せない。計り知れぬ過去の海へ、どれほど深く、どれほど遠く、どれほど完全に沈もうとしていることか！　音のない領域へと歩み入った。無音の大洋の途方もない深海がまわりを囲む。ともにあるものと言えば——息づきも蠢きもない不可知の沈黙を守る旅の供は——陽光と影と、そして風に運ばれる砂のみだ。正面にあたる東の空にゆっくりと月が昇りゆき、静寂の空に懸かる——同じ静寂が途切れることなく地平線上にのび、内海がきらめくスエズまでつづいている。月は今アラビア半島の山々とその荒涼たる海岸の上で光る。南では上エジプトの原野が数千マイルも広がり、ヌビア高原へとつながる。それらすべてのさまざまに分かれた砂漠の上で、流れつづける砂のかすかな囁きが渦巻く——「生は今まさに死より逃れる途上にあり」との御《み》言葉を伝える囁きだ。幾星霜の砂に包まれた古代エジプトの霊身《カー》が月の下を旧き住み処へとただよい戻る。

砂漠の変容がついに本格的にはじまった。徐々に速やかさを増しつつ。ヘンリオットがこの徒歩行の最初の二マイルを進み切る前に、岩だらけの丘陵が黄昏に染められ、日の盛りに辛うじて隠すのみの不気味な形相をあらわにした。侵食する光線がその様相を生み出していくさまをヘンリオットが眺めているあいだに、彼の心のより深いところでは、この景色の隠された意味が頭をもたげていた。一見動きのない表層の下で、砂漠が隠しおおせることのない名状しがたき何かが胚胎の形をとりつつある。それは古代エジプト人が智りかつ崇拝していた、この世ならぬ生命の大いなる神的象徴に似通うものだ。それはかつて花崗岩で造られた怪物像――スフィンクス――に擬せられ、壮麗な神殿で神秘の儀式に祀られていたかもしれない。

リビア砂漠に監視役のように置かれたかの像に似るこれらの岩は、完全に自然のものだ。だが自然こそが最も深い啓示をもたらすのであることを、ヘンリオットは知っている。表層の石灰石が侵食に抗し、不吉な像のごとき姿を空へそびえさせる。その下層の軟質な砂岩が祭壇状の玉座をなして、像の孤立をひときわ深める。その荒々しく争いがたい岩の塊が見つめる狭間を、ヘンリオットは今通過していく。それらを形成したのは砂漠の表層であり、天然の像を誕生させた。像は砂から現われまた砂へと沈む――大洋の海流が忘れられた生命を深みから引きあげまた沈めるのにも似て。それはどこかで美しい何かと禁断の恐ろしい婚姻を果たしたかもしれない。そして普通の人類や動物とは異なる面妖な外貌を呈した。まばたかぬ目――瞼が永久に隠されているため――がまっすぐな眉の下から見すえ、この冒険の動機と目的のこめられた幻視をヘンリオットの脳裏に見せる。雄渾に空を見あげる岩の像たちはなぜヘンリオットがここにいるかを理解し、そしてやがて――射抜くような神秘のまなざしをゆっくりとしりぞける。

地層をなす岩は像たちをじつに見事に造りあげた。威嚇するような重々しい眉、歳月に削られて冷たい笑みに似てきた厚い唇、粗い砂がなす顎から頬にかけてのけわしい線、とがった顎の先、そして深い砂の層から体を持ちあげようとしているところを示すわずかな肩の隆起——これらの様相が伝えるものは、死そのもののごとき何ものにも代えがたい久遠の表情だ。人間らしい徴は微塵もなく、それに比しうるいかなる動物の表情でもない。だが彼らにより砂漠に命の気配が与えられ、隠されていながらもわずかに認められる彼らの笑みは、やがて砂漠の昏い哄笑へと広がりゆく。それは沈黙のうちに地下に沈む。だが沈んでもヘンリオットには感じとれるものだ。顔の群れはやがてただひとつの巨大な砂漠の貌《かんばせ》へと変わりゆく。それはあらゆるところにあるが、しかしどこにも見えない。

こうして闇が深まるとともに、ヘンリオットの砂漠の理解も深まる。だがそれは彼だけのものとして形成される理解ではない。大いなる力が蠢き、眠りから覚めて起きあがるのを感じる。見すえる自然岩の顔の背後にほかの何かの群れがいて、通りすぎるヘンリオットを暗然と覗き見ているのが感じられた。何かの道具を手にして見ているようにも思える。想像力がそれらの輪郭に示唆を与えるが、たしかに何かの力があるのを感じる。それもまた砂のなせる驚異の技か。そうでなければこれほどの影響力はあるまい。また、これほど端的無比な、それでいて恐ろしい接近を仕掛けても来ないだろう。

接近！　それこそ何よりも先に心に強く映じ、ヘンリオットをたじろがせた言葉だった。たしかに近づいている、何かがすぐそこまで。砂漠が立ちあがり自ら足を進めてきたのか。と言うのは、きらめく石灰石がなすあの天然岩の顔のみならず、それらの巨岩の塊をも含むこの丘陵の全体が陣形を組みはじめ、それらの像の援軍をも得ようとしているように思われるからだ。今ヘンリオットは前後左右から監視され、のみならず下方からまで見られている。砂が一定の距離を保ちつつ包囲しているのだ。と同時に砂は不気味にきらめきはじめてもいた。あちらこちらにまたたく光が散らばるさまには言い知れぬ気味悪さがある。が——その正体はランタンだった。そこへ向かってヘンリオットはよろけるように駆け寄った。落ち合う約束の場所で驢馬牽きの少年と出遭えたことに安堵した。

夕日が最後の松明《たいまつ》を消し、その火が原野に溶け入った。不意に足もとに谷間が口を開けた——ワジ・ホフの名で知られる涸川《ワジ》の谷だ。谷は曲線を描いて後方までつづいている。

最初に感じたのは、ある危険への警告だった。荒涼たる谷で水が奔流をなしていた。ときおり谷のうねりに阻まれながらも、水は数マイルに及ぶ涸川《ワジ》の全長から完全に吐き出されつつある。月は雪のように白く、崖に迫る黒い影を積みあげていく。月光のなかで水が迸《ほとばし》りゆく。谷は急速に空《から》になろうとしている。

一瞬水が流れを止め、ヘンリオットの顔を見あげてくるような気がした。が、すぐまた高速で流れ出す。海へ注ぐ河もかくやという景観だ。谷の水はたちまち減りゆき、来たるべき事態のために道が空《あ》けられようとしている。すでにはじまっていた接近がさらに強まった。

体が震えるのを感じながらも、身を乗り出して谷底を覗きこんだ。気持ちをしっかり持つため、最前使った独り言の呪文を脳内でまたくりかえした。半ば声に出して。だがそうしながらも、本心はまったく別のことをつぶやいていた。頭のなかに渦巻いてやまなかったステイサム女史どりチャード・ヴァンスのことが今、砂嵐のようにヘンリオットに襲いかかっていた。その威力はほかのことを何も考えさせまいとするように。立ちすくむヘンリオットを揺さぶり、長くうねりのびる深さ数百フィートの谷を覗き見るのを妨げようとする。

あわてて平常時の自分に戻ろうと試みた——偶然知り合った二人の旅人に大胆な冒険へ誘われただけの、ごく普通のヘルワン観光客の一人になろうと。だが無駄だった。そんな努力こそが今や非現実的な夢にすぎない。すでにヘンリオットをすっかり呑みこんでいる巨大な過去の前では、もはやとるに足りぬ些末事だ。身も心も捧げてしまっているこの感覚こそが現実なのだ。

まわりを囲む砂の丘陵がなす顔や影の群れは、興奮した心が生み出した幻想にすぎない——そう自分に言い聞かせるが、しかしそれ以上は無理だった。すでに力が作動しはじめている。今まさにどこかで覚醒し、蠢き出している。喚起はすでにはじまっているのだ。ヘルワンからの徒歩行のあいだずっと感じていた〈接近〉の正体こそがそれなのであり、決して幻想ではない。思い出されるのも困難なほどの遠い昔に失せたある種の生命が降下しつつある——あまりにも甚大ゆえに、群れとして、集団として、あるいは軍勢として顕現するほかない生命の力が。今この瞬間にも、ステイサム女史とヴァンスがすでにどこかで儀式にとりかかっているのだ。あの二人の精神が、この小さな世界を超えたところにまで伸長しはじめている。谷を空《から》にするのは、まさに彼らの儀式が招く生命を降下させるためにほかならない。

それと同時に、砂の動きもまた真実を表明している。あの女史が言ったことを思い出す——「形をとるための素材は、いくらでも偏在していますわ。わたくしたち生きとし生けるものがいずれは成り果てる、かの塵埃もそうですわね。あるいは砂もそうなりうるでしょう。ここエジプトの砂漠こそ、そうした素材の世界最大の宝庫なのです」——

そうこうするうちに、別の新たなことも起こってきた——降下しつつある生命が、手近にあるあらゆる剥離可能な物質を自らに奉仕させはじめたのだ——自らの行動空間を形として表出し、字義どおりの意味での軀体を形成するために。

ヘンリオットは立ちつくしたまま、最初の数秒でそれを認識した。拒むことのできない圧倒的な事実としてそれは理解された。急速に空になりゆく谷に、強靭な生命がほどなくいっぱいに満ちあふれるだろう。ただしそこには死も秘められている——些末で醜怪なとるに足りぬ死が。それはヴァンスという名の形をとって一瞬ヘンリオットの心に閃いたが、すぐ消えた。魂の底まで揺さぶるような現前の壮大な出来事の前では些少すぎることゆえに。いつしかわれ知らず頭《こうべ》を垂れていた。そうやって千年も待ちつづけてきたような気がする。内心では逃げ出したい気持ちもある。どこかへ隠れ、だれにも見られないうちに、この恐怖を、この興奮を、この驚異を避けてしまいたい。だがそんな愚挙を犯すにはときすでに遅しだ。砂漠に監視されている。ここにヘンリオットがいることは、すでに人いなる自然の知るところとなっている。もはや逃げられない。砂に囚われ、この悠久のときのただなかに佇むほかない。

丘陵は今は石像群のようにじっとしているが、間もなく祭礼行列のごとく滑るように前へと動き出すはずだ。船団のように進軍しはじめるだろう。今はまだその準備段階であり、涸川《ワジ》の水が捌《は》け切ったときそれが完了する。明るく柔らかな月光が谷を照らして準備に助力する……そしてやがて砂漠の全容までが立ちあがり、前進しはじめることになる。

　横へ移動していこうとしたとき、ヘンリオットの足が何か軟かいものを蹴った。地面にこんもりと盛りあがるように落ちていたそれは、驢馬牽きの少年に運ばせた毛布だった。少年はそれをそこにそっとおろしたあと、ヘルワンの見慣れた街明かりをめざして全速で戻っていったのだった。その足音はすでに遠ざかって久しい。ヘンリオットは今や独り残された。

　目下の景観の細部まで認識にとどめると、その場に屈みこんで毛布と外套を拾いあげ、夜をすごすための仕度にかかった。が、儀式を観察することになる所定の場所は反対側の崖の上だ。ということは、谷をおりて涸川《ワジ》の底をわたり、向こう側の崖を登らねばならない。やむなくゆっくりと動き出し、ワジ・ホフの川底めざして急な崖をくだりはじめた。ときおり滑ったり転びそうになったりしつつおりていき、ようやく月光に映える川底に立った。そこの地表はとても平らかで、風はなく、宇宙空間のように静かだ。砂粒のひとつひとつまでが古代からそこにある姿のままで眠る。すでに水は完全に失せている。

　次は東側の崖を登りはじめ、漆黒の影のなかを一時間とかからずにてっぺんの岩棚までたどりついた。そこから見おろすと、谷底の全長が銀色に彩色した地図のようなさまを呈する。崖の上は谷の下方とちがい、涼しい砂地からの風が強く吹いている。登る途中では岩くれが崖を転がり落ち、谷底にあたって音を立てていた。ヘンリオットは毛布を岩棚に敷き、外套を体にまといつけると、その場に横たわって待機をはじめた。高さ二フィートほどの岩の壁に頭を凭せかけた。目の前には谷の狭間が口を開け、向こう側の崖までは数百フィートある。岩棚に臥した体勢なので、砂漠から背中を見られることはない。下方で湾曲する涸川《ワジ》は天然の円形闘技場のごとくで、絶えず岩くれが崖を落下したり、駱駝の食料となる雑草の茂みが見えていたりする。樹木状に大きくなった草もある。その数を声に出して数えたりした。

やがて、川底をわたっているときには絶えていた水の流れがふたたびはじまった。月が放射する光線のなかで、涸川《ワジ》が活動再開した。またも壮大な全容と精妙な細部とが一体となる不思議な光景が現出した。流れそのものは勇壮だが、水の細かな動きは鳥の群れを思わせるように奔放にして微妙だ。動くものをすばやく撮った連続写真のような奇態な景色だ。ヘンリオットは、ルワンで見た高速で飛ぶ蜻蛉《とんぼ》の群れを思い出した。あるいは踊る子供たちの足の動きや、ひらひらと舞う蝶や――そして何よりも野鳥の群れを。そうだ、まさに鳥がいくつもの小さな群れをなし、さらにその全体でひとつの生命をなすかのように飛ぶさまを思い出す。類魂《グループ・ソウル》という考え方が今ふたたび心を占めた。しかもそれは単なる興味や好奇心にとどまらない感覚だ。背後にあるのは信仰だ、畏《おそ》れを伴った信じる心。精神のいちばん深いところで湧き起こったこの考えは、象徴による顕現へとつながる最初の兆しだ。古代の信仰に属していた象徴――侵すべからざる聖なる印――が今身のうちでおぼろに湧きあがり、自分の存在を通じて表出されていくかのようだ。

岩棚に横たわり、あの二人の同志は今ごろどこにいるのかと、ぼんやり考えながら待ち受けた。恐れの気持ちはすでに消えている。冒険の全容の規模があまりに大きく、その驚きのせいで怯えている余裕もない。期待感ばかりが高く、不安はない。自分のことさえよく認識できない。フェリックス・ヘンリオットではない別のだれかのようだ。あるいは、かつて遠い前世で意識しし いた新たな段階にある自分か。過去のおぼろな狭間から自分を見ているような気がする。その過去の細部までは、今はまだとり戻せるときではないが。

鉛筆と写生帳はすでに手もとに用意してある。月がさらに高くあがり、崖の壁面に投げかける影を細くたたんでいく。雪のような白一面になった崖に銀の光が走り、それが岩くれのひとつひとつまで鮮明に照らし出す。あらゆる場所でおごそかさが物恐ろしさへと深まる。涸川《ワジ》は静寂なままに谷底を干しつづける。ふたたび空になろうとしている。そのとき、不意に変化を感じた。どこかで動きがある。それは音も立てず速まっていったと思うと、すぐまた速度が落ちたようだ。谷底の灌漑がついに終わった。最後の水流が去り、遠くのうねりの彼方へと消えた。

「ゆっくりとはじまっている」と囁く。整然と並ぶ兵士の隊列を見ているような確実さでそうとわかった。囁きは羽根のように風に飛ばされていった。

変化はたしかに起こっている。すでにはじまっているのだ。夜と月がじっと立ちつくし、目を凝らし耳を欹てている。風が完全にやんだ。砂もゆるやかな流れを止めた。砂漠が静まり返り、こちらへと振り向く。

数千年のあいだ世界を閉ざしていた帳がそっと引き開けられ、そこに現われた翳る景観をヘンリオットの魂の目が見おろし、遠く忘れ去られた画《え》を探し求める。いまだ砂に埋もれているためすべてまでは見わたせないものの、おぼろな一部なりとも目に入れられた――かつて情熱的に崇められ愛されたものを。ヘンリオット自身強く憧れてきた何かであり、安手の好奇心で覗き見たがる程度ではなかった。しかも奇妙に馴染み深いもので、のみならずそれを招喚しつつある当のステイサム女史その人にまで昔から馴染みがあった気がする。それ以上に精細な記憶を掘り起こせないが、否定も疑念も差し挟めないたしかさを全身で感じている。打ち消せない力とともにそう感覚する。昔日に篤く信仰されていた神秘的意志が、現代人の富と名声への信奉にもひとしく古代人が熱意を捧げていた願望が、高邁な栄誉心とともに嵐のように蘇る。記憶の中枢が永い眠りから覚め、これまでの完全な忘却を嘆き悲しむことすらできそうだ。これほどの栄光をまるで最初から存在していなかったかのように失っていたことは、まさに絶望と涙にも値する。その断片なりとも目撃することがいかに不完全であろうと、かつて探し求めた最も豊かな神の領域の一端に触れられるのはまちがいないのだ。そこには夜と星の世界の聖性への信仰心も含まれる。安逸を伴う大いなる畏怖の気持ちもある。それらを胸にして今、期待と敬虔さとを静かに燃やしつつ、聖なるものへの門に立っている——

これが初めてあのふたつの黒い点を目にしたときの感興だった。そこには安易な興奮も不要な警戒心もなかった。ふたつの点は白く照り映える谷底の岩くれに見つけたもので、そこだけほかと明らかにちがっていた。点は生きて動くものだった。月光の変移に従ってゆっくりと変わりゆく無機物の影ではなく、人間の動き方だ。しかもそれらは今の今までずっと石像のように不動を保っていた。涸川《ワジ》の底を横切ったときも、ヘンリオットから数十ヤードしか離れていないのに気づかなかった。この岩棚からも幾度となくそのあたりを見たはずだが、まったく認められなかった。おそらく、肉体のみならず精神まで完全に不活性な状態にしていたのだ。古代の力を招喚する儀式において、実践者が自らの精神に課すべき重要な必須事項であるのにちがいない。

ふたつの人影はここにいたってもなお、決して大袈裟な動き方や不必要な挙措はしない。今の時代によくあるまがい物の儀式とは明らかに異なる。そこにこそ失われた精霊の力の真実の荘厳さが宿る。ヘンリオットが着くずっと前から、ひょっとすると今日丸一日かけて、あの二人はこの場で困難な儀式の準備を進めてきたのだ。そうやって砂漠の一部と化してきた。数時間前にヘンリオットが高台の上を通過した夕暮れどきにもすでに。彼らにとって——とくにこの古代儀式の成功に賭けているステイサム女史にとって——ヘンリオットの想像力を強く掻き立てておくことが重要だったのだ。彼は砂漠が生きていると感じてきた。それはゆえないことではなかった。たしかに生きていたのだ。あの二人が砂漠に生命を与えた。自らは長く身を隠しながら、強い願望の力によって生命を物理的に表出させた。その影響を受けたヘンリオットは、儀式の中心地に近づくにつれますます想像力を喚起された。ほかならぬその場所で女史が生命の復元に焦点をあてていたがゆえに。ずっと見られているような気持ちがしていたこと、何者かがそばにいるように思えたことも説明がつく。真の招喚儀式を行ないうる古代の神官にもひとしい技だ。真理を視る大いなる者として宇宙的な力を喚起したのだ。

　はるか眼下でふたつの人影が、記憶すら失われた古代にのみ可能だった儀式を実践している姿に、ヘンリオットは劇的な感動を覚えた。彼らは今立ちあがり、両腕を大きくゆっくりと回転させて環を描くようにさしあげ、より大きな水の流れを象徴しているふうであった。涸川《ワジ》の流れがやんであたりが率然と静寂になった今、二人はその代わりをなすかのように、粛々とした舞踏にも似た仕草をとりつつ、月光のなかでゆっくりと揺らいでいる。ヘンリオットは双方にひとしく関心を集中させた。ほかの万物はすべて動くのをやめている。

　そのあと起こったことを何と表現する？　力の顕現などありえないと長く否定されてきた――理解することすら――体験を目の前にして、いかに解釈しえようか？　見いだしえないほど深く埋葬されてきたこの旧き象徴的顕現を――その小さな細部とは言え――いかに翻訳する？　その厳粛さは、電話で連絡できる近距離に建てられ綺麗に飾られた教会に集う、神を雲の上におわすものと見なす程度の信仰しか持たぬ人々に、理解できようはずもない。ヘンリオット自身、言葉にすることができなかった。遠い過去にどこかで見た気がするが、記憶が描く画はおぼろすぎて言葉に変換できない。

　知っているとは言いがたいものだ。本当に見たことすらないのかもしれない。途方にくれ、考えることもできない。感興は頭のなかにとどまるのみで――翻訳不可能だ。心は本能的になんとか表現しようと努めるが、結局のところ迷い、停滞し、ほどなく完全に立ち止まってしまう。それでも眠っている深層意識のどこかから浮かびあがってくる。視覚と予感と記憶を司る力が蘇り――言葉にできない生々しさで――かつてひそかに智っていた信仰の対象が見えてくる気がした。ヘンリオット自身かつて信仰していたものだ。計り知れない遠い過去において、彼の魂もこれと似た招喚儀式の渦中にあった。その記憶を埋めていた砂が今とり払われようとしている。重要な意味を持つ象徴が心に閃き、晴れゆく霧のなかに浮かびあがる。しかしその意味はつかめない、智っていたのがあまりに遠い昔であるため。ただ、どこか馴染みがある。夢で見た人の顔を思い出し切れないように。その神秘的な意味合いが心のうちにかすかな跡を残し、それを大さな手がかりとして理解へ向かえそうでもある。すべては宇宙的な神格性のものの象徴であり、かつ象徴でのみ表現されうる力へとつながるものだ——そのように古い時代の神智学的信仰における祈禱書や聖礼典では重要なものだった象徴だが、こんにちでは衰退や腐朽の印象を持たれるのみだ。

ふたつの人影が谷底で悠然と躍動する。天体の力がふたたび彼らに共鳴した。宇宙的な舞踏が創造性ある律動を高める。全空間が彼らに随伴している。

すべての地上的物理的存在が変容しはじめる。その様相は音声を伴わない視覚的な文字言語を思わせる——ヘンリオットがかつて習っていた言語だ。夜と月と砂漠の力が多様な地点において合体し、自分の内奥の霊的部位のなかで流体化していくのを感じる。それは歓迎すべきことであり、理解さえできた。

あらわになった玉座から古代エジプトが見おろす。星々が使者を送りこむ。荒涼たる砂漠のあちらこちらの場所で秘密めいた動きが起こる。砂漠に神殿が屹立していく。石柱群が空へ向かってそびえあがる。どこか遠くから砂の詠唱が聞こえてくる。

これらの神殿群はかつてその時代が終わるとともに滅び、廃墟が見知らぬ者たちによって調べられたが、そこに眠る霊的意味合いが理解されることはなかった。だが今ここでは砂漠の全域がひとつの巨大神殿を形成し、これまでの長い無視と否定の時代をはるかに超えて、古代エジプトそのものにもひとしい壮麗さで蘇りつつある。砂の祭壇が立ちあがり、星々がその照明となる。月が神殿の広大な天井を照らし、風が千マイルの彼方から芳香をもたらす。この信仰においては山々さえ砂の麓から動き出し、二人の熱意あふれる信者が古代エジプトの霊身《カー》を呼び出さんとする。

彼らの創り出す動きは美しい和音の奏でを思わせ、ふたつの黒い影が輝く谷底で優雅に踊る。方位磁針《コンパス》の針にも似て——目に見えない針ながら——天空からの指揮により、大いなる力の象徴の輪郭を描いていく。それこそが喚起せんとする生命の象徴だ。力は大群をなして訪れるだろう。ひと筋の輪郭で描き切れるものではない——数多を要する。この壮大な信仰体系で知られている類魂として、はるか昔日の源泉から厖大な軍勢となって降下する。霊身《カー》が招喚に応じて砂と婚姻する。砂漠そのものが軀体となる。

だがヘンリオットが鉛筆と写生帳によって描きとるべきものはまだここにはない。彼の技能が必要とされるときにはいまだいたっていない。依然として待機し、観察し、耳を澄まさねばならない。半ばのみ思い出しうるものの奔流がこうしてすぎゆくあいだは。眼下では律動が音楽のように踊りつづける。のちに正確に思い出すためには、あまりに複雑すぎまた長すぎる運動だ。ようやくわかってきたのは、その形態というのが、すべての実体化した生命の背後にひそむ幾何学的基幹をなすものだということだった。その輪郭が今描き出されつつある。生命がそれを告知している。無数の線がなす迷路のなかから高い声が湧き起こる。その美しさは星座の美にも似る。

初めごくかすかだったが、徐々に声量を増してくる。いわゆるこだまは返らないが、崖の壁面にあたった声の一部が砂漠の上を遠くまでわたっていく。声はふたつの人影による詠唱だったが、そのすべてがヘンリオットの耳に入るわけではなかった。ほかにも聞こえてくるものがあるためだ。信じがたいほどの遠い距離を超えて四方八方からただよってくるそれらの声は、大きなひと塊となって涸川《ワジ》の底に注ぎこまれ、招喚呪文を唱える二人の声と合わさる。砂漠が生む声だ。記憶が頭巾を脱ぎ、灰色の神秘的な顔をあらわにした。ヘンリオットの心をまさぐり問いかけてくるその顔を。昔日の招喚儀式において知られていた形象と声の奇怪な総合を、なぜこうもたやすく忘却してしまっているのか？

ふたつの人影が呼び起こしたこの砂漠の音楽が、ヘンリオット自身の体を流れる血の脈動と合流しそうになるのを、注意深く解きほぐそうと試みた。だが一部しか巧く行かない。すでに砂が宙を舞っている。反響と律動と和音が呼応し合い、音声の流れが大いなる言語に変換されていく。あるいはこの奇妙な反響は、周囲を舞う無数の砂粒のせいか、それともより大きな媒介物が砂とぶつかってその音を耳へ投げ戻しているためか？　風が高まり、砂が顔や手を刺し、目のなかにまで入ってくる。砂塵は月光までも部分的にさえぎる。だがこれらの砂粒は今、もっとはるかに大きな何かを形作ろうとしているのではないか？

動きと音と舞い飛ぶ砂がさらに濃く混交し合い、ひとつの囂々《ごうごう》とした渦巻きをなしていく。だがヘンリオットには自分の目撃しているものをまだ整然とは解釈できない。これはある内的体験の入口にすぎず、ここで起こっていることについて疑問と回答を連鎖させてもまだ意味をなさない。たとえばすぐ隣に別のだれかが坐っていたとして、そのだれかにはこのさまは見えないだろう。ヘルワンの友人マンスフィールドがもしここにいても、この光景を認識できないはずだ。夜の闇が仕切り壁で意識を閉ざすのだ。現代的な都会ヘルワンの街は全域がその壁の向こう側にある。今ここで起こっていることは壁のこちら側なのだ。ヘンリオットはしゃがみこんだまま微動もせずそれを注視している。自らの前世における魂の控えの間を再建しようと試みつつ。やがて渦巻きは真正な嵐へとふくらんでいく。

そのさなかにも、夜そのものは揺らごうとしない。月光の帳も震えさえしない。星々は妨げるものもないまま金の柱のごとき光線を細く放ちおろしている。今までと同じく静寂が全景を支配している。壮大な顕現の実験はすべてそれらの背後で行なわれている。

やがてヘンリオットの見つめる小さなふたつの人影の動きが、これまでの神聖さから微妙な変化をはじめてきた。両腕と体をより壮麗にくねらせつつ、生命の顕現が起こっているところの後方にある洞窟のなかへと歩み入り、失われた力を表象する象徴をとり出してきた。詠唱の声が小刻みな律動によって分断されていき、言語の断片らしきものが耳に捉えられはじめた。完全には聴き分けられないが――もし本当に言語だとすれば――大よその意図するところは察しがつけられた。それは力の〈名〉であり、降下してくる生命がそれに対して応答するにちがいないものだ。

ヘンリオットは率然と思い出したように、写生道具を急いでまさぐり出した。が、あまりにあわてたため、鉛筆を手にしたとたん、真ん中から折れてしまった。儀式の現場の辺縁に位置しながらも、そこから生じる力が筋肉にまで伝わってくるようで、気づかないうちに手までが荒々しくなっていたのだった……

そのあと、心臓が跳びあがって肋骨にぶつかったかと思えるほどの驚愕のときが訪れた。胸にほとんど痛みさえ感じながら、そのまま死んだように呆然と立ちつくした。谷底で迷路のような光景を描き出していた線の動きが突然に停止したのだ。すべての運動がやんだ。音声も失せた。恐ろしいまでの完全な静寂のなかで、まだ空《から》のままの象徴群が横たえ置かれている。形象が入れられるのを待ち受けている。儀式の入口の段階がようやく終わる。生命が近づいている。

生命の降下がなぜこのような手順と段階を経るのか、なぜ一瞬の閃光のように立ち現われるのではないのかを、ヘンリオットはやっと理解した。生命が信じがたいほどの途方もない時間と距離を超えて現在へと降下してくるからだ。

壮麗に動きまわっていた線の迷路がついに不動のものとした固まったところに、砂漠の総体がまさに天にまで達する高さでそびえ立っていた。砂の壁をまわりにめぐらしつつ、谷を挟む崖やまわりの丘陵さえ子供のように小さく見えるほどの高さとなった。ついに砂漠が立ちあがったのだ。いつかホテルのバルコニーの窓から砂漠を眺めながら、このさまを夢見たことがあった。あの夢のなかでも砂漠が、そびえ立ち、ヘンリオットの顔にまで迫っていた。砂漠の頂には、星まで届きそうな高い胸壁が突然に建ち、その壁の内側に、いかなる永《なが》の歳月も崩し去ることの叶わぬものがあるのがかいま見えた。

奇妙なことだが、ヘンリオット自身が壁の外側にいて、離れたところからそれを見ている。さながら哨塔に立って胸壁の内側を覗き見るように――あるいは記憶が唐突に展《ひら》いた広い画廊の内部に見入るように。画廊に飾られた画は星空を背景にしてその高貴な輪郭を映えさせる。ヘンリオットは星空そのものをささえる巨柱の狭間からそれを見ている。失われた歳月の原野からそびえ立つ砂の柱列だ。砂は柱のあいだから崩れ流れていき、そこにある過去をあらわにする。

果てしなく長い道がはるか遠方の小さな点へと失せていくさまのような壮烈な光景に見入るうちに、〈それ〉は蠢きながらヘンリオットのほうへと向かってくる。幾星霜のうちにまとわりついてきた分厚い砂の衣を振り落としながら。埋もれていた古代エジプトの霊身《カー》が眠りから目覚めたのだ。招喚の儀式を行なう二人の崇拝者の詠唱の声を聴くことによって。近づいてくる。自らを呼び出した崇拝者たちへと腕をのばしながら。砂漠のなかから、無辺に広がる砂の底から、測りがたき大砂漠の奥から、木乃伊《ミイラ》と化した姿となってそれは迫りくる。だが今はまだ、やがて見えることになるその本体の断片にすぎない――滞りがちな試みの儀式によって一部が現われたのみだ。いわば部分的な顕現だが――甚大であることに変わりはなく、そのゆえにこれだけの物量と時間を要したのだ。

束の間何ごとも起らなかった。だがほどなくステイサム女史が再開した詠唱の声がふたたび涸川《ワジ》にあふれた。それは崖の遠い端のほうまで響きわたったのち、やがてまた失せて静寂に返った。人間の声がこれほどの音量と音調と深みを持つこと自体信じがたいほどだ。声はそびえる砂の壁のなかに急速に呑みこまれて消えた。巨大な生命が物理的に顕現するためには、大きな群れとしての器が必要とされる。〈それ〉は今器を求めて、長大な通路の末端にたどりついた。そして〈現在〉に触れ――人間の世界に侵入した。

10

目撃し、想像し、夢想し、読解した体験の過程の果てに、ヘンリオットは真の衝撃に打ちのめされ気を失った。この体験の絶頂のときは、指を打ち鳴らすあいだほどのわずかな時間だった。その刹那に、ふたつの小さな人影が——男と女が——儀式の中心に立って招喚を実行しているさまが見えた。女が全体を統率し、男がそれを補佐していたが、どちらもぼんやりとして、正確な見きわめにいたれなかった。それでも彼らの存在が認識されているあいだは、意識の力を保ちつづけることができた。だが彼らがより身近に迫ったある時点で、ヘンリオットは目を閉じ失神することになった——

——それは空の星々がさながら嵐によって四方八方へ飛ばされたように見えはじめたことにはじまる。星々は儀式の現場正面にのびる柱列に挟まれた広い通路にまで落下してきた。巨大な光輝が爆発した。復活した生命がヘンリオットの前側にも後方にも旋風のように渦巻きながら降下し、ふたたび質量と形態をとるべく探求しはじめた。とるべき形態のための輪郭が精緻になぞられはじめた。ヘンリオットは精神を集中させ、それが「霊的運動の降下」と呼ばれる現象に類似するものであることを認めた。それこそが宗教を求める者の肉体を信心へと覚醒させる現象であり、あるいは一国を、ひいては人類全体をも、信仰へ導くものとなる。ただし今はほんの短い時間に集中的に目撃したのみで、そのあとはふたたび無数の微小な生命へと分散してしまった。ともあれその本質と淵源が帳の陰にあるのを見ることができた。制御し切れない粗さながらも解き放たれるのを感じることができた。強い力が捻じれ揺らぎながら降下してくる衝撃は、古代からつづく頑強な丘陵の肋骨さえたわませ折り曲げてしまいそうだ。自らの抗いがたく強い血流で熱して打ちすえ、軟らかくしていかなる形にも鍛造できそうだ。衝撃はあらゆるものに注ぎこまれ、白熱した焔のように広がる。

だがなおもたしかなものは見えてこない。光景は真の変化を表わさない。見慣れたものが変容する兆しはない。衝撃が不動性に挑むが、勝ち切れない。新たな形をとったものは依然見えない。ヘンリオット自身いかなる物理的な影響も受けないまま、招喚の現場の外側で静かに身を伏せているのみだ。息さえ止めて見守り待ち受けるが、目前の光景は今にも主観的な記憶から客観的な事実へと変わりそうで変わらない。

しかしやがて、架橋が一瞬のうちに建設されると同時に、変移はまたたく間に完遂していた。いついかにしてそれが起こったのか、目に見えず理解もできなかった。そうと覚る前にすでに終わっていた——あとはただ平常な地上的な風景に還っていた。愚かしくもわれ知らず顔の前にあげて楯とした手の陰から、わずかにかいま見えたか見えないかという程度だった。はるかな歳月にわたって埋められ秘められてきた力の突然の解放により、灌漑によって空っぽに準備された涸川《ワジ》が瞬時に満たされた。石や砂や岩くれの狭間からあるいは隙間から、それはまさに嵐のような奔流となって注ぎこまれた。その生命力の発現は圧倒的だ。すべてがいちどきに解き放たれ、塵埃のごとくたやすく降り注いだ。大地に固着していないあらゆるものが力に惹きつけられていった。丘陵や崖までが削られてたわんだ。砂漠からも大量の砂が持っていかれ、物象化の基礎をなした。砂漠の扉の蝶番が夜空へかん高い軋みを放った。力はそれらをもちいて自らを形成し、躯体の輪郭を描いていった。

　だがまったく奇妙なことに、外観上は何ひとつ動いていないのだ。この激しすぎる矛盾をどう説明すればいい？　それはこの不動性が見せかけであり虚偽にすぎないからだ。その背後であらゆるものの〈本質〉こそが激しく動き、変わり、移っている。それら二種の現象を、ヘンリオットは併存するものとして目撃していた。外観上の不動性は日常的な感覚が承認するものであり、一方で驚くべき勇躍の活動性は内的な不可視の実質であり、そちらのほうこそが激しい渦をなして生命へと引き寄せられ呑みこまれていくのだ。頑なな物質も復活する力の衝撃と圧迫によって軟質に変えられ、可塑性を教えこまれる。そうやって物体としての輪郭へと練りこまれていく。硬質なものにも可動性と伸縮性が侵犯する。儀式の司祭を務める二人の人間は、無風状態にある嵐の中心に陣どっているおかげで安全でいられる。そしてヘンリオット自身は儀式の現場のすぐ外側にいるため、触れられも影響されもせず済んでいる。だが三人のだれもがいずれの方向へでもわずか数フィート移動しただけで——即死をまぬがれまい。たちまち渦に巻きこまれ、強力な躯体がなす激しい運動のただなかに放りこまれた微小物にもひとしい運命となるだろう……

　なぜこのような見通しが確信とともに訪れたのか、ヘンリオットにはわからなかった。そう覚ったから、あるいはそう感じたからとでも言うしかない。そのとき、すでに薄白い夜明けが近づいている空から、何かがすぐそばに降ってきた。まさに星までが降ってきたようだった、この形成と物象化のための流れるような運動に加勢するために。

この熟し切った生命がいかなる形をとるのかについて理路整然とした考えが奏功するよりも前に、さらなる変化に気づいた。そびえ立つ砂漠のただなかに、それはほんの一瞬のうちに現出していた。この世ならぬ恐ろしいまでの美を持つそれこそが、古代エジプトの――たとえその一部とは言え――霊身《カー》であった。巨大な信仰の軀体であるところのそれこそが、エジプトなるものの本体にほかならない。一人の情熱あふれる信者の崇拝と招喚によって、エジプトの霊身が物象化を伴って――砂により形を作られて――訪れていた。

だがなおも一部なのだ。ヘンリオットははっきりとそう認識していた。〈それ〉は腕をのばし、自らが顕現されるための多数の崇拝者がいるわけではないことを察知した。それゆえに動かない物質を形象化に奉仕させた。

これがステイサム女史言うところの、顕現がはじまるためのわずかな手がかりのはじまりなのだ。全容の再建はさらにそのあとまで待たねばならない。

その次に感得されたのは、この霊身の類魂が自らを可視化させるためにまとう軀体が奇妙に慣れ親しんだものであるらしいことだった。まったく新たなものというわけではない。空からゆっくりと降下し、惑わしい動きをとりつつ、招喚儀式の中央へと向かって、隊列をなすかのように広大な通路を進軍してくる。恐ろしいまで美を具えたその巨大な群れは、数千年ものあいだしりぞけられてきた生命の輪郭を、今ヘンリオットの肌にあたるこの砂によって形作りつつ近づいてくる。黒き光輝の軍勢が、人間の有機的な肉体など些少なものにすぎないと見せる膨大さで、砂漠の上を進んでくる。ヘンリオットは死そのもののごとき冷たい感触とともにそれを認識した。輪郭をとりつつピラミッドよりも高くふくらんでいき、星空さえおおい隠すほどの偉容をそびえさせた。その巨大な類魂の全貌が完成され切らないうちに、いまだ部分的顕現である段階で、その様相がすでに認識された。群れを成す一体を見ただけでも、それがかつて砂漠において永遠の謎を投げかけるとされたもの——昔日には石像においてその姿を認識されていた存在と同じものと知れた。いかに人形が人間を模した代用品にすぎず、いかに子供が遊ぶ玩具の汽車が機関車とそれの牽く列車の代用物にすぎないのと同様であれ……

ヘンリオットは狭い岩棚にひざまずきながら、人間界のことなど忘れ去っていた。心を捉えている力は畏怖すべき甚大さだ。その衝撃はまさに名状しがたい。われをも忘れていた。ただ見守るのみだ。あまりの壮絶さに麻痺していた。自分がここにいる理由であるはずの写生帳と鉛筆のことなど、もはや頭のなかにはなかった……

だが自分を地上的な世界につなぎとめておくための小さな鎖の輪がひとつだけ残っていた。それだけは決して見失わなかった——儀式の場のすぐ外側にいた自分も、中心の無風地帯にいた女史とその甥もともに無事だったという事実だ。たとえどの方向へのわずか六インチ程度の移動でも命とりになっていたにもかかわらず……

そんな唯一の鎖の輪が急に強く引っぱられて力を増した瞬間があったように思えたのは、いったい何だったのか？　理由はわからなかった。不意に降って湧いたように認識されたのは——はるか遠いところから訪れたような漠然とした認識でありながらも――ヘンリオット自身があの二人と一緒にワジ・ホフの底にいたのではないか、いや今この瞬間もそうなのではないかという思いだった。朝の冷気が体を包み、砂漠の冷たい吐息に思わず身震いした。

古代儀式に心が浸《ひた》るあまり、それ以上は何も思い出せなくなっていた。街路があり家並みがある場所の名前も忘れてしまっていた。かつて自分も大勢と一緒にそこにいたはずだが、その人々のこともう思い出せない。あれはどういう人たちだったのだ？　自分は彼らと何をしていた？　計りがたい過去から押し寄せた洪水の渦中で、最近の出来事はすべて溺れ失せてしまった。

のみならず、あの二人はだれだったのか――眼下の白い谷底に立っていたふたつの人影は？　名前までが長らく脳裏に戻ってこなかった。その後ようやく思い出したが、名前に伴って自分との関係性まで忘れていたあいだは、二人のうちの片方の邪悪さだけが意識されていた。不吉な印象の男だった。その姿には黒々としたものがまとわりついていた。男の名前はまだどこかに置き去りにされていたが、心根の凶悪さは見てとれた。この招喚儀式が部分的なものに終わったのもそのせいか？　邪な動機が含まれていたことが瑕瑾となって、完遂を妨げられたのか。

二人の名前は卒然と閃いた――ステイサム女史とリチャード・ヴァンスだ！

ヴァンス！　壮麗な儀式の過程のなかにひと筋の汚濁が混じっていた気がして、ヘンリオットは痛みを覚えた。不純な動機と邪悪な目的に穢された男。名前を思い出すとますます疑念がつのり、嫌悪と戦慄が高まった。その現世的な恐怖心から悲鳴さえあげた。だが音声が口をついて出てこない、まるで悪い夢にすぎないかのように。体を動かそうとして――本能的に悪夢から逃げようと——前へ身を乗り出し、眼下の崖下へ跳びおりそうになった。が、筋肉がなんとか本能に逆らい、恐怖による麻痺の余波でかえって動きすぎずに済んだ。

だが急な変化のせいで、まわりの光景への焦点が崩れた。壮麗だった幻視が急激に褪せた。心の眼が昏く曇った。視覚の内と外が激しく交ざり、分けがたい混沌と化した。それらが一瞬のうちに起こり、退却と継続が併存した。瞬時に恐ろしい景色を目にしたように思った——少なくともそんな何かがよぎったのを感じた。静かな実験室で顕微鏡のレンズに顔を押しつけるような気持ちで、努めて目を凝らした。そしてたしかに見た。

究極の喚起のときが接近していた。激しい砂の渦のなかを、生命が旋回しながら迫っていた。細かな砂粒が舞い飛び打ちつけた。巨大な生命が砂漠の物質によって自らの輪郭を形成していた——が、そこへ突然小さくて邪悪なものが跳びこみ、顕現を濁らせ妨げた。

渦のなかへ跳びこんだのは一人の人間だった。類魂《グループ・ソウル》はそれを捉え、自らの素材とした。その真なる顕現の成就を、ヘンリオットは見たくなかった。目撃者となりながらも、確証を与える者にはなりたくなかった。ステイサム女史が発作的に覚悟を決めたのか、それとも詠唱と象徴が何らかの理由で誤った結果を導いてしまったのかは、如何とも判定しがたい。整然とした分析などするすべもない。とにかく女史が自らそこへ進んでいったのはたしかだ。わずか一秒ほどの、唖然とする速やかさで、彼女の姿は掻き消されていった。恐ろしげに開いた時空の顎《あぎと》のなかへ、そしてその深奥へと呑みこまれていった——彼女の肉体を無数の素材のひとつとして、かの生命は砂漠を旋回しながら吸収していき、自らの類魂の軀体を形成していった。彼女は砂に喰われたのだ。
あとには空虚が残った――表現しがたいほどの静寂と穏やかさが。動きも音もそれぞれの発したところへたちまちのうちにしりぞき果てていた。記憶の通路は閉じていた。壮大な顕現は砂の霊廟の内奥へと没していた……

月はとうにリビア砂漠の彼方に沈んだ。東の空が赤い。夜明けが砂漠に甘美さをもたらす。月の甘やかさを凌ぐかのように。砂漠は計りえぬ深い眠りへと戻りゆき、そこに満ちあふれた生命は、荒涼たる廃墟の陰に身をひそめ、あたりを見守りつつ待ちはじめる。ヘンリオットの足の下の涸川《ワジ》には依然水はなく、その代わり日の出を導く微風がゆっくりと注ぎこまれていく。

そのとき、眼下に白くきらめく砂の遠方で、ひとつの影が動いているのが目に入った。影は不たしかな足どりながらも、すばやくこちら側の崖下へと向かってくる。醜怪なまでの急ぎ方で。ヴァンスがヘンリオットを捕まえにこようとしているのだ。その接近への恐怖が、鉄槌で顔を打たれる衝撃もかくやと襲いかかった。思わず目を閉じ、身を隠すべくあとずさった。

だがヘンリオットが失神する寸前、崖の岩肌を掻き登りはじめる音が、殺意の禍々しさをただよわせて響いてきた。と同時に、助けを求めるかのような偽りの嘆願の声が、彼の名を呼びつつかすかに聞こえていた。

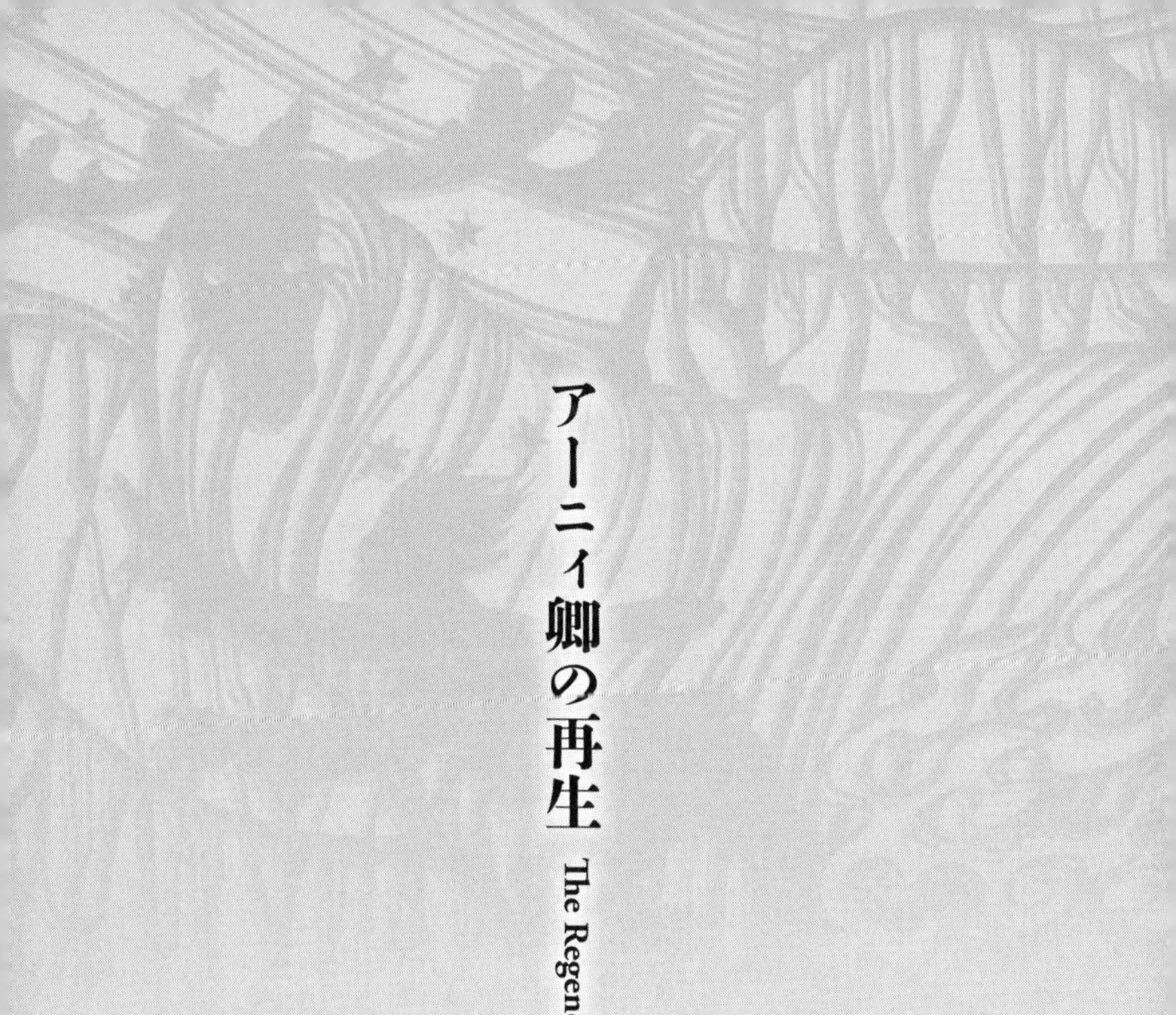

アーニィ卿の再生

The Regeneration of Lord Ernie

1

ジョン・ヘンドリクスはその当時、旅行式個人教育《ベア・リーディング》を生業としていた。もともとは教役者《きょうえき》となるべく学ぶ身であったが、のちに信仰にかかわる私的理由により教会を離れ、学校であるいは個人教師《チューター》として教える側にまわった。年齢は三十五歳、誠実にして清廉な人柄で、知性にも秀でていた。頭脳を使う遊びを好むことにかけてはゲーム好きのイギリス人のなかでも並み以上だったが、人生そのものにおいては計算を働かせないほうであった。若者たちに好かれ尊敬される人格を具え、生徒の信頼を勝ち得ていた。貧しいながらも誇り高さと希望を失わないことを旨としていたヘンドリクスは、ときのスコットランド大臣を務めるオーカム侯爵からの依頼を受けるに及んで、それこそ自分にとって運命的な好機だと喜んだ。依頼とは、この際ほかの生徒を教えることをすべて擲《なげう》って、侯爵の子息であるアーニィことアーネスト卿に旅行式個人教育を施すべく専念してほしい、そして一人前の男子に育ててあげてほしいというものであった。一人息子であるアーニィ卿は、当然ながら父侯爵の大きな影響下にあった。若き子息を再教育して侯爵家の門前に届けてやることができれば、ヘンドリクスにとっても今後が保証される話であった。もともと以前から侯爵は息子にイートン校を休学させ、一時的にヘンドリクスの責任下に預けていたのだが、そのあいだに見るみる成果があがり、アーニィ卿自身「あの先生なら信頼できるよ」とよく言うようになっていた。それで侯爵は最後の頼みの綱とばかりに、特例的な依頼を決意したのだった。ヘンドリクスは深い計算などせずにこれを受諾した。彼自身、アーニィ卿のことは〈ビンディ〉と呼んで可愛がっており、この若者を自分の手で一人前にしてやりたいものだとつねづね望んでいたのだった。かくて二人はともに旅に出発して世界各地をめぐり、やがてイタリアにたどりつくと、南部はブリンディジから北部は湖水地方までまわり、さらにはスイスへと入った。時節は十月。帰途には一、二週間の余裕を設けて、故郷スコットランドはアバディーンシャーの古刹巡りでもしたいと考えていた。

しかし九ヶ月もの旅をつづけてくるうちに、ほとんど成果があがっていないことにヘンドリクスは強い落胆を覚えていた。誠心誠意の努力を重ねてはきたが、旅は労苦が多いばかりであった。それでもアーニィ卿はいつも煙草を吹かしながらも、彼によく懐《なつ》いていた。寛容に笑みを浮かべる彼を頼りになる先生と尊敬していた。二人はまるで年若い友だち同士のようだった。

「あなたはほんとに立派な方です、ヘンドリクス先生。将来父と一緒に内閣に入るべき人だ」アーニィ卿はそう言うのだった。

だがヘンドリクスにしてみれば、このままでは侯爵家の門前にいかなる成果も届けられないだろうと思われた。お愛想の礼を言われ、心ばかりの報酬をもらい、ふたたび生徒たちに教えたり薄汚い下宿屋で書き物をしたりという骨の折れる暮らしに戻ることになるだろうと。それはどう考えても残念きわまりないことだ。そのため失意のきわみにあると言ってもいいほどであった。それでもつねに前向きで最後まで希望を捨てずに行動する性格のヘンドリクスは、旅の終わりを前にしてなお周囲を見まわし、アーニィ卿に命を吹きこむことのできる何かはないものかと探した。この若者を目覚めさせ、力と活力を与えられるものはないかと。だが旅の終わりまでにはあとパリの都を残すのみとなり、しかもかの都市には到底希望がありそうには思われない。アーニィ卿自身もパリにはさして期待を覚えていないようだった。もともとこの若者には強い希望を持つという習性がなかった。これこそが彼のかかえる問題を端的に表わす言葉だ——人生でいちばん重要なものであるはずの希望、それが足りないということが。

背が高く体格に恵まれ、顔立ちもよいが、性格上の脆弱さは如何ともしがたく、男らしいとか荒々しいとかいった力強さがまったく見られない。頽廃的とは言わないまでも怠慢な生活をつづけ、だらだらと無為の日々をすごしている。打ちこんでいるものなどない。人に与える第一印象は「いい青年」だ——しかしほかには何もない。唯一の趣味は——それを趣味と呼べるならばだが——何とはなしに屋外での活動を夢見ることだった。たとえば飛行機を操縦してみたいという夢想をぼんやりとながら持っているようだったが、実際にその技術を学ぼうとする気力までは持ち合わせていなかった。また高速で走る自動車に乗ることを好んだが、人に乗せてもらうだけで、自分で運転しようとは考えなかった。森のなかを散策するのが好きで、アメリカ・インディアンのように焚き火までをすることがよくあったが、それとて冒険を愛好するからとか詩作に耽るためにするとかいうわけではなく、ただこう言い訳するのみであった——「ぼくは火が好きなんですよ、燃えあがる焔を見るのがね」

火炎の熱を感じることに奇妙な満足感を覚えるのはたしかなようだったが、それはアーニィ卿自身、六フィートの体軀に生の熱気というようなものが欠けているせいだと認識しているためもあるらしかった。そんな理由は他人には計りえないことだが、ともあれ彼が火を好むというのは明らかな事実だった。子供のころには花火をはじめ火にかかわる遊びに危ないほどの歓喜を示したと言う。蠟燭の炎さえまるで拝火教徒のように熱心に見つめることがあったが、しかしその種の信仰に興味があるなどと口にしたことはなかった。すでに述べたように、森に入ったときに彼がまずやるのは小枝を集めることだったが――しかし当初はまだ火を燃やすという目的を持ってやったわけではないのだった。そもそも彼には目的意識というものがない。生命力の息吹きとか熱気といったものがまったくないのだ。恵まれた肉体があるにもかかわらず、その不活性は甚《はなは》だしい。

ヘンドリクスがここであるところに立ち寄ることに決意したのは、あるいは誤りだったかもしれない――それはジュラ山脈の辺境にある小さな村だったが、何ヶ月にもおよぶ試練の旅のなかでヘンドリクス自身の希望を表に出したのは初めてのことだった。ドモ・ドロッサから乗ったシンプロン急行はローザンヌに立ち寄るので、そこでおりればジュラ山脈まではほんの一歩の距離だと思いついた――どうあれ旅の終わりまではあとわずかなのだから、と。そう思い立ったのは、十年前にある熱い恋愛をした地を再訪したいという感傷的な動機が大きかった。相手は止宿先の家主であるM・レザンという伝道師の美しい令嬢だった。当時の旅の目的はフランス語を学ぶためであったのだが。とにかく今はその程度の多少のまわり道なら許されるだろうと考えた。

活気のない生徒を説得するのはたやすかった。

「ベール経由ではなくて、ポンタルリエールをまわって帰ることにしよう。そうすれば途中でジュラ山脈を眺められるからね」とヘンドリクスは提案した。「汽車は山脈に沿って少し進んでから、山並のなかへまっすぐ入っていくんだ。ひと晩ぐらい宿泊していくのもいいかもしれない――もしきみさえかまわなければだが。おもしろい古い村を知っているのでね――ヴィラレーというところなんだが、きみと同じくらいの年ごろのとき、フランス語を学ぶために滞在したことのある村だ」

「いいんじゃないですか」アーニィ卿は関心もなさそうに答えた。「どこを通ろうと、パリには立ち寄るんでしょう？」

「もちろんだ。イギリスに着くまでには、どの道あと二週間はかかるからね」

「是非行きましょう」と若者は自分が考えたことででもあるかのように急に乗り気を示した。

「じゃ、ほんとにかまわないんだね？」

「もちろんですよ！　だめなわけがないじゃないですか。都会にはもううんざりしてるところですからね」言いながらアーニィ卿は染みひとつないハンカチをとり出し、コートの裾から埃を払う仕草をして、それから煙草に火を点けた。「あなたの好きなようにしてください。ぼくは何でも言うとおりにしますから」と呑気そうにつけ加えて、笑みを浮かべた。

そこには強い意志などなく、願望への希求といったものも感じられず、自ら何かを選択しようとする気持ちが見られなかった。ただ怠惰ながらも善良な人間性があるのみだった。

いつもヘンドリクスが何か提案しさえすれば認められた。アーニィ卿自身には何の望みもないため、反対する場合でも気乗り薄といった程度以上にはならず、それさえすぐに忘れてしまうので、結局反対しないのと同然になる。じつのところ、彼のどこにも自分から積極的に働きかけようとする兆候がない——人を押しのけてでも何ごとかをしてやろうとする勢い、何が何でも意図することを通そうとする一貫性、そういうものがまったくないのだ。魯鈍と言うよりむしろ空虚なのであり、自分の考えたことを進めていく力に欠けている。言わば歯車の歯がすべて滑ってしまうようなものだ。柔軟な性格なので人にはよい印象を与えるが、その性格を自らのために役立てることができずにいる。何をやっても執着できない。だから人の上に立つことなどできそうにはなく、まして政治家にはまったく不向きだ。そういうものになったら家名に恥じることになりかねない。にもかかわらず受け継ぐことになる侯爵家は厳然としてあり、それにふさわしい働きさえできればよいのにとだれしもが思う。悲しむべき状況だ。広大な地所を相続し、あまつさえ多くの民衆に影響をおよぼす地位と姓名を帯びねばならないのだから。

そこでヘンドリクスを個人教師としたことはたしかによい選択だった。精力的でいながら紳士的な、情理をわきまえた彼の指導力を得たことは。問題がどこにあるかを彼は理解していた。

「余人にはできないことを、きみならやれる」父侯爵は当初、ヘンドリクスをそう説得した。「息子はきみを尊敬しているので、きつく鞭撻されても傷つかないはずだ。彼に活力を蘇らせ、好奇心を与えられる者がこの世にいるとすれば、きみを措いてない。こんどの旅にはとても期待しているんだ。きみに永久の借りができるようになると信じているよ、ヘンドリクスくん」

そしてヘンドリクスは自らの高邁な意志のもと、この責任重大な任務を引き受けた。衷心からの誠意に基づいてのことだった。だからこの期《ご》におよんで多少のまわり道をすることも、あえて言えば、せめてもの些細なわがままのつもりであった。

「何かしら活きいきとして軽やかで楽しいもの、そういった影響を彼に教えてほしい」というのが侯爵からの事前の指示だった。「憂鬱を招くもの、頽廃的なものはいけないが、そうでさえなければ、ときには気晴らしもあってかまわない——あいつが気晴らしを望むならむしろいい兆候だ。それと、良質な人々との交流も歓迎するし、ときには刺激となるような観光もいいかもしれない。きみが差配できる——と同時に許容できる——かぎりにおいてだがね」と侯爵は微笑とともに仄めかした。「ただ、あの子に重荷となりすぎるものを背負わせるのはよくない。それはわかるね？　そうならない程度に、彼に自分でものごとを考えさせ、自分で選択と決断ができるようにしてほしい。もちろん可能な範囲での話だが」

しかしヴィラレーという村はそうした条件を満たしにくい行き先だった——憂鬱な雰囲気のただよう土地であった。ヘンドリクス自身の心理が短調の気味になるかもしれず——もしそうなら、教師の反応を何でもたやすく吸収してしまう生徒も同じ心理に陥ることになりかねない。とは言え、ひと晩だけならどうということもあるまい。むしろ何かしらいい兆候が得られるのではないか？　それこそがひょっとすると、老齢ながらも精気漲《みなぎ》るあの伝道師レザンから得られるものであるのかもしれない。事実、レザン師はヘンドリクスが自ら見いだした強力な人物だった。知り合って以降ときどき文通を重ねていた。大海が擁する生命力を思わせる尋常ならざる活気を宿した老人だった。なぜそういう人なら適材と思えるのか、確固とした理由づけはむずかしいが、とにかくたしかに当て嵌まる気がした——生命力にあふれたその人格が助けになるにちがいないと。少なくとも、そこに期待される効果は憂鬱とは対極にあるものだ。

ヴィラレーの村はなだらかな山肌に小ぢんまりとわだかまり、周辺では小暗い松林が荒涼とした高所の尾根から広がりながらくだり、やがて人跡もない谷底へと失せていた。村人は気むずかしく貧しい農民たちだ。一見美しい山並がつづく一帯だが、そこだけは人知れぬ暗所のごとくで、日の光さえ照らすことを忘れた深奥の沼地を思わせる一角であった。ありえようのない迷信が依然として残っている土地で、ヘンドリクスの記憶するかぎりでも、住民たちの混濁した心にはよからぬものがとり憑いているようなところが見受けられたものだった。レザン師は村人の生活や精神に根ざしたそうした暗黒面と積極的に戦っていた。ヴィラレーの村の内部においては、その戦いは多少なりとも成果をあげていた――生活習慣や飲酒習慣はなかなか改善されなかったとは言え――がしかし、痩せた牧草地があるのみの高所の尾根においては、原始的で荒々しい山の民が今も残存し、ときに脅威となることすらあった。そうした民についてはヘンドリクスも理解は叶わなかったが、その存在は当時からよく知っていた。当地の旅籠《はたご》に宿泊していたイギリス人の若者たちは、ある方角から山登りをすることを禁じられていた。山間に散在する小屋に放埓で暴力的な山の民が住んでいるためであった。あからさまに人の話題にされることはなかったが、そのあたりに危険がひそんでいるのはたしかなことだった。暗い空の下の人里離れた尾根は、ある意味で呪われていたと言えるかもしれない。山の民の集落には凶暴な番犬がいて近づくこともむずかしく、勇気あるレザン師がそうした遠い高所の牧草地に訪れようとするときにも、山の民やその番犬たちが不遜な邪魔立てをするのだった。決して文明圏の信仰に服そうとはしない人々だった。それでもレザン師は伝道師として、あるいはまた同じ人間として、その民の住む地を訪問しつづけていた。その理由は、ヘンドリクスの記憶によれば、山の民のみが信奉するある邪悪な宗教が存在するという、心騒がせる噂があるためであった。法に縛られぬ原始の民が風吹く遠隔の山間でのみ活かしつづけてきた信仰であり、その淵源は名前も忘れ去られたさる背教の僧によってその地にもたらされたものと伝えられていた。

ヘンドリクス自身はと言えば、その山間信仰をめぐってはいかなる実体験もしていなかった。いかに異常な出来事があろうとも、レザン師の令嬢との恋に打ちこんでいたせいで、ほかのことに関心を向ける余裕がなかったためだ。ただひとつ、マーストン事件だけは彼の記憶から離れることがなかった――禁じられた坂路《はんろ》から登山したマーストンという若者が、丸二昼夜を経たのち、見るも変わり果てた姿で山をおりてきたのだった。疲労困憊をきわめたようすで、いちどきに二十年も年をとったかと思えるほどに顔には皺が刻まれていたが、その一方で精神面にはまるで新たな生命力が宿りでもしたかのごとくで、激情に駆られ大声でわめく奔放無比な男に変わっていた。そのさまは何かしらの中毒症状をさえ思わせた。マーストンは真相を語らぬままイギリスに強制送致されたが、何ごとかに強い衝撃を受けていることはたしかだと思われた。蒼白な顔に興奮をあらわにし、それ以前にはなかった荒々しい生気を漲らせていた。レザン師はこの男に山の風景が見えないよう目隠しをしたうえで、自らパリ行きの列車に乗せた――そのようすはあたかも、もし山を見せたらふたたびそこへ向かって飛び出すのではないかと恐れているかのようだった！　そのときのことがヘンドリクスの脳裏に忘れえぬ光景として焼きついていた。

さらに憶えているのは、かの辺鄙な村ヴィラレーと山間に散る奇妙な山の民の集落とのあいだに、あるつながりがあることであった。細部の情報は曖昧なままだが――これまた恋愛に心を奪われていたため興味をつのらせ切れなかった――ときおり黒ずんだ顔をした使いの者が山からおりてきて、静かな村に入っていくのが認められた。いかにも山の民らしい大柄な男たちで、一様に蓬髪を風になびかせ、目は火のようにぎらついていた。その者たちが訪れるたびに、村ではある種説明のつかない興奮と動揺が生じるのだった。〈使いの者〉たちが歩くあとを一部の村人が騒ぎながら追いかけ、そのまま山の上までついていくのだ。そうやって村人が減り、その分だけ山の民が増えることになる。一度山へあがった者は二度と戻らなかった。カドレフィンという大柄な葡萄園農夫《ヴィニュロン》の若者が、恋人の村娘と一緒にいるさなかだったにもかかわらず、そのようにして村から失踪した。そしてなんと二年後にカドレフィン自身が〈使いの者〉となって村に戻ってきた。恋人はすでにほかの男に嫁いでいたが、カドレフィンは彼女を探すでもなく、村の酒場〈ギヨーム・テル〉で飲んだくれている者たちに向かい、「一緒に山に来れば命をとり戻せるぞ」などと説いた。「山の風と火が天国へでも地獄へでもつれていってくれるのだ！」と。

すっかり熱狂的な性格に変わっていた。村にいたころは彼自身飲んだくれているだけの男だったのに。また近隣の町から警察官たちが訪れていたこともヘンドリクスの記憶にぼんやりとながら残っていた。一部は馬に騎《の》り、全員が銃器を持ち、兵士まで伴っていたようだった。別のときには教会の司教が――あるいはほかの階級かもしれないが――不意にやってきて、それまでは講じられることのなかった精神的な補助をすることを村人たちに約束していったこともあった。ほかにも意味ありそうな多くの記憶が、時間の経過によっても完全には失われることがなかったかのように、今になってつぎつぎと蘇ってきた。当時は恋愛が心を支配していたために、それ以外のことは気にもかけずにいたが、甘い熱情の日々も遠い昔のことになってしまうと、当時は気にならなかった些事までがいろいろと思い出されてくるのだった。

だが今ヘンドリクスの心中をひそかに占めていることと言えば、十月下旬のまたとないこの機会に、あの愛らしい初恋の人と知り合った苔の蔓延《はびこ》る森の一角をふたたび目にしたいという思いであった。と同時に、かつて多くを教えてくれたレザン師ともできれば再会したい。そして持ち前の尽きない活力と行動力とを、この怠慢な生徒に叩きこんでもらいたいものだ。そのために費用がかかるなら、ヘンドリクスが自分で負担するつもりだった。高所に住む危険な山の民のことは——今もいるものかどうかもわからないが——話題に出さなければよい。アーニィ卿はフランス語をほとんど解さず、まして方言など聞いてもわかるはずもないから、ひと晩あるいはふた晩ほど滞在する程度なら心配あるまい。

そもそも何であれ心配することなどあるのか？　ぼんやりとながら感じられるこの不安感は、単にわずかな良心の咎めというにすぎないのではないか？　ヘンドリクスには自分がまちがったことをしているとは思えなかった。仮に事態がよくないほうへ向かったとしても、アーニィ卿がわずかのあいだ気落ちするだけで済むだろう——あとは汽車に乗ればたちまち回復させてやれる。

にもかかわらず、深層意識のなかで何かが心を蝕み、懸念を生み出す。その原因はやはりあの山の民のことだと帰結せざるをえない――長らく忘れていた青春時代の恐怖の記憶なのだと。ヘンドリクスはそう考えながら、ホテルの芝生でくつろぐ〈ビンディ〉を眺めやった。若者は明るい日差しの下で安楽椅子に身を沈めており、足もとには新聞が落ちている。ゆったりと椅子の背にもたれている姿は、大柄でたくましく見た目もよいが、その実質はペンキを塗りたくられただけの板材も同然で、自ら何かを主張するとか表現するといったことがなく、その体格のよさに比してもったいないかぎりだ。

そのときヘンドリクスはまた別のことを思い出した。たやすくは気づきにくいことだが、しかしつながりがあるのはたしかだった。つまりこういうことだ――アーニィ卿の母親はカナダ出身の女性なのだが、この夫人がかつて初めて侯爵と知り合った思い出の地であるカナダのケベック州で、ある年の冬に非常な災難に遭ったと言う。ヘンドリクスの記憶がたしかなら、片方の足に凍傷を負い、その結果寒さに対してたいへんな恐怖心をいだくようになったという話だった。そのため夫人は日光や熱を――詰まるところは焔を――本能的に焦がれ求めるようになった。また喘息にも悩まされ、そのため呼吸するにも大いに困難が伴うとのことだった。こうして熱と空気の欠乏が夫人の心に傷を残すことになった。そのため、アーニィ卿を出産しなければならない時期には大きな不安が生じた。その不安は的中し、夫人はほかならぬ息子の出産によって命を失ってしまったのだった。

ヘンドリクスはそんな尋常ならざる記憶を脳裏に閃かせながら、もの憂くくつろぐ若者を見つめた。すると突然頭のなかでヴィラレー村のカドレフィンの声が、奇妙なほどの高らかさでこうわめいているような気がした――

「熱と火だ！　火と風だ！　この若僧に欠けているのはまさにそれだ！　こいつは心のなかではいつもそれを追い求めているんだ、きっとそうにちがいない――！」

2

湖岸から揺れの激しい乗合馬車に二時間あまり乗りつづけ、ヴィラレー村の入口でおりると、そこから曲がりくねった道を歩いて村のなかへと入っていった。運悪く雨が降っているうえに、すでに夕暮れにさしかかっていた。低い雲が一帯に夜を引き寄せ、遠いオーバーラント高地の峠をおぼろに翳らせる。だが近い風景では明かりがそこかしこにきらめき、薄闇のなかにも人跡があることを示している。村はとても静かだ。ただし上方と下方では風がそれぞれに興味深い吹き方をしていた。低いほうを西から吹いてくるのはかなり強い突風で、湖の全体に小刻みな白波を立て、遠いアルプス山脈の麓を背景にして、鳥の翼が羽ばたくさまのように見せている。一方で、村のすぐ上の山地は西風が撫でていく。この奇妙な二種類の風が、天候の変化を予報しているかのようだった。ジュラ山脈の上では晴天が細い筋をなしてかいま見え、湿気を孕んだ薄白い大気を透かしてまたたく星が覗く。それを上方の西風になびく蒸気が隠していく。星はきらめき、間もなく消えゆく。五千フィートの高みにつらなる尾根では、大気の全容が空を動いていくかのようだ。ふたつの離れた層に吹く異なった風の中間で、村は何の動きもなく森閑としている。だがそこ以外の世界はこすれ合いながら二方向へ動いていく。

「大地がぐるぐるとまわってるみたいだ」とアーニィ卿がつぶやいた。彼は汽車と蒸気船のなかでは一日じゅう小説を読んでいたし、乗合馬車ではずっと煙草を喫っていた。乗客が自分とヘンドリクスの二人きりしかいなかったからだが、その彼が今急に目が覚めたかのような挙動を見せて、「あれはどういうことなんです?」と問いかけてきた。

ヘンドリクスは別方向に吹くふたつの風が奇妙な効果を生んでいるのだと説明してやった。家々からは泥炭を焚く煙が細い筋をなしてまっすぐに立ち昇っている。煙は上と下で吹く風に触れるごとに、どちらでも渦を巻く。

アーニィ卿は説明にじっと耳を傾けていた。

「まるで自分までが独楽《こま》みたいにまわってるような気がしますよ」と言って、一瞬頭を手で押さえた。「それから、上のほうに見えるあの光はなんです?」

若者が指さすほうを見やると、遠い尾根で火が燃えているのだった。一見、空から星が落ちて森に火を点けたかのようなさまだった。いくつかの焔が間を置いてくりかえしあがるのがわかる石灰岩からなる山岳を峠が深く切りこむように穿ち、その狭間から数千フィート上方の北の空が見えている。

「農夫が薪か何かを燃やしているんだろう」とヘンドリクスは答えた。

若者は不意に立ちあがったと思うと、目の上に手をかざしてじっと見入った。

「あんな高いところにも人が住んでいるんですか?」そう問い返す声には驚きがこもり、体までが奇妙にこわばっているように見えた。

「山小屋のようなものだろう」そのようすに気づいたヘンドリクスは、声にかすかに苛立ちを含ませて答えた。「ついてきなさい。雨が来ないうちに、村の大工の家を訪ねて部屋を借りよう。あそこに窓の明かりがちらちらしているのが見えるだろう」と言って、教会のそばの建物を指さした。「ぐずぐずしてると嵐に追いつかれてしまう」

深まりゆく夕暮れのなか、二人は人けのない村道を急いだ。小ぢんまりした庭や、戸が開いたままの納屋や、点在する堆肥の小山や、人の姿が見え隠れする石敷きの中庭などを通りすぎていく。だがアーニィ卿は後ろのほうでぶらぶらしていてなかなか急がない。ときどき足を止めたりもするので、ヘンドリクスをますます苛立たせた。立ち止まっては傾きかけた古い家々のあいだを覗き、山の高所を眺めやっているのだった。そうこうするうちに、大きな雨粒が路面に強く打ちつけてきた。

「急ぐぞ！」ヘンドリクスは振り返り見ながら怒鳴った。「そうしないと雨にやられる。高いところからの風だ——山嵐だ。音が聞こえるだろう！」

だが若者は低い壁越しにひとつところをじっと見ているばかりだ。と思うと片手をあげ、例の火が燃えている尾根をさし示すような仕草をした。ヘンドリクスは思い切りきつい声でもう一度呼んだ。ひょっとすると、指さしていると思ったのは見まちがいかもしれない。ただ目にかかった髪を指で掻きあげただけなのかも。あるいは、手をかざして目を凝らす助けにしたのか。今は帽子をかぶっていないし、あたりが薄暗すぎるから。ともあれ、そんな仕草をしてそこにとどまっていることがヘンドリクスには容認できなかった。そこで、声に叱責をこめてもう一度怒鳴った。

「急げと言ったら急げ、〈ビンディ〉！」

返答はなおさら驚かせるものだった。

「わかってますよ、すぐ行きますから。ちょっとあれが気に入ったもので」

教師は若者のほうへ数歩戻っていった。あまりに意外な口調だったから。

「いったい何だと言うんだ？」

顔を向けたアーニィ卿は今までにない表情をしていた。

「あそこです」興奮を隠しているような抑えた調子でそう言い、片手を山のほうへ振りあげた。「ああいうのをずっと夢見ていました。きっとどこかにあるんじゃないかと思って。ここまでの旅では、残念ながらあんなものはまったく目にできませんでしたけど」茶色い瞳にきらめきがよぎったと思うと、より落ちついていながらしっかりとした声で言い添えた。「先に行ってくれませんか、すぐ追いつきますから」

ヘンドリクス自身立ちつくしてしまった。アーニィ卿の声と態度にこめられた決然とした雰囲気に気圧《けお》されていた。願望と決意をあらわにした積極的な口ぶりには活気が感じられた——これまでにないことだ。若者の夢想癖に関しては、今までは促進させるような指導はしてこなかったつもりだ。健全な癖とはとても思えなかったから。だが今不意に閃いたのは、〈欠落していたもの〉が急に表に出てきたのではないかということだった。深層意識下に沈んでいた生気とか生命力といったものが。現実世界で実現させたり日常生活に活かしたりできずにいた秘められた精神の活動が、この夢想癖というものに表われているのでは？　つまり、そうした夢想は深いところに隠されている願望の存在証明であるかもしれず――自ら必要とし求めている生命力がどこかにあることの手がかりであるとすれば、もしそれを発現できるなら、不活性を活性に変え、能動的な性格に変えることができるのではないか？

ヘンドリクスは束の間迷い、路上で待っていた。すぐにするりと逃げてしまう何かを理解できかけているような気がした。〈ビンディ〉の子供っぽい本能的な火への愛好癖や、大気とか吹きつける風とか無限に広がる海とかいったものへの憧れを――

そのとき、山のほうから低い唸りが響いてきた。その不吉な音響が遠方から急速に迫ってきて、あたりの空間を満たした。村のある深い谷あいへと西風が吹きおろし、叫び声をあげながら森を揺らがせる。高い山腹の路面から白い砂埃が螺旋状に舞いあがり、立ちこめる雪の幕のように空一面に広がる。と思うとすぐあとに信じがたい速さでふたたび舞い落ちてくる。空気が急激に冷えてきた。先ほどよりさらに大きな雨粒が家々の屋根や道に音立てて降りしきる。何かよからぬことが起こりそうな、危険なものが襲ってきそうな予感に駆られた。嵐が真っ逆さまに谷あいへと下降してきた。

「来るんだ、〈ビンディ〉！」ヘンドリクスは声のかぎりに叫んだ。「山嵐だ！　昔出遭ったことがある。それはひどいものだ。走れ！」まだ居残ろうとする若者の腕をつかんだ。

ところがアーニィ卿は興奮もあらわに、荒っぽく腕を振りほどいた。

「あの火が燃えているところに、いつかいた気がするんです！」若者はわめいた。「あそこを知ってる。でもどこだったろう?」顔は蒼白になり、目はぎらつき、態度は恐慌状態にあるようだ。「風のなかで裸の男たちが踊ってる。そして艶《なまめ》かしい女たちが火を持って――」

そこでふたつのことが起こり、アーニィ卿のわめき声をさえぎった。ひとつは嵐が村を襲ったことだ。家々が揺れ、木々が大きく折れ曲がった。石灰岩の粉塵が舞いあがって夕闇を白く塗り替え、のみならずヘンドリクスと若者のあいだに勢いよく吹きつけ、二人を引き離しさえした。壁石が落ちたり、戸や窓が風であけしめされたりして音を立てている。冷たい雨が鉄槌のようにあらゆるものに叩きつけ、激しくしぶきを散らす。大気が急激に濃密になった。何もかもが揺らぎ、唸りをあげている。そしてもうひとつの出来事は――教師と若者が引き離されたわずかなあいだのことだったが――何かが目に見えぬほどのすばやさで二人のあいだに割りこんできたのだった。人影とおぼしいもので、無帽の頭では髪が振り乱されていた。それがものすごい勢いで走りすぎ、道の前方の暗い村中《むらなか》へと消え去っていった。あまりに速く、現われたときも去ったときも目の焦点をさだめられなかった。ヘンドリクスがわずかにかいま見たところでは、浅黒く原始的な顔立ちをしており、たくましい肩を揺すり、長い四肢を振って走っていたようだった。全身にしなやかさとすばやさが漲っていたが、しかし細かいところまではとても見きわめられなかった。砂埃のなかを獣のように駆け、たちまち視界から失せた。アーニィ卿の蒼白な顔色や、どこかしら優雅な物腰とあまりにも異なっていたため、なおさら詳細を思い出せないのかもしれない。風雪をしのいできたらしい顔立ちが一瞬印象に残っただけだ。それほど〈ビンディ〉の繊細な青白い顔を見慣れすぎていた。だがその男が通過していったのはまちがいない事実だった。と言うのは、若者までがそのあとにふらふらとついていきそうになったからだ。ヘンドリクスはあわてて腕を押さえつけ、引き戻さねばならなかった。

「あれは何です？　何者でしょう？」アーニィ卿は息せき切らして声をあげ、腕を引き離そうとしたが、こんどは許さなかった。

「山のほうに住む村人だろう。かまうことじゃない」ヘンドリクスは若者を引っぱって道を進んだ。先ほどは二人ともいっとき頭が空っぽになっていたかのようだ。何かが風のようにわきを掠っていき、一瞬の危ぶみと驚きを覚えさせたのみであった。

「あの火が燃えてるところからおりてきたんでしょうか？」風雨のなかで若者が大声で問う。

「そうだろうさ。いいから来い、ずぶ濡れになるぞ。それとも頭がどうかしちまったか？」

そう言ったのは、〈ビンディ〉がなおも全体重をかけて抗い、後ろのほうを見やろうとしているからだった。ヘンドリクスもさらに力を強めた。路上での取っ組み合いになりそうだった。

「わかりました、行きますよ。ちょっと見たかっただけですから。もう引っぱらなくても大丈夫です」若者は抵抗をやめ、一緒に前進しはじめた。「それにしても、なんてやつですかね！　風みたいな勢いでした。あの男のあとに何か光が尾を引いていくのを見ましたか？——まるで火がなびいてるみたいに！」

「何だって？」嵐のただなかを駆けながらヘンドリクスが叫び返す。

「火ですよ！　走りすぎるとき、火に燃え移られたかと思いました——それほどパッと燃えあがりましたが、でも火傷はしませんでした。あとには風が吹いていっただけで——」

「コートのボタンをとめて走れ！」ヘンドリクスはそうさえぎって足を速め、若者を力いっぱい背後に引きずっていった。

「手を捻じらないで、痛いじゃないですか！　そんなにしなくても走れますから」そう言い返す〈ビンディ〉の声には今までになかった活力が感じられた。息を切らしながらも、依然として興奮をあらわにしている。「一瞬触れたと思ったけど、火傷はしなかった。風が火の魂を奪っていったんです。さあもう手を離してください、自分で走れますから」

アーニィ卿は手を振りほどくと、たしかに自力で走り出した。今や雨は風のない空からしとどに降りしきっている。嵐はすでに数マイル先へ遠ざかり、湖を横切って荒波を立てていた。宿とする大工の家にたどりついたときには、二人とも芯まで濡れそぼっていた。

体を拭いたあと夜着に着替え、スープとオムレツを作ってもらい軽い夕食とした。アーニィ卿は粗い石を入れた湯たんぽを持って床《とこ》に就いた。だが寒さはそれほど感じないと、しっかりした口調で伝えた。興奮もいくらか薄らいだようだった。

「それにしても、ヘンドリクス先生」小説本と煙草を持って体を落ちつけたところで、そう切り出した。「なんともすごいところですね。すっかりめんくらってしまいましたよ。きっとあんな嵐に遭ったせいです。そうじゃないでしょうか？」

「たしかにひどい嵐だったな」教師は短く答えるにとどめた。

そのあと間もなく、雨が打つ側の窓に鎧戸をしめ、自分の寝室に入って荷物を解いた。そうしているあいだも、〈ビンディ〉が言っていた奇妙な科白が頭のなかで鳴り響いていた――「火が燃えあがったけど、火傷はしませんでした。風が火の魂を奪っていったんです」――あんな奇妙な物言いをいったいどこで憶えたのだろうか？　砂埃と雨のなかで二人のあいだに割りこんできたあの山男の姿が今も目に浮かぶようだ。混乱した光景だ――それともヘンドリクス自身の記憶が混乱しているだけか。だが今冷静に振り返ってみると、あの男は通過し去る前に一瞬立ち止まったような気がする。そして――文字どおり瞬時のことだが――〈ビンディ〉に何か話しかけたのか、あるいは少なくとも彼の顔を間近から見つめたようだった。激しい嵐のさなかで、山男と若者が瞬間的に何がしかの意思を交わし合ったように思われるのだ。

3

ヘンドリクスはレザン伝道師のことをよく憶えていた。現在も老齢ながら活気に満ちた気質だが、若いころには余人に例がないほど活発で精力的な性格だったと言われている。だがのちにその途切れることのない活力をより広い分野で役立てたいと考え、神に帰依することを決意したのだと言う。小柄な体に疲れ知らずの力を宿し、不幸な人々を救うために世の先頭に立つ才を持つ者として、その特質を利し、より困難な道のりを歩むことこそを好む人であった。この山間の村に身を落ちつける――スイスのカントン州プロテスタント教会の伝道師として――前には、より隔絶した地での伝道に努めていた。レザン師の信仰の地平は人一倍高く、余人には見えないものが目に視えると言われていた。痩せていながらも強靭な脚と体躯で大きな頭脳をささえ、何ごとであろうと恐れることなく、持てる勇気を発揮しようとする人物だ。

午後九時、ヘンドリクスはひそかにレザン師の邸《やしき》を訪ね、書斎で待つ師と再会した。アーニィ卿はすでに寝入っていた——少なくとも寝室の明かりは消え、起きているような物音も聞こえなかった。空をおおっていた雲は嵐に一掃されたあとだった。星がまばゆく光っていた。山の高所では依然として火がかすかに燃えていた。

ヘンドリクスは事前に伝言を送っていたので、訪問は予期されていた。書斎で腰をおろして伝道師と相まみえ、その声を耳にし、幾分かの高貴さをたたえた物腰を目にすると、その強力な人格に気圧されざるをえなかった。レザン師の雰囲気にひそむ何かが手をのばし、ヘンドリクスの地平までも高みへ引きあげていく気がした。危うく訪問の目的を忘れるところだった——アーニィ卿のことを説明し、助力を頼むために来たのだ。二時間前の出来事が強く頭に残っており、それを是非とも打ち明けたかった。だがいざとなると、口に出すのがむずかしいと気づいた。どう切り出したらいいかわからない。伝道師自身何か考えごとがあるのか、心ここにあらずのようすだった。それでも用向きを問うので、ヘンドリクスは自分が負っている任務について短く伝えた。ただし村の路上で遭遇したただならぬ出来事については省いた。書斎のランプの灯で見る伝道師の皺に穿たれた顔に、表面にうかがえる以上の深い精神的懸念を読みとったからだった。それで余計な話を持ち出して思索の邪魔をするのがためらわれた。ともあれそのあとはアーニィ卿の心理面について話し合い、再教育が成功する可能性の低さについて議論した。そのあいだに、老伝道師の表情にときおり火が灯ったような輝きが表われるのが目にとまった。そしてついには真相が明らかになった――レザン師が何に心を囚われていたのかがようやくわかったのだ。

「きみが個人に対して試みようとしていることを、わしは集団に試みているところなのだ」師は熱烈な調子でそう告白した。「だが困難な試みだ。心貧しい罪びとは心貧しい聖者を創るからね。すると不道徳なことをこの口から吐かねばならなくなる」そして憤りもあらわに、嫌悪と倦怠を示す仕草を見せた。「『伐り倒すべし、庭の妨げとなるのみなれば！』（新約聖書ルカ書十三章七節）」

「きびしいお言葉ですね」とヘンドリクスは言い、アーニィ卿についての相談を深める前に、まず村人についての話を聞いてやらねばならないと覚悟した。「つまり、何をしても役に立つことはないと？」

「教えを垂れる気にもなれない」と、きつい答えが返った。「この村にいるわが羊たちは――本物の羊なのだ。望みも意志も持たず、ただ酒に溺れるだけの怠惰な者たちだ。病院送りにすべきほどのな！　虎や獣なら教え甲斐もあろうが、だれが蛞蝓《かつゆ》を鍛えられる？」

「尊師の真の持ち場は、山の上ではありませんか？」ヘンドリクスは思い切って差し出口を叩いた。「かつてそうだったように、ひょっとしたら今でも、そちらのほうでこそやり甲斐があるのでは？　それとも彼らは滅びましたか――あの荒々しい山の民は？」

幸いなるかな、矢は的を射た。老人は若返ったような表情を浮かべ、口早に答えた。

「あんな連中が滅びるものか！」声が高まる。「代を重ね、数を増やしてさえいる」

テーブルに身を乗り出し、今にも行動を起こしたいのを抑えるような熱気をあふれさせた。

「山の上にはよからぬ信仰がある」と声をひそめる。「今でも活きているのだ、力強く、欲深く、意気を漲らせてな。荒々しい感情と激しい願望が沸き立ち、それが叶えられる希《のぞみ》までがたしかにある。それほどの強い躍動があれば、原始的であれどうであれ、人はことを成し遂げられるものだ。彼らが虎とすれば、下界にいるわれわれは蛞蝓も同然だ！」

レザン師は肩をすくめると、ふたたび椅子の背にどっと寄りかかった。ヘンドリクスはじっと見返しながら、かつて聞かされた、師がかつて粗暴な山の民の渦中に入って伝道に励んだときの逸話の数々を思い出した。

「原始の風景のなかで生まれ育った者たちですからね」と口にした。「風と霜と灼けつく日差しを受けて生きてきた人々です。その根源的な生命力は――」

老人がさえぎる仕草をした。

「彼らの蛮性に満ちた祭儀、もともとはだれがはじめたものだと思うね？」またしても声を低める。「スイスはヴァレー州を故地とする野心深き背教僧のことを知っているだろう？　かの破戒僧が山の民に自らの信《しん》を説いたのだ。だが指導力を発揮して邪悪な教えを確立する前に身罷った。この逸話、きみがわたしのもとにいた若いころに話したことはなかったかね？」

「憶えています、マーストンですね？」ヘンドリクスは強く興味を掻き立てられつつ訊き返した。

「その男が――」そこで言いよどんだ。どうつづけたらいいかわからなかったからだ。

束の間二人とも沈黙した。だが気まずい沈黙ではない。レザン師の表情がそれを物語った。

「そう、マーストンだ」師は顔もあげずにゆっくりと言った。「よく憶えていたね。やはりわしが話したようだな。彼の父親は無知で頑迷な男だった。そうでなければわしが息子を救えてやれたのだが」語り聞かせるというより独り言のようにつぶやく。老いた口のはたに沈痛な皺が刻まれる。「あの青年僧のなかに目覚めていた巨大な生命力を、いかに制御すべきかだれにも知りえなかった。抑えこもうとしても彼はすぐそれを回復させ、そしてあらゆる無益な行動のためにもちいた。彼が突然激しい野心を発現したことを、医者は狂気の端緒となる病的興奮症状《ヒステリー》だと誤診した……平凡な人格にも大きな覚醒が表われることはあるものだが……医師たちはそういうことを理解してはいなかった……じつに悲しむべきことだ」いっとき両手で顔をおおった。

「でも結局、マーストンの野心はついえたのですね？」ヘンドリクスは悲劇的な終局を予想しつつ、小声でそう問うた。

するとレザン師は顔から手を離し、自分の首を指で押さえ、別の手で天井をさし示した。

「自ら縊死を！」ヘンドリクスは衝撃に声をひそめた。

伝道師はうなずき、つぎに口を開いたときには、怒りに近い苛立ちをあらわにした。

「医師たちは力の発現を阻止し、結局は抑えこむことに成功した。当然ながら彼は破滅するしかなかった！」

二人は束の間おたがいの目を見合った。ヘンドリクスは怯えのようなものを感じはじめていた。自分の理解の範囲をいささか逸脱することだった。危険で恐ろしい事実だけが持つ奇妙な気配がまわりにただよい、平素は活動することのない神経が冷えびえと震えるのを感じた。アーニィ卿をめぐって覚えていた不安が現実のものとなりそうな気がしてきた。かすかに良心が咎めた。

「マーストンにとっても制御しきれないものだった」とレザン師がつづける。「それが道を誤らせたとも言える。適した捌け口さえ与えてやれたなら、活用の仕方を教えることができていたなら、たとえ大自然から直接的に引き出された神秘の生命力であろうとも――」そこで不意に言葉を途切れさせたのは、聞き手の目に生じている表情に衝かれたためであるようだった。「信じがたいことだと言うのか？　この二十世紀の時代に、と？　承知しているとも」

「邪悪なものであると？」ヘンドリクスはためらいがちに質した。

「なぜ邪悪と決めつける？」と苛立ちの反応が返った。「あらゆる超自然的な力が邪悪か？　それは単に方向性のちがいによることにすぎん」

「と同時に、そのような力を見つけ、そして人に教えようとする僧にもよるのではありませんか？」とヘンドリクスがさらに質す。

「マーストンの場合は純粋に神秘的な体験なのであって、彼なりの真摯さでそれに従ったのだ。邪悪である必然性などまったくない」小柄な伝道師は強い調子で反論した。「きみは幼稚園の信仰教師のような物言いをするね。彼は教会の怠惰な信徒たちに疲れ、嫌気がさし、より生気にあふれた活動的な民を求めていた。自分が見いだした神秘的な力を、純粋な動機で活用できるような人々をね。それを誤まって邪悪な方向へもちいるかどうかは、教えられた者が偏向性を持っているか否かによることにすぎない。彼の理想は大きく、神聖なものですらあった――民を教え諭し、世界を変えようと考えていた。それで、ある理由により、教育も知性もない民を選んだ――原始的なたくましい民ならば、力を破壊してしまう危険性を伴わずに、教えを理解し吸収できると考えたからだ。いにしえに漁師からイエスの十二使徒となった者たちのように、自らの指導を効果的に活かしてくれるはずともくろんだ。そしてその計画を実行したが——」

「しかし失敗したのですね？」ヘンドリクスはこの新奇な説に驚きと同時に説得力を感じ、もつれた思考を整理しつつ聞いていた。「それで彼は死んだ」

「病院送りとなった」レザン師は短く答えた。「拘束具を着せられ、隔離棟に入れられたが、なお生き長らえたと聞いている。結局彼の能力を超えたもくろみではあった」

ここまでの概略を聞いただけでも驚くべき話であり、深い示唆が感じられる。ヘンドリクスは暗い穴の底から抜け出せそうな気持ちを高めていた。九ヶ月ものあいだ、生気のない魂の抜けたような若者をつれ歩いてきたのだから——その若者は今ごろ、荒れ騒ぐ山中の土砂降り雨のなかで心地よく眠りをむさぼっているはずだ。いかなる激しい雨も若者を虚しく通過していくだけだ。まわりを囲む村も、空の星の下でおだやかに眠るのみだろう。

「そのような力が、封じこめられ、道を誤ったとしたら、残念なことです」ヘンドリクスは師の気持ちを慮りつつ低い声で言ったあと、唐突に問いに変えた。「その山の民は——今も教えを護って、儀式をつづけているんでしょうか？」

「そうだ、祭儀をつづけている」とレザン師は用語を訂正し、気をとりなおしたように、「風雨の絶えない山間のきびしい環境で生きるうちに、かつて教えられたそうした祭儀が自然と再開されるようになった——もちろん完璧ではなく、効果的とも言えないもので、しかもそれゆえにこそ危険な行為となっている。たとえばこのたびのような激しい嵐は、それ自体強い力を宿す現象であるがゆえに、山の民は何ごとかを感受できると思ったのだろう。それでかつてと同様に火を赤々と焚いた。マーストンが行なっていた祭儀を思い出しながら、それをどうにか真似てやっているのだ。望遠鏡で見るなら、数十人の男女が踊り狂っているのが確認できるはずだ。それは驚異の光景で、大いなる美しささえ感じられる。自らそれに加わりたいと望むほどでなければ、たとえ近くから眺めてもそこに美観など見い出せないだろうがね。あの催しでこそ、山の民は命を吹き返すことができるのだ」そう言って外の村道を見やった。「あるいは生きる希望を持てると言うべきか。そして祭儀のあと、一人が山から駆けおりてくる——それが〈使いの者〉だということになる。おそらく今夜にでも、獲物を求めて——」

「獲物を求めて?」ヘンドリクスは思わず独り言のように問い返していた。幾多の経験を重ねてきたこの高僧が信念とともに語る驚くべき教えには、恐れさえ覚えた。「〈使いの者〉が?」

「そうだ、山からおりてくる」とレザン師。「活きた信仰はつねに成長と発展を求めるものだ。そのため宗教はつねに宣伝を伴う」

「つまり、村人を改宗させるため?」

師は黒衣をまとう大きな肩をすくめた。「一人でも多く増やしたいと思うのは当然だ——救われる者をな。それほど彼らが吸収した神秘の力が大きく、あふれ出さんばかりだ」

ヘンドリクスはいくつかの疑問を胸のうちでひそかに考えめぐらせた。だが混乱しているため、何が正解かを測りえない。かつてと同じように、レザン師の影響力に圧倒されていた。蠱惑的で危険な考えが遠くから誘っている気がする。理性ある心のすぐ外側のどこかから。

「〈使いの者〉は自分たちに同調できそうな者が近くにいると、すぐに嗅ぎつける」渦巻く思考のなかに、レザン師のそんな言葉が割りこんできた。「崇拝する宇宙的神秘の力によって、本能的にそうとわかるとでも言うようにな。驚くべき正確な選択眼によって、獲物に狙いをさだめるのだ。彼らが手ぶらで山へ帰ることはない。つれていかれた者も、ひとたび下界を脱した以上、怠惰に汚れた村にふたたび戻ることはない」

　ヘンドリクスは急激に不安を増大させ、椅子に座したままわれ知らず背筋をのばしていた。そのさまを鋭い心理学者が観察していたなら、無意識に自己防衛本能をあらわにしたものと見てとっただろう。たしかに危険な衝動が身のうちで強まってくるのを感じていた。そこで、それを止めるためレザン師に問いかけた――溜まりくるものを吐き出すために。山奥に巣食うその信仰とはそもそも何なのですか、と、やみくもに問い質した。山の民が崇める大自然の力の正体とはいったい何か、と。彼らの原始的な祭儀とはどのようなものなのかと。

　するとレザン師は、堰を切ったように講釈しはじめた。実体験から学んできた智識を力強く述べ、聞き手が呆然となるほど感化させた。ただの夢想家には語れない陳述であり、漫然と説教するだけの凡僧にはなしえない賢者の教えであった。ヘンドリクスは半ばも聞かないうちに、この師がいかに高齢であるかも、どれほどの辺境に住んでいるかも忘れていた。これまでの因襲的にすぎない信仰が崩れ去っていくようだった。信仰への道を狭めている頑迷な壁が――安全とか、倫理とか、穏当な分別とかいったものが――叩き壊され四散していく。その廃墟を通り抜けて、あらゆる驚嘆すべき希望が、これまでは視えなかった高々とした地平から押し寄せてくる。些細な文明的思考に囚われていたことが急に愚かしく思えてきた。流れるようにゆったりと語る師の口調には、考えている跡すらうかがえなかった。ただの巧みな言葉の操りではなく、師の教えが波立たせる深い湖水のなかで、薄暗い書斎の全体が泳ぎまわっているかのように思われた。言葉の背後にひそむ決然たる信念に呑みこまれるかのようだ。この小柄な高僧自身、伝道に励む日々のなかで神秘的な体験に数々出遭ってきたのにちがいない。そして無知な凡民が見すごしている驚くべき真理を目撃したのだ。

とくに感嘆させたのは、旧い文明が栄えた国にはたわ言としか思えない迷信がよく見られるが、じつはそうしたものこそが旧い国々のかつての偉大さを示しているのであり、まさに大自然の神秘の力がそのような迷信に関係しているのだ、という説であった。それはヘンドリクスの影響されやすい心の道を踏み均し、いわゆる万物の精霊なるものへの信仰に近づける力を持っていた。それを信仰する者——と言って悪ければ、認識する者——こそが益《えき》を享受できると思わせるに足ることであった。そして精霊と言えば、まさに火の精と風の精を形象化すること以上にこの信仰にふさわしい祭儀があるだろうか？　人間の肉体において、生命という言葉で表わされる要素を何よりも最初に示す兆候は熱であり、熱はすなわち火が燃えることによって得られる。同様に呼吸は風によって得られる。生命とは火であり、まず太陽から引き出される。呼吸は地上に遍在する空気から借用される。とすれば、それらの精霊を手に入れれば万能の力を得たも同然となるのではないか。尽きることのないそれら無限の力を根源から獲得し、人間の益に供することができれば——生命力の喚起のために活かせるなら——これほど効果的なことはあるまい。火と風の最も活性豊かなときを利して生きられるのだから。そこで、火と風の精霊の動向をかぎりなく精緻に形象化し、その跡をたどることによって、それらの存在の法則性を理解することが求められる。つまりそれらの精霊とそっくりの行動をするのだ。その方法を知るための手がかりがある——人がまだ自然と近接していた原始時代には本能的に心得ていたはずの智慧だ。祭儀はそれを学ぶ場となる。火の王と大気の天使がたしかに存在するなら、人はそれらの実質を儀式的に象徴化することによって学びとれるはずなのだ。炎の激しい勢いと風の尽きせぬ力とを確実に吸収できるはずだ。そうすることによる力の獲得は必ず可能であると考えられる。

少なくともレザン師はそのように確信していた。中世ヨーロッパを思わせるこの小さな山村において、あるいはまたより原始的な地においても、師はそうしたものを自ら目撃してきたのであり、それらについての論述は大いに心騒がせる現実性を伴っていた。

「これほど信じるのが困難なこともまたとないが」と師は語る。「それらにかかわる祭儀そのものは、さらに輪をかけて異常だ」と言って乾いた笑い声を洩らした。「魔女は嵐をも起こせるという中世的な迷信も、かつては本当に有効と信じられていた智識の一端であるにすぎない。それがいかに信じがたかろうとも、背教僧マーストンはその智識を再発見し、この地で実践してみせた。その結果が彼の信念の真実性を証明している。神秘の力が驚くべき放埒さで具現化されたのだ。それが破壊となるかそれとも再生となるかは、受けとる者のもちい方次第だ。そこにおいてこそ、導きというものが必要となる」

ヘンドリクスの迷いのなかで衝動が打ち勝とうとしていた。今こそ打ち明けるときだと決意した。そう思うが早いか、ためらいもなく切り出した——村道で遭遇した出来事を師に告白した。

アーニィ卿が突然生気を得たように興奮し出したこと、そして奇妙な言葉を吐いたこと、自主性と活性がその態度に表われたことをも。また、かの若者の家柄のこと、母親の災難と不幸のこと、風への強い憧れ、火へのひとかたならぬ愛着、あるいはまた若者が人並み以上に体格に恵まれていること、にもかかわらずそれを活かせずにいることまでも伝えた。

レザン師は注意深く耳を傾けていた。ヘンドリクスにぶつける質問をさぐっている。師が急激に関心を高めたのが伝わってくる。本心に触れる直感的な質問をぶつけてきた。自分が何を求められているかを察したのだ。

問い質されたヘンドリクスは、できるかぎり詳しく話すべく努めた。恐れとかすかな狼狽を覚えるのは、成り行きがおよそ読めるからだ。そうだ、〈ビンディ〉はたしかにあの男と何がしかの意思疎通をしていた。興奮をあらわにしているさなかでもそれは読みとれた。

「きみもその男を見たんだな?」レザン師が念を押す。

「たしかに見ました――薄暗いし、すばやかったですが、背の高い男でした」

「その男が力を伝えたんだな? 若者はそれを感じとり、反応した」

ヘンドリクスはうなずく。「数分のあいだ、何を言っても聞かないような状態でした」

「だが事態は理解していた、そうだな? 恐れを覚えたようすはないのか?」師が鋭く問う。

「ありませんでした――わたしが見るかぎり。むしろ歓喜で興奮しているようでした。気持ちを掻き立てられ、熱くなっているような。放っておけば何かしはじめるでしょう。風と火について奇妙なことを言っていました。あの瞬間から活き活きしはじめ、男のあとを追っていきたがっているような――」

「男はどんな顔をしていた？　怖い顔か、それとも安心させるような顔か？」

「浅黒く、激しい顔をしていました」ヘンドリクスは記憶にあるとおり正直に答えた。「情熱的と言うのか、激情的と言うのか。それでいて落ちついているようでもありました」

「山の民の顔だ」レザン師が待ち切れないように言った。「風に煽られ、火に炙られたような顔だ。そうだな？」

「すごい速さで駆けていきましたので。幻想的な詩のなかに出てくる嵐の精のような――」

記憶をたどり、ふさわしい表現をさぐりながらそう言いかけたが、不意に口ごもった。レザン師が椅子から立ち、部屋のなかを歩きまわり出したからだ。

師は彼のわきまで歩いてきて、ふと足を止めた。両手を深くポケットに入れ、肩を丸め顔をうつむけ気味にしている。二十秒ほど訪問者の顔をじっと見つめた、そうやれば自分の考えが相手に伝わるとでも言うように。表情が引きつりそうになるのを懸命に抑えているようだ。

「どういうことかわかるか？」低い声でレザン師が言った。「山の民は知っていたのだ。遠くにいても、その若者が来ることを察知していた。若者が彼らと同じ者だからだ」ようやく顔をあげた。「彼らの一人だと言ってもいいだろう」

「彼らの一人？　風と火を崇める民の仲間だと言うんですか？」ヘンドリクスは声が震えた。

小柄な伝道師は落ちつかなげに、向かい側の自分の椅子へ戻っていった。興奮を抑えている。身のうちで撥ねあがろうとする発条《ばね》を押しとどめているのだ。

「そう言える」とレザン師は答えた。「ただし、珍しい、特殊なケースではある。単なる新参の仲間というのみにはとどまらない。その若者の満たされない精神状態そのものが、山の民にとっても必要としているものなのだ。いわば理想的な器だ」そう言って、ヘンドリクスの顔を鋭い注意深さとともに見すえた。「あるところでこれと同じような特殊なケースを目撃したことがあるが」と意味ありげな口調でつづけた。「その地にもしその若者が行ったなら、恰好の〈供物〉と見なされるだろう――すなわち、いわゆる生け贄として遇されるのだ。名誉ある役割を負う者として選ばれ、力を得るための特別な捧げ物に供される」

「つまり殺されると?」小声で訊く。

だがレザン師はかぶりを振り、陰鬱に答えた。

「そういう結果になることもあるだろうがね。器は破壊を避けられない場合があるものだから。しかし、器に対してまずなされることは、力を注ぎこまれ、あふれる寸前になるまで満たされることだ。次に、民はその器を媒介として、こんどは自分たちに力を移し替えていく。つまり、器はある意味では人間以下の存在だが、民にとってはむしろ神性に近いとも言いうる。あるいは超人か。われわれがわかりやすく考えようとするなら、そういうことになるだろう」

ヘンドリクスは衝撃を受け、思わず顔をそむけた。いっとき言葉を失った。二人とも沈黙したまま――一人は教役者で一人は世俗的な教師だが、人類に対して責任を負う立場にあることは変わりなく――ともにものも言わず歩きまわった。だがこの教役者はただの衒学僧ではない。次にレザン師が言ったことは一見それまでの話と関係ないかのようだったが、しかしヘンドリクスはその意味するところをすぐに読みとり――そして身震いした。

「真に熱を必要とする者は」と師は落ちつき払って言うのだった。「平凡な人間なら害を受けてしまいそうな強い熱でも、危険を伴わずに吸収できる場合がある。たとえば酒精《アルコール》を考えてみるといい。ある限度までなら――つまり人体が要求しているだけの量ならば――麻痺を起こしたり中毒になったりすることなく摂取できる」

ヘンドリクスはめんくらいながらも蠱惑されていた。逆らえぬ波に流されていく気分だった。

「ある限度までなら」と鸚鵡返しにした。「たしかにそうです」

「そう、ある限度までなら」とレザン師もおごそかな強意をこめてくりかえした。「そして――限度の寸前に救出するのだ」

そのあと師は二分と少しのあいだ反応を待っていたようだったが、ヘンドリクスが何も返しそうにないと見てとったのか、別のことを口にした。そして彼の顔をじっと見つめ、その言葉の真意を不承不承にでも納得させせんとするかのようだった。

「多数を救うのは無理でも、一人なら可能なはずだ。空《から》の器をいっぱいになるまで満たすのだ。そしてこぼれる寸前に――救出する。それによって生まれ変わらせるのだ!」

4

ヘンドリクスは胸のうちに何かが落ちてきて轟音をあげたような気がした。混乱し、埃が舞いあがり、騒音を立てる。ありきたりな倫理観が決まりきった怒りの声をあげるが、警告は意味をなさず、古びた言葉の羅列となるにすぎない。小柄な伝道師はそれを見てとっているかのように決然と立ち、目には激しい熱気の火を燃やし、いかなることにも動じない強い意志で顔を輝かせている。内奥の豪胆な精神があふれ出るかのようだ。そして部屋の中央に立ち、片手の人差し指を天井へ向けて突きあげた――注意を傾注し耳を澄ませというように。ヘンドリクスはそれを目にしつつ、胸中の混乱に抗いながら時間がすぎるのを待った。

レザン師はじっと何かに聞き入っている。師の大きな頭が壁や天井に奇怪な影を投げかける。

「耳を傾けよ!」声をひそめて命じた。「あれが聞こえないか?」

どこか遠くから、くぐもっていながらも低くとどろくような音が夜を横切ってくる。かすかながらも響き広がるような音だ。音はついに狭い書斎のなかにまで侵入し、一瞬空気を震わせた。ヘンドリクスは何やら不吉なものを感じた。

「風の音でしょうか」彼がそう囁くうちにも、音はふたたび遠く弱まっていった。「さっきまではずいぶん静かな夜だと思っていましたが。星もきらめいていたし」

その直後、緊迫の気配が室内に満ちた。それは布《きぬ》のように蒼白になったレザン師の顔色のせいだった。ヘンドリクス自身もわけのわからない焦りを禁じえなくなった。

「風ではない、人間の声だ」老伝道師が粛然と告げた。「叫ぶ声だ。耳を澄ませ!」

室内をすばやく見まわしたと思うと、隅の釘にかかる帽子と外套に目をとめた。その挙動と表情には、明らかに外へ出かけようとする意志が見てとれた。ヘンドリクスはそろそろ辞去すべきときかと、腰をあげかけた。

「ほかのご用もおありでしょうね」と彼はあわて気味に言った。「気がつきませんで」

ヘンドリクス自身は翌朝〈ビンディ〉をつれていちばん早い乗合馬車に乗り、村を去るつもりだった。レザン師の誘惑に屈することに恐れを覚えたためであった。

「静かに！」有無を言わせない声が低く命じた。「耳を欹《そばだ》てよ！」

師が正面の窓を開けると、風が部屋に吹きこみ、明るい星が覗くとともに、最前よりも大きな音声《おんじょう》が侵入してきた。人のわめく声だ。遠くから夜気を裂いて響いてくる。それに伴って、広大な松林の空気も入ってくる。ヘンドリクスはいっときじっと耳を澄ました。不意に体に手がけられ、跳びあがるほど驚いた。師の大きな顔がすぐそばまで迫っていた。

「村で動きが起こっている」と小声で告げる。「〈使いの者〉が来て去ったためだ。そしてだれかをつれていった。わしは今夜はここで用があるから行けないが――しかし明日の夜には、山の上で大がかりな祭儀が行なわれるはずだから――！」

ヘンドリクスはその先を聞きたくなかったので、レザン師を押しやろうとした。だが小柄な体にもかかわらず岩のように頑なだ。筋肉ひとつ動かすわけでもなく、ただ意志の力だけで不動を保っているようだ。その勢いに今にも呑まれそうだが、どうにか誘惑に抗した。

「――もし危険を冒す覚悟があるなら」と誘惑の言葉がつづく。「空の器をできうるかぎり祭儀の場に近づけるのだ。そして力が器に満ちるのを待ち、あふれる直前に救出する」

伝道師の目は熱気にぎらついている。声も震え、人の魂を助けるという困難な試みへの興奮をあらわにしている。

「ただ待てばいいのですか？」ヘンドリクスは自然に声をひそめていた。自分が何を口にしたかもわからなかった。「祭儀に加わらなくても？」迷う心に反して、くぐもった声が勝手にこぼれ出た。「加われればたいへんな経験になるでしょうね。いまだかつてそんなことは――」

「ただ待つのみだ。器から目を離さず見守るのだ」レザン師が威圧する調子で答える。「注意深くやらねばならん。やる価値のあることだ――最後の救いの手として」

「そういう機会であることはわかりますが――」ヘンドリクスは弱く言いかけた。

『機会ではない』力強い声が返った。「神意があるのみだ。きみはそこに導かれたのだ」

「しかし失敗する危険があるのでしょう？　犠牲を出す惧れが？」われ知らず大胆に言う。

「古い瓶に新しい酒を注げば、割れる惧れもあろう」とレザン師は答えた。「だがわれわれの器は罅《ひび》割れているわけではない、ただ空っぽというだけだ。若い肉体なら損なわれることはあるまい。一定の距離を保って、祭儀を視ているだけならば――」

「それはわかります、健全な身体ですから。血も肉も豊かで、良質に恵まれています――神経も筋肉も。ただその身体に生命がとどまるのを拒み、活かしてくれないというだけで」

そう言っているあいだにも、ヘンドリクスは胸の鼓動が激しく打つのを感じていた。老伝道師から熱気と活力が自分に注ぎこまれてくる気がする。アーニィ卿の身に起こっているのと同じことが、自分にもより小規模に発生しているかのようだ。だが依然としてひるむ気持ちは消えない。レザン師はもう口を開かない。饒舌なのは神秘的認識が高まっているときであるようだ。その高まりによって種を撒いたなら、あとは種自身に任せるのだ。芽が育つか枯れるかには関知しない。

部屋にひとつのみの灯火の下で、二人はじっと向き合って座している。レザン師がときおり何か言うこともあるが、おおむねは沈黙がつづく。かなりの時間が経つが、どのくらいかヘンドリクスにもわからなくなっていた。心のなかでは混乱がつづいたままだ。こんな大胆すぎる計画を、どうやって正当化できよう？　だがいかに途方もないこととは言え、拒絶するのはためらわれる。誘惑の強さは圧倒的なほどだ。日常的な世界に戻ろうとしても困難なほどに。老侯爵の顔が浮かぶが、命のない肖像画のような顔だ――絵のなかから見返しはしても、干渉することはない。試みるか去るか、決断は自分の胸ひとつだ。平常世界の倫理観に妨げられないところで、自らの裸の意志でのみ懊悩している。自らが言い訳し、躊躇し、逃げようとし、半ば戯れている、そんな声が聞こえる。だが一人の人間の魂を救えるか否かが懸かる問題であり、この際文明圏の理性や条件や思考法にこだわってはいられない。自分のなかで議論の言葉が火花を散らし合う。

「出発したときよりも悪い状態になったアーニィ卿をつれ帰らねばならないとしたら、どうする？　もしも僧マーストンのような破戒的な男になっていたなら？　それとも、活力を得て生まれ変わり、救われた男になっているか？　これは賭けだ。わたし自身の最後の賭けでもある」

より細かく見れば、奇妙に皮肉な事情も加わる――このたびのことを教会による助力と考えるなら、レザン師はプロテスタント教会の伝道師なのであり、その原理主義的な信仰は、アーニィ卿の侯爵家が奉じる福音派信仰に近い。それらの種の教派においては、魂の再生は悪魔の憑依と同様に伝統的にある考え方だ。父君たる侯爵も最後には理解し認めてくれるだろう。

《この試みは、神が自らの智慧によってきみのために伐り拓いてくれた道なのだ。その道を進むことによって、きみは信仰を証《あか》さねばならない。わたしを失望させないでほしい》——脳裏に浮かぶ侯爵の肖像画がそう諭しているようだった。

恐れを知らぬ小柄な伝道師の大胆な提案が、催眠術のように影響する。やがてヘンドリクスのなかで何かが最終決断を導き出した。倫理観も何もかも、この力強い老人の前に投げ出そう。そう決すると、テーブルに身を乗り出し、ランプに顔を近づけた。声が震えるのが自分でもわかった。

「や、やっていただけるのですか?」

問うたすぐあと——愚問と気づいた。レザン師が人の魂を救うことに尻込みするはずがない。そんなことを尋ねるのはヘンドリクス自身の決意を表明したというだけだ。

そのあとレザン師が世俗的な口語を交えたフランス語で奔流のようにしゃべりはじめると、その響きには何かしら奇怪さがつきまとった。そのあいだヘンドリクスは座したまま呆然と聞き入っていた。半ば驚き、半ば感嘆しつつ。痩せて曲がった脚で床を歩きまわる気高い僧の姿を見守った。僧衣は袖が短く、その下のシャツも袖口がないため、細いながら頑丈そうな手首が見えている。偉大なる戦う男であり、天にも地にも恐れるものなどないかのようだ。わずかな希望に賭け、敵地に乗りこもうとしている。その姿は滔々《とうとう》と語られる言葉とともに、ヘンドリクスの心にいまだかすかに忍びこんでくるためらいを封じた。もはや危険を覚悟で進むしかない。

「まったく!」伝道師が不意に悪態のような言葉を吐いた。小声ながらも耳障りな毒づきに近い。

「いやはや！　村人にその若者ほどの素質のある者がいれば、どれほどよかったか！　そうすればこれまでにも試みたものを！　それだけの人材がいないのだ。鍛えあげる甲斐もない者ばかりだ。ただ重いばかりで形もなさない粘土か、さもなければ海月《くらげ》のような連中だ！」そこで不意に声を低め、しゃべりつつもふたたび耳を澄ますようにした。「どいつもこいつも消極的で、生ぬるく、使い物にならん。伝道師など、ぐずぐずの練粉《ねりこ》を捏《こ》ねまわしているだけのパン屋も同然だ。やつらは毎日飲んだくれてばかりで、自分で立ちあがる気など毛頭持たん。苦労して救う価値もない者どもだ！」拳でテーブルを叩くと、ランプがガタガタ揺れた。ヘンドリクスはビクッとして、思わず身を引いた。「弱いだけの魂をどうやって救おう？　いかに善良であろうともだ！　見込みのある者はみなとうに山へ去った」と蓬髪の頭を上方へ振り向けた。「山にはまだ生命があり、望みがある」言いながら足を踏み鳴らす。「だがあのぐうたらどもと来たら――まったくもう！――生ぬるすぎて、口から吐き出したい気分だ！（ヨハネ黙示録三章一六節を踏まえた台詞）」

レザン師は窓の前で足を止めると、いっとき聞き耳を立て、それからまた歩きまわるのを再開した。今にも行動を起こしたくなっているのが見てとれる。怠慢や懶惰ほどその姿から遠いものはない。師の言葉を聞いているうちに、ヘンドリクスものろかった自身の血の流れが火を点けられたように速まる気がした。

「ああ！」と師がさらに大きな声をあげる。「山の上でなら、神のためにどれほどの戦いができるか知れんぞ！　山の民のなかで生きられたなら！　そうすれば、彼らの昏く強い生命の川に掉さし、流れを変えて天上にまで引きあげられようものを！」と人差し指を上へ向けて突きあげる。

「望まれるのは大いなる罪びとでこそあれ、ニヤつくだけの聖者などではない。あの悪魔たちのなかにこそ、カントン州の信徒すべてを救えるほどの生命の力が渦巻いているのだ。わしならそれを活かせる」まくし立てるのを束の間やめ、愕然と見守るヘンドリクスを見おろすように立ちはだかった。「その若僧をつれてこい。そしてしこたま酒を飲ませろ。そのあとはただ祈るのだ、若僧が大いなる罪びとになるようにとな。そして神に捧げられるほど価値あるものを生み出せるようにと。罪びと、ひとたび悔い改めるならば――」

苛立たしげなノックの音が長広舌を堰き止めたと思うと、一人の女性が戸口に姿を現わした。ドアが開けられたせいで、屋外の声の響きがまたも室内に吹きこんできた。痩せた長身の女性はレザン師の夫人だった――ヘンドリクスはおぼろに憶えていたが、彼は暗い隅にいるので夫人からはよく見えないだろう。レザン師がこの地に来て間もないころに送りこまれてきた女性であることも思い出した。無学ながらしっかり者で、夫思いの人だった。肩掛けを羽織り、髪はほつれ気味で、目は何かを見すえているかのようだ。向き合って立つ小柄な夫は彼女の顎の高さしかない。

「あれが聞こえる、ジュール？」と夫人が不安そうな声で問う。「嵐のさなかに山の者たちがおりてきたようね。やはりあなたが村に行かないといけないの？」

かすかに訛りのある口調だが、心配しているのは伝わってくる。夫妻は戸口でしばらく盛んに話していた。二人にさえぎられ、石油ランプの火が揺らぐ廊下がよく見えない。夫人は何かしら夫に注意したり説き伏せようとしたりしており、レザン師がそれをいさめているようだ。だが奥にいるヘンドリクスには断片的にしか聞きとれない。夫人は師を王のように崇めているのはたしかで、今はただ身を案じて言っているのにちがいない。夫のほうはそれをなだめたりときに叱ったりしているが、ついにはこう言うのが聞こえた。

「おまえは神を信じて、おとなしく寝ていればいいんだ」

「あなたまで山につれていかれやしない？　そうなったら二度と戻れなくなるでしょ。山はもうあなたの教区じゃないんだから……」夫人の声もかすかに怒りを含んでいる。

だがレザン師は苛立ちをつのらせていた。

「教区がどうだろうと、救える者を救うだけだ。すべては神のおぼし召しだ。神に与えられた務めを果たすまでは、何も恐れてはいられないのだ」

レザン師が夫人を階段へと引きつれていく足音が遠ざかる。屋外からはわめく声が高まってはまた低まる。それを風が誘い入れてはまた去らせる。海の雷鳴のようなとどろきだ。

ヘンドリクスはこの目前のありさまのすべてを、己を照らす光のように視ていた。神もこの様相を視ているような気がした。レザン師の視界は高邁であり、とても広い地平を見わたしている。師の目ひとつだけでもその身はまぶしく光り輝く。危険など何ほどのこともない――急にそう思えた――これを恐れるのは臆病者だけだ。

出し抜けに廊下に跳び出すと、レザン師の手をつかんだ。

「明日参ります」声がかすかに震えたが、師の目をまっすぐに見ながら告げた。「もし今夜泊まることができたなら――彼が一緒に来ることを望んだなら――つれてきます」

「きっとそうなるとも」レザン師が決然と言った。「七時に夕食にするから、それまでに来たまえ。山靴を履いてくるように。力ずくではなく、根気よく説得するんだ。遠くから見るだけだと言ってな――祭儀に加わるわけではないと」

「わかりました、遠くから見るだけと」ヘンドリクスはくりかえした。「祭儀には加わらないと」

「いつどんな兆候が表われるかを、わしは知っている」レザン師が意味ありげに言う。「ちょうどいいときに救い出すことは可能だ。若者に命の力が満たされ、危なくなりそうな寸前に――」

その先の低められた声が消え入ったのは、突然鐘の音《ね》が轟々《ごうごう》と響いてきたからだった。火災警報を思わせるその轟音に、レザン師は弾かれたように向きなおった。

「教会の警鐘だ！」と声をあげた。「だれかがつれ去られたのだ。すぐ行かねばならん」

ただちに帽子と外套を手にとると、廊下を抜けて表の道へ飛び出していった。ヘンドリクスも急いであとを追った。ただならぬ雰囲気が村をおおっているようだが、それでいて道には人けがなく、家々の窓に明かりもない。ただ、村のいちばん奥にある酒場から、人のわめく声や唄う声が響く。村じゅうの者がそこに集まっているかのような印象だ。山の高所では星空を背景にして、火が赤々と列をなす。その明るさは黒々とした深い谷あいにまで投げかけられている。興奮が夜を満たす。

「なんだかすごい雰囲気ですね！」色めき立つレザン師に懸命に追いつきながら、ヘンドリクスが叫んだ。「活気があふれているじゃありませんか！　すべてが沸き返っているような」二人とも足を速め、走り出した。「熱気の波が伝わってきます」息を切らしながら言った。

「〈使いの者〉が来て――そして去ったのだ」レザン師が鋭く応えた。「きみが感じる熱気はその余波だ。この雰囲気は余韻なのだ。わしは村人を落ちつけてやらねばならん」

「わたしも協力――」ヘンドリクスがそう言いかけたが、さえぎられた。

「きみは明日の仕度をしろ――あそこに行くためのな」師は有無を言わせない口調で告げ、高所につらなる火の列を指さした。と同時にさらに足を速める。「今いるべき場所はあちらだ」と振り返り、葡萄畑のなかに見える大工の家を顔で示した。次の瞬間にはもういなくなっていた。

5

だがヘンドリクスは不意に、二十世紀の貴族子弟の教師が果たして本当にこんなことを認めてよいものかと、自問に駆られずにはいられなかった。冒険の旅が突如として悪夢の様相を帯びてきたではないか。その夢魔に現実感を与えているものと言えば、村人たちが酔いに任せてわめき唄いつづけている酒場の窓のはるか上方で、空を背にして映える火の列のみだ。尾根に揺らぐそれらの焔を見るうちに、つい身震いを覚えた。もはやあとへは退けない。師と約束したからというだけではない、自分自身がそうするのだと決めたからだ。

マッチを擦り、その明かりで懐中時計を見た。レザン師を訪ねてから二時間が経っていた。午後十一時をすぎている。急いで大工の家に戻り、大きな玄関の鍵を使ってなかに入り、御影石の階段を忍び足で昇った。脳裏に浮かぶのはアーニィ卿の姿だ――ここまでの疲れるばかりだった観光旅行にもひとしい九ヶ月間で見慣れてきた姿だ。おだやかな茶色い瞳、怠惰な挙動、柔軟な物憂い感情。だが今その姿の背後に、嵐を呼ぶ雲のように、希望が、欲望が、あるいは恐怖が見え隠れする。レザン師の陳述が浮かびあがらせるものだ。救いへの願望が胸のうちで強く渦巻く。それが強まるほどに、小柄な伝道師の強引で大胆な精神力も思い出される。ヘンドリクス自身のアーニィ卿への愛情は心からのものだが、待ち切れない気持ちと冒険を希求する心が若者への思いやりさえ押し除けるかのようだ。六フィートの身の丈を誇るあの骨太の体軀に、命を吹きこむことさえできればよいのだから！　あの不活性な体と心に、火と風の力を注ぎこめるなら！　本当に可能なこととはとても思えないような計画だが、しかしこの試み自体が害になることはあるまい。大自然が持つ神秘的な巨大な力を、もしも——

アーニィ卿の寝室の前をそっと通りすぎようとしたとき、物音がした。ハッとして足を止め、聞き耳を立てた。若者は寝入ってはいなかったようだ。なぜこの物音が気になったのかと自問した。ドアのすぐ内側で人が動く音、そして声も聞こえる——それも複数の。ドアをノックした。

「だれ？」と訊き返す声は、すぐにアーニィ卿のものだとはわからないような響きだった。

「わたしだ、ヘンドリクスだ。入れてくれ」

するとまた人の動く音がしたが、声はもう伴わない。ドアが開けられた——施錠されてはいなかったようだ。目の前に立ったアーニィ卿は、出かけるつもりなのか着替えていた。ぼんやりした星明かりのなかで、上背も幅もある体が戸口をいっぱいにふさいでいる。いつもの猫背の恰好ではなく、肩を高くそびやかしている。気怠さが感じられない。四肢をまっすぐのばした直立姿勢だ。ふだんは曲げ気味の膝もしゃんとしている。薄暗がりのなかで見る姿はまるで別人のようで、空恐ろしくさえある。ヘンドリクスはわれ知らず息を止め、わずかに引きさがっていた。

「ど、どうしたんだ？　寝なかったのか？」つっかえがちに問う。不安な心持ちのままに若者のまわりを見やった。「何か話していなかったか？」

マッチをまさぐったが、それをとり出さないうちに、アーニィ卿が電灯のスイッチを入れていた。照明が点いた。室内にはほかにだれもいない。

「大丈夫なのか？　何かあったんじゃないか？」

若者は答えたが、これまでにはなかったような深みのある声になっていた。

「べつに何もありませんよ。ただ眠れなかっただけで。山で燃えてる火を見ていたんです。それで——外に出て、もっとよく見たくなって」

持っているのは双眼鏡で、提げ紐の先で勢いよく揺れている。荷物を開けたばかりらしく、部屋には衣類が散らかっていた。床の中央には狩猟用の長靴が出ている。そういったものを目にするうちに、ヘンドリクス自身興奮が湧き起こるのを覚えた。この若者の存在から自分が何かを得ているようだった。寝室のなかに緊迫の気が漲っている——何かが激しい勢いで部屋を通り抜けていったあとのような。ふたつある窓はともに開け放たれており、あのわめく声が明瞭に響き入ってくる。アーニィ卿は窓のほうへ向かい、耳を澄ます顔になった。

「あれは村人たちが飲み騒いでいるだけだ」ヘンドリクスは若者の挙動のひとつひとつを注視しながら言った。「気が立って眠れないのも無理からぬことだよ、〈ビンディ〉。こんな山奥の村に泊まっているんだからね。どこもかしこも珍しくて刺激的だ——胸の鼓動も速まろうというものさ」質問攻めにしてはいけないとの配慮から言ったことだった。

「でもロッキー山脈でもヒマラヤでも、こんな感じは受けませんでした」アーニィ卿はすばやくそう返すと、窓に近づき外を見やった。「日本やインドに行ったときですら、こんな経験はなかったですから！」間近の村の上方にそびえる森におおわれた尾根へ向けて、片手を突き出した。いつになく饒舌になっている。「余所で見たものはどれも偽物にすぎません——観光客向けに作られたものばかりでした。でもあの山の上で起こってることは本物です。双眼鏡でずっと見ているうちに——あそこに行かなきゃならない、自分も加わらなければいけないと思うようになったんです。火のまわりで男たちが踊り狂っているのが見えるんですよ。女たちも激しく踊っています。すごい光景ですよ、ヘンドリクスさん——すばらしすぎて言葉になりません！」茶色の瞳がランプの灯のように明るく光る。

「つまり、自然発生したものだと言うんだな？」若者のこれまでにない熱狂ぶりを歓迎し、さらにそう誘導しようとした。だがあまりに急激な変わりようへのとまどいも依然としてある。単なる神経過敏でこうなっているわけではないと思える。不健全な要素はまったく見られない。

「彼らはしなければならないことをしているだけなんです」と明確な答えが返った。「感じたことを表現しているだけなんですよ。だれかの真似をしてやってるわけじゃなくて」そう言ってアーニィ卿は教師の腕に手をかけた。衣服をへだててさえ、その手から乾いた熱が伝わってきた。「あれこそぼくが欲しかったものです！」声が高まる。「そうと気づかないまま、ずっと望んでいたんです——自分を活かしてくれる、本物の何かを。夢ではときどき見ることがあったけど、今こそ現実にそれを見つけたんです」

「まだよくわからないな」とヘンドリクス。「そんな夢のこと、これまで言わなかったじゃないか」

若者は頬を赤らめた。するとその顔色と瞳に宿る炎とが相俟って、いっそう輝かしい表情にした。そして、今までは慎重に隠していた内奥からさぐり出すようにゆっくりと答えはじめた。

「それは、どう言葉に表わしたらいいかわからなかったからです。自分でも莫迦げた夢に思えましたから。話しても、笑われて諭されるだけじゃないかという気がして。でもじつはぼくの心の奥底に沈んでいる本当のことで、いつかは表に出てくるんじゃないかとも思っていました。そうさせるものがいつか見つかるんじゃないかと。そうなんですよ、ヘンドリクス先生——」と声をひそめ、窓の桟越しに不意に外へ身を乗り出した。「——今こそそれが体に注ぎこまれるような、満ちあふれてくるような気がするんです!」と言って山の高所を指さした。「そして命を与えられるような。今まではただ夢で見るだけでしたが。だから飢えていたんです。今こそ山にあがって、自分の血のなかに、じかに力を注ぎこみたいんです」

そして濃い山の空気をいっぱいに吸いこみ、いっとき息を止めてからゆっくりと吐き出した。心地よさをじっくり味わうかのように。そのあとこうまくし立てた。

「二人で行きたいな。一緒に行きましょう! どうです?」

束の間顔を見合った。何かしら慈しみの情とでも言うべき抗しがたく深いものが、両者のあいだにただよった。年長の男のほうは努めて平静をとり戻そうとしていた。

「今は――今夜はやめておく」と毅然と言った。「夜も更けすぎたからな。明日なら――喜んでお供しよう」

「明日の夜です」とアーニィ卿が急いでつけ加えた。「暗くならないと火を燃やさないし、風も弱いですから。昼間行っても無駄なだけです」

「わかった、明日の夜にしよう。それから、わたしの旧知のムッシュ・レザンに案内役を頼もう。道筋をよく知っているし、村人とも親しいからね」

アーニィ卿はうれしそうに教師の手を強く握った。内心の熱気が外見にまで影響しているようにに見えるのは、いささか当惑させられる。体格がますます大きくなったようで、着ている服がきつそうですらある。もはや古い家柄と爵位に縛られて退屈を託つだけの弱い若者ではなく、積極的な人格に生まれ変わったかのようだ。少年から一気に成人になったとでも言おうか。が物言いや物腰にはまだ少年らしさが残る。その矛盾が奇妙でもある。

「一度だけじゃ足りません、何度でも行きましょう。これほどすごいところはありませんから。まるでぼくのためにある場所のようです、今までの人生をとり戻すための――」

「きみの父上は、こういう場所に長居するのは必ずしも望まないだろう」と教師がさえぎった。「一日二日程度ならどうってこともないだろうがね――もちろんきみがそれでよければだが」

「派手なだけの都会や、とりすましてるだけの大使館なんかに滞在するより、ずっとましだと思いますがね。インドのシムラとかボンベイとか、エジプトのカイロとか、そんなところが五十も束になったとしても、ここには敵いませんよ！」と威勢よく声をあげる。「この場所こそぼくが望んでいたところです。イギリスに帰ったら、何かをみんなに見せてやれる気がしますよ。ここに来て正しかったという証拠をね。こんなぼくをだれも想像できないでしょう！」

そう言って笑うアーニィ卿の顔に、電灯の光のようなまぶしさがあふれる。この変化はもう単に意外であるだけにはとどまらない。ヘンドリクスはさらにどうなるかと待ちながらゆっくりと戸口へ向かい、明日の夜も晩くなるからそろそろ寝《やす》もうと促した。そしてそのとき初めて気づいた――枕とシーツに皺が寄り、ベッドですでにだれかが一度寝たような跡がうかがえることに。最初に部屋を覗いたときに感じた疑念が、新たな強さで蘇ってきた。

「〈ビンディ〉」と、おごそかさをこめた調子で問いかけた。「訊くまでもないが――今まできみ独りだったんだろうね？」

ベッドに腰かけて山靴を片づけようとかがんでいたアーニィ卿が、弾かれたように体を起こした。両手を後ろへやってベッドに突き、ヘンドリクスの目をまっすぐに見た。この若者がこれまで嘘をついたことはない。答えが返るまでにはそれなりの間《ま》があった。

「ぼくは――寝ていましたから」と小声で答えた。できるだけ正しく答えようとはしているふうだが、ただどう表現するかに迷いがあるようだ。「そして夢を見たんです――ときどき見る、妙にはっきりした、現実みたいな夢でした。ただ今夜にかぎって、いつも以上にありありと本物じみていました。何と言うのか――」言葉を探してからつけ加えた。「――うっとりするようでいて、怖くもあるような」

その何とも奇妙な言いまわしを、ヘンドリクスが反復した。

「うっとりするようで怖くもある？　いったいどういう意味だ？」

アーニィ卿は自分で選んだその言葉にめんくらっているようだった。

「どう言ったらいいのかよくわからないんですが」といかにも正直そうに言う。「とにかく、とても現実じみたすごい夢でした。どこかに隠されているぼく自身の命を、大変な歳月をかけて探しに行くんです。深い森と山のなかに独りで分け入らなければならなくて、風の音を聞いたり、自分で火を起こしたりして――でも全部夢でした」一瞬両手に顔を埋めたが、すぐ向きなおり、責めるような目で見返した。「あんな祭りがあること、どうして教えてくれなかったんですか？まったく知りませんでしたよ」

「わたしも今夜までは知らなかったんだ。レザン師が――」

「あなたは全部知ってるものと思っていましたが」アーニィ卿は依然責めるように言いつのる。

「ムッシュ・レザンから今夜初めて聞いたんだ」ヘンドリクスははっきりと告げた。「山で特殊な祭儀を行なう人々がいるとな。そんな迷信的な行事が世界のどこかに生き残っているなど、今まで夢にも思ったことがなかった」責められたことへの憤慨を滲ませた。その一方で、自由にさせてもらえないことへのアーニィ卿の不満も理解していた。教師の優位性に疑義を呈されたのは初めてのことだった。声も視線も態度も高圧的すぎたかもしれない。「さっき『うっとりするようで怖くもある』と言ったが、つまりそれほど現実的な夢だったということか？」そこは是非問い質したかった。「そうなんだな、〈ピンディ〉？」

アーニィ卿は積極的に答えた。「そう、そうなんです。たしかに――そう言えます。今回はとくに夢以上の夢でした。現実そのもののような。ぼくがそこにいたんです。はっきり記憶しています。目が覚めたあとも、まだつづいていました。あの男が、まだベッドのわきにいる気がしたんです。そしてぼくを呼んでいました、早く起きて一緒に行こうと――」

「男だと！　どんな男だ？」ヘンドリクスは椅子の背の上に身を乗り出して体をささえた。

そのとき、開いたままの窓から、風が唄うような音をさせて吹きこんできた。

「村を走り抜けていった、浅黒い男ですよ。あのとき山の火を指さしてましたね。風と一緒に山からおりてきたあの男です、憶えてるでしょ？　ぼくのコートを引っぱったりしました」

言いながらアーニィ卿は立ちあがった。剥き出しの板場の上に跳び出すと、踊るように飛び跳ねた。

「『火が燃えあがっても火傷はしない。風が火の魂を奪っていく』――たしかなところは忘れましたが、そう言っていしました。あなたも聞いたでしょう？」

その科白をアーニィ卿は興奮してくりかえした。腕を振り膝をあげ、踊り出さんばかりに。ヘンドリクス自身は興奮を抑えていたが、それにはかなりの努力が要った。

「わたしはそんな声を聞いてはいない」と落ちつき払って答えた。「ただ早く戻って体を拭きたかっただけだ。それより――」と鋭く質した。「――きみは本当にその言葉を聞いたのか？」

アーニィ卿はかすかにためらいを見せた。が、言いたくないからでなく、どう言えば伝わるか迷っているふうであった。

「あそこの道で聞いたんじゃないかもしれません。ぼくの頭のなかで響いただけなのかも。でも夢のなかでも同じことを聞いたし、目覚めてからも耳に響いてきました。たしかな声ではっきりと、『火が燃えあがっても火傷はしない。風が火の魂を奪っていく』と言ってました」

「フランス語か？　フランス語でそう言っているのが聞こえたのか？」

「いいえ、もう言葉でさえないんです。目がそう言っていました——どのときもです」まるでインドで見た宮廷のことでも話すかのように自然な調子で説明する。だが声にも態度にも今までにない意志の強さが感じられるのはたしかだ。「ヘンドリクス先生」と勢いこんでつづける。「ぼくの言う意味、おわかりですよね？　ある種の人々とは、顔を合わせた瞬間にその人の言葉が頭になかに飛びこんでくることがあるものです、まるで話しているのを聞くのと同じように。あの男の言葉も、ぼくの頭のなかで聞こえたんです。おそらく、とても親しみを感じられる人と出遭ったときそうなるんじゃないでしょうか。まるで昔からよく知っている人のように思えたとき——」

「もちろんわかるとも、〈ビンディ〉。ただ、わたしが訊きたいのは——その男はきみが目覚めたあとも、まだここにいたのかってことだ。いなくなるときは、どんなふうに消えた？」ヘンドリクスは家具の少ない室内を見まわした。どこかに隠れるような場所はないかと。「目が覚めてもまだ夢がつづいてるような気がしただけじゃないのか？」

アーニィ卿は笑ったが、抑えた自嘲のように聞こえた。答える声にもその余韻がある。

「たしかにそうかもしれません。ぼくがよく見る、妙に現実じみた夢だったのかも。どうやっていなくなったのかも説明できません。消えるところを見ていないんですから。先生がドアをノックしたので、振り返ったら、不意に自分が部屋のなかで立ってることに気づいたんです——出かけるための着替えまで済ませて。窓の外で風の音がしたので、そちらを見やったら——男はいなくなっていました。同じとき先生が入ってきたんです。すべてが一瞬の出来事でした。着替えたのもたぶん——夢を見ながらだったような」

二人は二、三分立ちつくし、ものも言わずたがいを見合っていた。ヘンドリクスは次にどう行動すべきか、いくつかの選択肢で迷っていた。だがどれを選んだらいいかまったくわからない。本能は何も止めてはいけないと諭している。むしろ、可能なあらゆる表現を促すべきだと。ただし細心に監視し、護ってやりさえすれば、と。最も望ましくないのは、表現を抑制してしまうことだ。この出来事のどこかにはある種の真実がひそんでいる。心の深いところでそう感じる。だから権威的に抑えこむのはよくない。今のこの不利な立場を覆そうとすれば、きっとしてはいけないまちがいを犯す。助けるのではなく傷つけるだけになる。

アーニィ卿が一度着た衣服を脱いでいるあいだに、ヘンドリクスは窓から身を乗り出し、涼しい夜気をいっぱいに吸いこんだ。山で燃える火を眺め、次第に小さくなっていく酒場からの騒ぐ声を聞いていた。すると、考えていることが独り言となって、口をついて出た。

「すべてを発散させよう。何も抑えこんではならない。この冒険のことごとくを彼に体験させるのだ。もしこれがただの戯《ざ》れ事なら、害になることもあるまい。もし本物なら、避けられなかった運命ということだ」

窓から頭を引き戻し、部屋の戸口へと向かっていった。

「やっと決めたぞ」何も変わったことではないかのようにおだやかに言った。「明日の夜、山に登ろう――ムッシュ・レザンに案内を頼んで。だから今夜はもう寝なさい、いいね？　明日の夜はもっと晩くなるかもしれないから。約束するな？」

「ぼくも疲れましたから」シーツの上から返事が届いた。「今夜はもう夢は見ないと思います。それをおっしゃりたいんでしょ？　約束しますよ」

ヘンドリクスは部屋の明かりを消し、廊下に出た。

「おやすみ、〈ビンディ〉」

「おやすみなさい」眠そうな声が返った。

ヘンドリクスは二階の自分の寝室に入ると、時間をかけて着替えをしながら、階下から物音がしないか耳を欹てた。だが何ごとも起らなかった。とりあえず安堵すると、もう一度そっと階段をおり、アーニィ卿の部屋の前へ忍び寄った。深い寝息が聞こえるのをたしかめると、また二階にあがってようやくベッドに就いた。とても静かな夜だ。外は涼しく、湖と森と山の上空では星が光っているだろう。静寂を破る人の声ももはやない。聞こえるのは葡萄畑の向こうを流れる小川のせせらぎのみ。午前零時をまわるころにはヘンドリクスも眠りに落ちていた。

6

翌日の朝は、あたかも十月が六月から盗んできたかのようなおだやかで明るい夜明けだった。湖の彼方では夏を思わせる靄を透かしてアルプス山脈が輝く。大気中にはこれから冬が来る気配など微塵もない。ジュラ山脈はヘンドリクスの記憶に忠実な景色をまとっていた。黒々とした広大な松林のところどころに、橅《ぶな》や梣《とねりこ》が赤や黄色の秋らしい彩りを散らす。

爽やかな気分で目覚め、頭もすっきりしていた。

前夜起こったことのすべてが、形をなさない理に適わないことに思えた。さまざまな感情が渦巻いた夜だった。彼自身にとっては若いころの記憶が強く残っている土地だ。アーニィ卿はこの一帯のただならない混沌とした雰囲気に深く影響されている。故郷の霊廟が近づいていることが——そこには二人ともいい印象を持ってはいなかった——憂鬱を強めているのかもしれない。荒々しく不吉な天候もそれに味方する。そして迷信深い農民たちによるこうした催しがたまたま持ちあがったおかげで、すべてが超自然的に見えるほど派手な色彩を帯びることになった——危険を感じさせるまでに。だが今ようやく平静が戻り、常識と判断力が返ってきた。

それでもなお、何かしら変わらずに残っているものがある。アーニィ卿が影響を受けたこと自体は決して幻覚ではなく、若者が発した火と風にまつわる言葉もただの思いつきではあるまい。それら二種類の激しい自然の要素と、若者の不活性とのあいだには大きな懸隔があるが、その狭間《はざま》を埋めるに足る予期しえぬ強い力がどこかに隠されている気がする。レザン師が妻を説得したときの言葉にも不安が残る。無視していい些末事ではない。あの老伝道師をめぐる出来事も、夢で片づけていいことではない。その現実性は、昼の明るさや常識によって雲散するものではない。そうしたことのなかにも真実は存在しているのだ。

したがって、今日という日はヘンドリクスにとって、運命の次第によっては、たしかなことと不たしかなこととの戦いになると思われた。朝のうちに彼の決意は固まっていた。正当化することすら危うい不遜な実験をしなければならない。だが午後になり、やがて日差しも薄らぎ暗鬱な気配が忍び寄るころになると、「おもしろいかもしれない。何ほどの害がある？」と大胆になってきた。さらに夜が迫り、紫色の森を長い影がおおい、風のない静寂のなかで木々が微動もしなくなると、前夜に思っていたのと同様に、この冒険とて正当化が可能であるばかりでなく、必要であり積極的にやるべきことだとまで考えるようになっていた。やがて当然の成り行きとして、宿のバルコニーでお茶を飲んでいるとき、アーニィ卿がこの日初めて、問題の計画について口に出した。レザン師が夕食に招いた時間は何時か、と質してきた。ヘンドリクスが目にためらいの色を浮かべると、それに気づいたのか、低い声でさらにこう言った。

「行くと約束してきたんでしょう？」

もちろん、今さら撤回などできない。そんなことをすれば、アーニィ卿に自信をとり戻させてやれる最後の機会を失う。考えるだけでもあってはならないことだ。

それから夜が進むあいだ、どちらの口からも言葉が発せられることはなかった。アーニィ卿は静かに何かを考えているようだったが、物憂げなところはまったくなかった。おだやかに落ちついているようでいながら、その物腰には漲る生気を抑えているようなところあり、見守るヘンドリクスをひそかに満足させた。つぶさに観察していたが、不調のある気配は少しもなかった。むしろ身のうちに力が渦巻いているようで、意志や関心や目的といったものが感じられた。欲望さえあるようだ。だが危険な兆候は全然見られない。

若者が考えごとに耽っているのを利して、ヘンドリクスは自分も物思いに耽るため独りで外へ散歩に出た。と言っても憂鬱な感情に囚われてのことではない。今にしてはっきりと言えるが、昔日のあの悲恋は、感情過多な若さが爆発しただけのことだった。そこに不健全さや不自然さはなく、ただ相手が身近すぎたのが禍《わざわい》しただけであった——そんなことをとりとめもなく考えた。今はあんな時代をとうに脱して幸いというべきだろう——そこまで考えたとき、不意にアーニィ卿が前夜口にしたことが思い出された。それは予想もしていなかった言葉だった。

思わず足を止めた。思い出したことの重要性に愕然とした。

「……艶かしい女たちが火を持って……」

アーニィ卿が異性を魅力的なものとして口にするのを聞いたのは初めてだ。そんな科白があの若者の口をついて出るとは思わなかった。それどころか、二十歳という齢《よわい》にして、女性について何か言うのをこれまで聞いたことがない。まるで女は怖い魔法を使うものと恐れてでもいるようだった。健康な男子に必要なものとして異性を捉えたのは、ひょっとして初めてのことではないのか。異性を知らないというのは、言うまでもなく純粋だからではない、無知だったからにすぎないのだ。これまでは何も感じていなかったところに、今にして何かが性に目覚めさせた。そして自分が男であることが意識され、欲情があらわになった。それは世界が変わるほど大きなことだったかもしれない。生命の根底から湧きあがる新しい感覚であり、怠惰な無関心から積極的な欲望へと変移させた。知性も、感情も、精神も、あらゆる力はそもそも根源的なものであり、したがって原理的に性に根ざしているのだ。

ヘンドリクスは自分のための思索のつもりだった散歩の足を止め、こんな単純な真実にもっと早く気づかなかったことに呆れていた。これは山の上で催される祭儀にさえ、ある種の論理的な意味を与える。古くからつづくあの儀式は、風と火という自然の二大精霊の婚姻を象徴するものだ。今朝のアーニィ卿の物静かながらもどこかそぞろな雰囲気は、この新たな発見を裏づける。あの態度には、目的意識とその抑制が感じられる。それこそ活気が起こっていることを意味する。このうえ故郷のあの霊廟につれていけば、器はたちまち力で満たされるにちがいない――万物創造の力で。そのようすを自分の目で見られるならば理想的だ――安全な距離をとって――原始の力を生み出すこの野性的な祭儀を目撃できるならば。それこそやるべきことだ。

そう決すると、葡萄畑のなかの宿へ急いでとって返した。自分の責任が増すことも認識していたが、しかしこの方法が正当化されうるこれほどの好機はないという思いが勝っていた。

空は一日じゅうおだやかで雲すら湧かず、森は靄に煙る秋の日差しの下で沈思しているばかりだ。だが慣れた目には、望ましからぬ次なる嵐が高所の山間で渦巻きはじめているのが見てとれた。下界のこの静けさはどこか不自然ですらある。しんとした大気のどこかに生暖かい重苦しさがひそんでいるかのようだ。湖面には漣《さざなみ》が筋や輪を描く。あまりの快晴がかえって不吉だ。遠方の景色が細部まではっきり見える。やがて日暮れが近づくと、湖面の筋と輪が消えていった。水のなかから吸いこまれでもしたように。北の崖の上方では、切れぎれの薄い雲がどこからともなく現われてきた。雲は高い空をすばやく動きながら、沈みゆく夕日の輝きに染まっていく。

ヘンドリクスとアーニィ卿はつれだって歩き、夕食のときに間に合わせるべくレザン師邸まで来たところだ。そのとき熱気を孕んだ突風が吹き寄せ、木々の枝を鋭く鳴らした。そして吹いてきたときと同じ速さで失せていった。

そんな空気の乱れが、夕食の席についている者たちにまで伝染しているようだった。さまざまな感情が爆発寸前で抑えられている。アーニィ卿はわくわくしているようすで、ヘンドリクスは不安を託《かこ》ち、レザン師は陰鬱に考えに耽っているようであった。またヘンドリクスには不安とは別の気持ちもあった――自らを宙へ攫っていく嵐を、思わぬ形で起こしてしまったような気がしていた。しかもアーニィ卿の興奮がその嵐を強めている、火を煽って強める風のように。どこかで判断を誤り、とんでもない冒険に巻きこまれることになった。もはや止められない。レザン師に影響されたためもあるだろう。今さら引き返しては名折れだ。賽は擲《な》げられたのだ。今は非日常的な環境のせいで、自分の内奥の弱さが露呈しているにすぎない。

不合理な迷信のなかにも、忘れられた大きな真実がひそんでいるものだ。なのに人はそれを信じられず、事実ヘンドリクス自身どこかで信じ切れずにいる。人の世はいつしか真の意味で自然とともに生きることを忘れてしまったのだ。

とりとめない会話がつづいたが、話すのはおもに年長の二人の男たちであった。アーニィ卿は空腹がなかなか満たされないかのようにもっぱら食事にいそしみ、伝道師夫人は質素な食事を運びながら気遣わしそうに夫を見やるのみだった。

「では、わたしたちと一緒に山に行ってもいいんだね？　行きたいのだね？」レザン師が静かな口調でそう質すのを、ヘンドリクスが通訳した。

アーニィ卿はあからさまな興奮を示す仕草で肯定の返答とした。

「山には大勢の粗野な男女がいて」とレザン師が若者を鋭く見ながら言う。「非常に古い時代にあった信仰を模倣し、自分たちなりに復興させている。もとから山奥に住み、谷あいの村とは深いかかわりを持たない者たちだ。その人々が今夜祭儀を催すので、見に行くことにしたい」

「風と火を自分たちの体のなかに入れるための祭儀ですね？」アーニィ卿は通訳を介さねばならないことに苛立つ調子で問い返した。「あるいは、自分たちが風と火のなかに入るのかな」

「彼らは風と火を崇拝している」とレザン師が答えた。「それを表わすため、揺れる炎と吹きすさぶ風を模倣した激しい舞踏を行なう。それを真似て踊れば、彼らの信仰の動機となる感情を理解することもありうるだろう。共有できることとさえ。自然の持つ力を召喚あるいは誘導したいとき、その力の動きを模倣すれば可能になるというのが、彼らの考え方だ。そうやって誘導した力を自分たちの体内に注入し、それによって――」

レザン師は不意に言葉を途切れさせ、ヘンドリクスと目を合わせた。アーニィ卿が通訳なしで理解したのが見てとれたからに相違なかった。今はナイフとフォークをわきに置き、テーブルの上に身を乗り出して、深く没入するように耳を傾けている。顔には新たな知性が表われ、不気味なほどの緊迫の表情を形作っている。鋭敏な感受性が内部で目覚めているようだ。

「笑いを真似るようなものでしょうか？」若者が低い声でヘンドリクスに問いかけてきた。「他人が笑うように笑えば、やがてはその人の喜びや興奮まで全部感じとれるようになる。それと同じような意味じゃありませんか？」

ヘンドリクスはできるだけさりげないふうにうなずいた。「何ごとも模倣には影響が伴うものだからね」と軽い調子で答える。「しかし〈ビンディ〉、言うまでもないだろうが、きみにその人々の真似をしろと言うわけじゃない。わたしたちと一緒に、距離をとって眺めればいいのだ」

「距離をとって！」アーニィ卿はあからさまに落胆を表わす声で鸚鵡返しにした。「そんなことでいいんですか？」表情が変わり、頑なさが顔を横切った。

ヘンドリクスはまっすぐ目を見て、毅然と言った。「サーカスに行ったときも、ただ見物するだけが常識だろう？　道化師の真似をするわけじゃない。それと同じだ」

「長く見ていれば、真似たくなるかもしれません」と若者がしつこく切り返す。

「モスクワに行ったとき、ロシア人の踊りを見たね」教師も辛抱強く諭す。「あのときも、自分が跳んだり撥ねたりしなくても、踊りの力強さと美しさを感じられたんじゃないか？」

若者は睨むような目になった。物静かながら軽蔑に近い調子で言い返した。

「でも先生だって、見物しながらも心は踊り子と一緒に跳びまわっていたはずです。それが長くつづけば、体も自然とそうなるんです。でなければ何も得られませんよ」そこで間を置き、「乗馬の楽しみを理解するには、実際に馬の背に跨り、馬と動きをともにしなければ無理でしょう――眺めているだけではね」

ヘンドリクスは笑みを洩らし、肩をすくめた。若者のそういう分析の仕方の背後にひそむ熱狂性を否定したくはない。だが不安は増さざるをえない。そこで早口に短いフランス語をつぶやき、笑いも幾分含めて言葉を濁した。

「山の民の祭儀を邪魔してはいけないのだ」レザン師が厳粛に言った。「彼らにとって神聖なものだからね。われわれは木の陰にでも隠れて眺めることになる。教会の弥撒《ミサ》でも、会衆が席を離れて司祭の真似をするなどということは、あってはならないだろう？」血気に逸る若者を笑みとともに見やった。

「もし司祭が真実の祈りを捧げるなら、真似るかもしれません」アーニィ卿は目に光を宿らせた。「何であれ、真実はすぐにでも学びたいものです。ただ、なかなか出遭えないだけで」

その反論は困惑を誘うものだった。ヘンドリクスは急いで通訳しようとして、ついナイフとフォークの音を立ててしまった。若者の奇妙なほどしつこい言葉のなかに、何がしかの真理があるように思えた。その瞬間から、自分が若者の興奮に気圧され、ある種の魔法にかけられている気がした。わざと頑なに振る舞う節が見えながらも、妙に刺激的であることを否めない。伝道師邸での一見のんびりした食事風景の陰でひそかに激情がつのり、今にも爆発しようとしている。父侯爵のこう言う声が聞こえるようだ——「よくやった、ヘンドリクスくん！　きみはまさに奇蹟を成し遂げた！」——そうだ。無事のままつれ帰れるならばたしかに……

それでもなお、午後に湖面に見た筋や輪をなす漣にも似た不安が心を騒がせる。恐ろしいことが起こりそうな予感が。事態はますますとり返しがつかなくなりつつあり、教師としての自分の威信が、この勝ち誇った若者の前でいよいよ崩れつつある。〈ビンディ〉はそれをわかっており、いっそう自信を強めている。ヘンドリクスは迷い、惑い、己を護るべく立ちつくすのみだ。だが敗北は迫っている。すでにアーニィ卿の軍門にくだっているといってもいい。その主導権は強くなる一方だ。信念はつねに疑念より優位に立つものだ。

食事は進まなかった。夕食の時間も終わりに近づこうというころ、晴れた星空から強風が吹きおろし、木造の家屋を激しく揺らした。そののち遠い湖のほうへとどろきとともに吹きすぎていった。天井からさがる石油ランプが震えた。鎧戸をしめてある窓のほうをレザン師が心配そうに見やった。そのときアーニィ卿がビクッとさせる唐突さで立ちあがり、きびきびと張りつめながらも深みのある声を放った。

「風だ、風だ！」と叫んだ。「山の上に何が来るのか！　それを体で感じなければ！」あまりの興奮ぶりのせいで、テーブルの上で旋風が巻き起こっているかのようだ。「そして火だ！　焔がすべてをおおい、空にまで迫る！　その激しさを体じゅうに感じる！　なんてすごいんだ！」

アーニィ卿の言葉に応じるように、小さなランプの炎が煙筒のなかへ高くのびあがった。

「山嵐の威力はすさまじい」とレザン師が言いながら立ちあがり、ランプの灯を消した。「次に荒れ狂うときには――」

そう言った師の言葉の終わりのほうは、坐って食事を済ませるよう若者をたしなめたヘンドリクスの声に掻き消された。ちょうどそこへ師の夫人が、まるで突風に押されでもしたかのように突然姿を現わした。風の余波でドアが強く閉じられた。いっときの騒々しさのなかで、夫人の怯えを含んだ声がかん高く響いた。

「火が燃えてるわよ、ジュール」訛りのある声でそう告げた。「高いほうの尾根で燃えあがってるわ、森が焼けるほど」顔は青ざめ言葉はつっかえがちだ。口を夫の耳に近づけた。「きっと今夜、獲物を探すのよ。それでも行かなきゃだめなの?」イギリスから来た客たちへ不安げな視線を向けた。「危険だとわかってるでしょうに――」

レザン師が仕草で制した。「人生においてただ傍観する者は何も成し遂げられん」と苛立ち気味に説く。「人はつねに行動しなければな。好機は活かさねばならず、見すごすことは許されない」

師は立ちあがると、妻のわきを擦り抜けて廊下へ出ていった。夫人はいたわりと敬慕を示すまなざしをすばやく向けたあと、急いで夫のあとを追い、帽子と外套をとってやった。明らかに今夜は行かせたくないのが本音のようだが、幸いと言うべきか、結局は黙って見送った。笑い出すのか泣き出すのか、あるいは祈りでも捧げるのかと訝らせるような、気ぜわしげな仕草を見せた。ヘンドリクスにはその心配する気持ちが理解できた。夫人のそんな態度のせいで、奇妙にも彼自身の懸念が増強されるようだった。夫人の顔を見ているだけで、これから本当に危ない冒険がはじまるのだと実感させられる。

三分後、一同は玄関口に出た。ヘンドリクスは待ち切れないようすのアーニィ卿とともに先に村道に出て、背の高い夫人とレザン師が抱擁を交わすのを見ていた。

「ひと晩じゅう祈っていますよ。窓からずっと見て、あなたが帰るのを待っています。神は嵐のなかから語りかけます。神のお選びになる道は火の道だと。それでも神はあなたとともにおわします。若い人たちのことをお忘れにならぬよう。召されるのはつねに年若い人なれば……!」

半ば狂騒的な祈りの言葉ののち、接吻が交わされた。そのあとも夫人は戸口に立ちつくしていたが、レザン師がすぐにドアをしめて妻の姿を視えなくした。男たちは出発した。

7

不吉なことにまたも強風が襲った。風はしめきられている家々のまわりを唸りながら駆けまわり、庭や空き地をうるさく吹きすぎていく。砂埃が何やら白い幽界のもののように目まぐるしく舞う。舗石がひとつ吹き飛ばされ、三人の足もとに落ちた。上のほうでは家々の屋根が揺れたりたわんだりしている。まるで村の全体が激しく揺すぶられながら宙へ掬いあげられ、そのあとまた強く地面に叩きつけられたかと思えるほどだ。

「こっちだ！」風に煽られる帆のように体を傾かされながらレザン師が声をあげた。「離れないようについてこい！」

初めは三人ともほとんど腕をとり合うようにして、人のいない村道を進んでいった。明かりのない窓やしめきられた玄関が並ぶわきをすぎ、やがて村と森に挟まれた空き地に建つ酒場をもすぎると、もう風を妨げるものはなくなった。はるか上方には火が仄見える尾根がつらなる。空が焔を映すさまを見あげながら進むうちにも、風は三人を吹き集めたかと思えばまた吹き離す。風を防げる森蔭までたどりつくのが一人ひとりにとって苦闘となった。森に入ればこんどは本格的な登り坂がはじまる。レザン師が一瞬ためらっているように見えた。来し方へ振り返って、明かりの点いたままの自邸の窓を眺めやり、それからまた高所の火の列を見あげた。アーニィ卿の姿が早くも前方の闇に紛れたのを目にとめたようで、声を荒らげた。

「あの若僧、どこへ行った？　早く進みすぎないようにさせろ！　もっとそばにいさせるんだ！　わしが行くまで待たせておけ！」レザン師とヘンドリクスは風に煽られぶつかり合った。「くそっ、こんなにも先を越されるとは！」

「風がひどすぎて――」ヘンドリクスはわめきながら師と寄り添い、肩で風に抗して進んだ。そのあとの彼の言葉は風に掻き消された。レザン師が先へ出ながら、二十ヤードほど前方を指さした。アーニィ卿が頭を前へ傾けて風に歯向かっているのが見えた。すでに森陰に近づきつつあり、火が見える峠のほうへ向かって激しく腕を振っている。声のかぎりに何か叫んでいるが、どうやらほかの二人に早く来いと言っているようだ。風のなかでもそのように聞きとれる。

「急がせるな！」レザン師が両手を口のまわりで喇叭状にして怒鳴る。「速く行かせてはならん。祭りは眺めるだけにして、加わらないようにさせないと――」剣の平たい面が叩きつけられたように突風が師の顔を強打し、声を途切れさせた。「――ヘンドリクス、きみの役目だ！　若僧め、わしの言うことなど聞かん！」

ヘンドリクスは師とともに風の吹きさらす道を進みながらその声を聞いた。二人とも息を喘がせつつ、二本脚の蟹よろしく体を横向きにし、吹きおろす激しい風に逆らって歩いた。もう口も利かず進み、ようやく森が防風壁をなすところまでたどりついた。密生する木々が強風をクッションのように受け止めてくれるおかげで、急に身のまわりが静かでおだやかになった。二人とも束の間足を止め、息を整えた。

しかし表面的な疲れはすぐに失せたが、暴風による心の混乱は依然として残った——少なくともヘンドリクスにとっては。風と激しく闘わねばならなかったため、思考は混乱し心もすさんでいた。身のうちの太綱のような何かがちぎられ、大海へ流されてしまったかのようだ。肺に息を供給するのにも荒々しく呼吸せざるをえない。感情が大きく揺さぶられたための奇妙な興奮がやもうとしない。二人が近づいていくと、アーニィ卿が掻き登っていた大きな岩の上から跳びおりた。両腕を左右へ開き、外套が風を受けた帆のように大きく広がる。

「やっと来ましたか!」若者は苛立ったように声をあげた。「もう来ないいんじゃないかと思いましたよ。ぼくは風に押されて早く進めたのに。このままだと間に合わなく——」

ヘンドリクスは若者の腕を強くつかんだ。

「わたしたちのそばにいるんだ。いいな、わかったな? 独りで先に行ってはだめだ。案内人はレザン師なのだ、きみじゃない」

腕を揺さぶりながらそう言い聞かせた。だがそうしながらも、こうやって制御することを自分自身心のどこかで望んでいないような気がするのを否めない。何かが逆のことを強いようとしており、その指示に喜んで従いそうな自分がいる。すべて運に任せ、放埒にさせればよいではないかと言うような。そう思うとまた動揺が体を走り抜けた。

「だから、風に押されたって言ったでしょう!」とアーニィ卿が不満げな声でわめき返し、腕を振りほどいた。「風が生きてるんです。だからそれに従えば何でも見られると思いました。風がぼくたちの頭領で、火が案内役なんです」そしてまた独りで行こうとする。

「言うことを聞け！」とヘンドリクスが怒鳴る。「でなければ家に帰らせる。わかったか？」

だが立腹していながらも、〈ビンディ〉が使った言葉に不安を誘うほど期待させる何かがある気がしていた。ヘンドリクス自身同じことを口にしてもおかしくないとさえ思えた。すでにまったく新たな世界に踏みこんでいるのだ。今も興奮がつづいており、それを抑えるように見せているのはうわべだけにすぎない。

若者の両肩を押さえつけると、後ろへ押しやり、自分はそのわきに立った。これでレザン師がやっと先頭になった。こうして風のさえぎられた森のなかを進みはじめた。

「もう彼を前へ出すなよ」レザン師がフランス語で口早に釘を刺すのが聞こえた。「そばから離すな。彼の血にはもう力が注がれている。きみも離れるな、わしの後ろにぴったりついてこい」

頭上の高みを吹く強風が会話を外界から遮断している。森のなかを進んでいくあいだ、海面みが荒れ騒ぐ海の底を歩いているような気がしていた。三人のうちの一人ないし二人がいつ海面の嵐に呑みこまれ、死に追いやられてもおかしくない。道程《とうはん》はとてもたやすいものではなく、暗いうえにおたがいの声もよく聞こえず、めいめいが自分の登坂で精一杯になるため、つねに危険と恐慌がつきまとう。ヘンドリクス自身この精神的混乱が高まるにつれ、つのる不安を否定し、心乱す感情に抗い、葛藤する自己を整えねばならなかった。アーニィ卿を制御できる力がすっかり弱まってしまったことを認識していた。しばらく前から二人は平等の立場となった。今はそれどころか地位が逆転したと言ってもいい。若者は完全に自分の意志のみで行動している。レザン師はと言えば老いて曲がった短い脚を懸命に動かし、山に慣れた者の速さで歩いていく。ヘンドリクスはその後方で一、二ヤードほど間隔を空け、暗いせいでしばしばよろけながら進んでいく。アーニィ卿は彼のすぐ後ろについてきてはいるが、今にも押し除け追い越していきそうな勢いだ。疲れ知らずの筋肉を持っているようだ。足どりも軽くまるで踊り出しそうなほどで、ときどき止まってはわきの岩の上に跳びあがってみたり、倒木の上を走ってみたりする。人が通ることなどない。突風がときおり三人の歩く森の地面にまで吹きおろしてくるのみだ。やがて尾根に見える火の列が近づいてくると、その明るさによって、節くれだった巨木の根や、野茨《のいばら》の茂みや、分厚い苔の絨毯などが照らし出された。小柄なレザン師が道筋をまったく誤まらないのにも驚かせられる。ときとして木々の狭間に強風が吹きこむと、窪地に落ちた雷のように静寂の森を揺れ騒がせる。

苦闘と疲労に耐えつつゆっくりと進むうちに、あたかもヴァルプルギスの夜に紛れこんだような荒々しい期待感が三人をおおってきた。ヘンドリクスの心中でも向こう見ずな気分が異常なほど増大している。平時の理性に代わって神秘的な視線が強まり、耐えがたいまでの不安を呼ぶ。体は必死にレザン師を追うが、心は生まれ変わった〈ビンディ〉に必死に追いすがろうとしている。若者はヘンドリクスのすぐ後ろにいながらも、あふれる生命力の旋律に乗せてしなやかに踊るように歩く。そのさまは真の意味で魔法だ。どこからともなく現われた魔術師によって力を吹きこまれたかのようだ。いつもは怠惰なため息しか出ない口から、今は熱狂に任せての問いかけやら感嘆やらが絶えず吐き出される。火の燃える尾根まではあとどれくらいあるのか？　なぜこんなにゆっくりとしか進めない？　もう間に合わないのでは？　今から祭りに加わるのは理解され歓迎されることなのか？　計画は大きな変更を余儀なくされたと言っていい——ただの傍観者でいることは不可能だと。ヘンドリクスはすでにそれを受け入れ、むしろ奨励し共感する気持ちになっている。彼自身、先導者たるレザン師の進み方がのろいことに苛立ちはじめていた。何かしら火と風の魔力のようなものが尾根に向かって気を急かせるようだ。その力は抗しがたいほどだ。今やレザン師の警告や智識など無視したい気分で、慎重さや妥協性など内心ではしりぞけていた。やがて旋風に乗って人の声の群れが聞こえてくると、ヘンドリクスはわれ知らず、道筋にある大きな灰色の岩の上に跳びあがっていた。その跳躍はすぐ後ろにいるアーニィ卿がそうするのと同時だったが、まるで意識してはいなかった。丸い岩の上で二人は初めてそうと気づき、転げ落ちそうになって、あわてて咄嗟にたがいをつかみ合った。が、ともに腕をバタつかせ外套をなびかせながらすべり落ち、ぬるぬると湿った苔の上に尻餅をついて——一緒に哄笑を放った。

「莫迦め！」ヘンドリクスはやっと体を起こしながら怒鳴った。「いったい何を——？」

「あなたが呼んだんじゃないですか！」〈ビンディ〉は笑いながら立ちあがり、急いでもとの後ろの位置に戻った。「風に飛ばされたんです、ぼくが自分で跳びあがったんじゃない。あなただって、ずっと飛び跳ねたりわめいたりしてたじゃないですか！」

その数分後、アーニィ卿は不意に前へ出た。部屋のなかで動かされる手燭の影ほどにも忍びやかに、滑るように追い越していった。ヘンドリクスが木の根に足をとられてもたついた瞬間のことで、そのあと若者はたちまちレザン師にも追いつき追い越した。片ときもよろけたりすることがない。脚に鋼《はがね》の発条《ばね》でも仕込んであるかのようだ。

レザン師が警告の声をあげたが、息が切れているため間に合わなかった。

「やつを止めろ！　手を押さえつけるんだ！」声は上空の風の唸りにすぐ消された。師は振り返り、ヘンドリクスの外套をつかんで怒鳴った。「追い越していったのが見えただろう！　見逃すんじゃない！　祭りに加わらせてはだめだ、眺めるだけにとどめないと——」

ヘンドリクスは見えなくなりかける人影へ向けて声を放った。

「〈ビンディ〉、そんなに急ぐな！　わたしたちが追いつくのを待ってろ！」

そのあと彼も足を速め、たちまちレザン師を追い越していった。

「待ちますとも！」少なくなりつつある木々のあいだからアーニィ卿のかん高い声が返った。

上方で焔がまたひとつ大きく燃えあがるとともに、最後の五百フィートの急坂路に入った。裸の尾根が東西につらなるさまが頭上のあたりに見え、それに沿って焔の列が並ぶ。松や唐檜《とうひ》が途絶え、剥き出しの岩と土の山肌がとって代わった。

「やみくもに登ってもたどり——」レザン師が叫ぶが、その先は強風の唸りにくぐもった。

若者の興奮した声が前方の闇から響いた。追いつくまであと少しだ。

「焔と歌声が導いてくれます！　どんな愚か者でも道を誤りませんよ！」

「だがきみは——」

ヘンドリクスはその先を言いかけて言葉を呑みこんだ。これまでにないほど強く感心する思いが急激に湧いてきたからだ。今や長身の男らしい若者の姿には生命力があふれ、賢く躍動しているのが夜の暗さのなかでも感じとれる。意志力と知力に導かれ、まちがいを犯す惧れとてない

――大人たちをこれほどまで先導しているのが何よりの証拠だ。そう思うと、ヘンドリクスは急いで追跡を再開した。脚の腱《けん》が痛むのもかまわず、暗闇にも抗して目を凝らし、木々のあわいから若者の居場所を認めた。その木々のわきを今彼自身勢いよく通過していく。

「〈ビンディ〉！」声のかぎりに呼んだ。が、もはや目上の者として呼ぶ状況ではない。声を風に曇らされながらも、命令ではなく懇願あるいは哀願にすら近い調子で呼びつづけた。「待っていてくれ、今すぐ行くから！　すばらしいものを一緒に見よう！」

　ようやく森を通り抜けると、前方では尾根のすぐ下に広々とした草地が広がっていた。焔から発せられる強い熱を初めて感じた。まるで一列に並べられた炉の蓋が一斉に開けられたように、天空が真昼のごとく金色に染められた。マスケット銃が掃射されるような火の爆ぜる音。焔は上下左右へのびあがり、声は風に飛ばされるように大きく響くが、声の主たちはまだ視えない。これが初めて森を抜けて前方を眺めやったときの大まかな印象だった。レザン師のこともアーニィ卿のこともすでに心からしりぞけられていた。この驚異すべき光景の最初の一撃によって忘れ去られていた。前者を忘れたことは残念であるにとどまるが、後者を忘れたのは大いに悔いとなった。なぜならレザン師があのとき判断を誤ったのは明らかであるからだ。妥協的な案には危険が伴い、中途半端な策は命とりになる。アーニィ卿はそれらに勝る策をわかっていたのであり、それに従ったのだ。今や彼を甘く見てはいけない。

「〈ビンディ〉、どこにいる？　今行くから――」

柔らかな草におおわれた地面に足を踏み出したとたんに、四方八方からの突風を同時に全身に受け、ヘンドリクスは思わず両膝を地についた。と思うと大きな岩の陰へ転んでしまった。するとそのおかげで急に身辺が静かになり、疲れた筋肉を恢復させ落ちつきをとり戻すのに役立った。しゃがみこんで大地に身を寄せていると、猛風の攻撃にさらされずに済む。両手を目の前で楯とし、その陰からそっと前方を見やった。

約五十フィート先の尾根の上がかなり広くて平らな台状になっており、そこに半マイルほどのあいだにわたって薪を積んだ焚き火が並べられ焔をあげていた。濃い煙の列が火花を散らしながら渦状に舞いあがっている。人の姿はまだ見えてこないが、生命が群れている気配がすぐ近くに感じとれる。ヘンドリクスは両手両膝をついて、やや苦労しつつ、一度は離れた森陰まで這い戻った。そこまで来て立ちあがると、焔はふたたび木々の大枝に半ば隠された。だが体をささえるため小枝をつかもうとしたそのとき、ふたつの手が背後から体を強く押さえつけてきた。聞き慣れた声が耳もとで大きく響いた。急ぎすぎて疲れたらしいレザン師が息を切らしつつ、ようやく追いついてきたのだった。

「若僧はどこだ？　早くしないと間に合わんぞ！」風に逆らって声を荒らげている。「さあ急ぐんだ！　わしもすぐ行くから……くそっ、この老いぼれた足めが……いいか、やつが攫われないように気をつけろ……いいな！」

それを聞くと、ヘンドリクスは忘れていた責任感が瞬時に戻ってきたのを感じた。木陰から老伝道師の顔へ振り返ると、われ知らず非難の声を浴びせかけていた。

「悪いのはあなたですよ！　悪いのは――！」

「若僧はどこだと訊いているんだ――！」怒鳴り返すと同時に老伝道師は突風に煽られ、ヘンドリクスへと倒れかかってきた。半ば転びそうになりながらも指さそうとする。「手遅れにならんうちにやつを探し出せ！――山の民に見つけられないうちに！」

その消極的な警告の言葉を聞いた瞬間、ヘンドリクスから平時の責任感がふたたび失せていた。まるで風に足もとから体ごと掬いあげられたような感じで、立ち止まって考えることもないまま、目くるめく闘いに挑む拳闘士と化していた――めざすものは勝利のみであり、命と誇りを賭して闘技場に乗りこむ野蛮な闘争本能に囚われ、向こう見ずな果敢さのみが心を満たしていた。そこに参戦することにこそ価値があるとまわりじゅうから声が響き、風と火の嵐が体のなかを駆け抜けた。闘いの渦中へと自分が過たず運ばれていくのを感じた。因襲的な家名のみに拘泥する侯爵も、中途半端な安全のみを考えるレザン師も、ともに心から消え失せていた。そうとも、わが身のことにせよアーニィ卿のことにせよ、安全のみを願うのは無条件降伏にもひとしい。もはや行動に熟考を要するときではないのだ。すべてか無か、それだけだ！

「神よこの風と火に祝福を！」ヘンドリクスは両腕を広げて叫んだ。

だが轟音のなかで彼の声は余人に聞きとどけられることがなかった。前へ駆け出そうとする思いは脳内のみにとどまった。振り返るや、老伝道師をわきへ押しやった――仮に倒したとしてもかまわないとばかりに。

「あなたは臆病で生ぬるい！」その言葉が喉までせりあがってきたが、吐かれることはなかった。

その瞬間、長身痩軀の人影が鷹のようなすばやさで、森から尾根までの草地を駆け抜けていったからだった。人影は焔の並ぶ台状の尾根の上へと向かっていったと思うと、濃い煙の幕に包まれるようにして消え失せた。焔のまばゆさのなかで一瞬だけふたたび姿をかいま見せたが、すぐに崩れた岩くれの陰へと入り完全に見えなくなった。ヘンドリクスは熱と風に目を冒され筋肉を麻痺させられつつも、アーニィ卿が自ら捕獲されるべく望んだことを理解した。煙と炎に隠されている群集は、貪婪な手で焚き火に薪をくべながらも、若者の闖入に気づいていたはずだ。今ごろは彼を捕獲しにかかっているだろう。そして自分たちの仲間に引き入れるのだ。裸の尾根につらなる炎の列がまたもや大きく燃えあがったことがそれを物語っている。

「待っていろ、わたしもすぐ行く！　仲間に入れてくれ！」とヘンドリクスは咆哮を試みたが、激しい怒号がそれを吹き消した。

8

風と焔による怒号であることをヘンドリクスは理解していた。それらふたつの偉大なる精霊が今、星空の下の尾根の上で、妨げるもののない放埒さで自らの本質を表現している。火を消す雨も降ることなく、風を止める壁となるものとてない。両者の喧騒が——虚ろに吠える風の声と、低く唸り爆ぜる火の音とが——混じり合いひとつになる。木の枝が燃えてはじけ、かん高く口笛を吹く風の声を真似るかのように響く。風は投擲される数多の槍のようにあちらこちらから唸り飛ぶ。そのただなかでひとつの叫び声があがった——だが人間の声か否かはわからない。金色に映える空を背景として積まれた無数の薪の陰にも人の姿は見えない。風と火がたがいの狂乱を促し合い、自らの尋常ならざる華麗さを表現しつづけるのみだ。

そのとき、風が唸りつづけるさなかに、煙が幕をあげるがごとく上方へ巻きあがると同時に、焔が激しく羽ばたくのをやめ、星空に彩《あや》なす金染めのステンドグラスのごとく静かに立ち昇りはじめた。それらに挟まれた黒々とした闇夜の空間は、さながらゴシック寺院の内陣へと向かう通路にも似る。焔も闇もともに対象をなすように上空へと細まりゆき、やがて消失する。ヘンドリクスは弾かれたように立ちあがった。肩の位置が岩の上よりも高くなり、岩の陰へ引き戻させようとつかんでくるレザン師の手など、ほとんど侮蔑し無視していた。幻視に囚われた者のように前方に見入るのみだ。考えることすらやめ、ひたすら感興にのみ殉じて立ちつくし凝視する。圧倒的に強い確信が白熱のごとく全身を灼きつらぬいていた。ここにこそ人間が自らに資することのできる大自然の力の供給源があるのだ——飢え、渇き、欲する空《から》の器となった人間に注がれるべき力の源が。このすさまじい救いの力を前にして、アーニィ卿への愛情が急激に湧きあがってきた。若者を救える大きな可能性を感じ、総身が震えた。

手で半ばさえぎりながら恐るおそるかいま見た光景は、しかし悪夢ではなかった——並はずれて怖がりな者の目から見ればその気味があるのは否めなかったかもしれないが。都合三十あまりの焚き火が一定の間隔を置いて並べられ、そのすべてから放たれる炎熱が深夜の大気を激しく揺らがせていた。焚き火はひとつひとつ大きさが異なり、しかもその差異が細心に計算されているとおぼしく、そびえるように積みあげられたそれぞれの薪の山が別々の音階をあげ、かつまたそれらの総体があるひとつの流れに乗って、ほとんど旋律と言ってもよい音響を奏でているのだった。近いほうのいくつかの焔は耳を射るような高音で唄い、より遠い焔は唸るような低音部を受け持つ。それらが合わさっての和音の響きは物恐ろしくもあるが、それでも壮麗な音楽となっているのはたしかだ。空へ鳴りわたるこの焔の調べを風が指揮し――ただし決して統制しすぎることもなく――何がしかの意味を持つかのような詩《うた》へと変えていく。すばやくくりかえされる節まわしの連続がやがてひとつの音の塊となり、ある美しい詩となった。そこに強い調子のリズムが加わり、秩序ある交響楽のごとき効果を生んでいく。そのさまはまるで、すべてを束ねる大きな力か、あるいは何かしら超越的な意志が介在し、それらが火と風という自然物を自在に動かして、この途方もない音響の舞踏によってある大きな意図を表現しようとしているかのようだ。事実、そこにはある統一的な言語をなす音節のひとつひとつが存在するようですらあり、視覚と聴覚に訴えるその言語が語る古めかしい詩は、窮極的な神秘的存在を象徴していることが感じられる。すなわちすべては火の神と気の神の配剤によることなのだと。人間が愚かにも風と火とのみ呼ぶところの、このように不定形な自然の諸力を組み合わせて活かすことにより、それらを司るより大きな力に傅《かしず》くことさえできるのであり、しかもそれは自然の法を理解していなければ叶わないことだと思うと、さらなる強い感動を禁じえなかった。

このように考えれば多少は理解の助けにはなる――ヘンドリクスは間近の岩陰から驚異に目を瞠りながらそう思っていた。そこで彼が聴きとったものは、何か忘れられた古い文言の一節であるようだった。今目の前にしている原始的な祭りは、かつては神々を召喚するために行なわれた儀式であったのだ。ここで奏でられている炎のリズムは、ある原始信仰の音調だったのにちがいない。だが夜空に展開されるこの壮大な原始的交響詩を描く何者かの〈手〉は、いまだ目にすることができない。あたりに人間の姿は依然として表われていない。漠然と認識できるのは、それらふたつの自然力の表象のみだ。火と気は大きく言えば宇宙の基本をなす要素であり、小さく言っても人間存在の本質を構成するものだ――火と気の背後にひそむ力こそがその正体にほかならない。レザン師との会話の断片が不意に脳内に蘇ってきた。ごく部分的にすぎないが、その恐るべき言葉の全体をあえて思い出す気にはなれない。思わず身震いを覚え、賢明な選択に従った。忘れられた存在領域が、目前のまばゆい光景のなかで扉を開けている気がした。いにしえの驚異を現出させる目を射る眺望の彼方で幻視がまたたく。幻はおぼろな記憶のなかで揺らめくのみで、すぐに痛みとともに暗黒へと失われる。一瞬だけだが、混乱の背後にひそむある超然たる〈大いなる存在〉を認識したように思われた。影に包まれていながらも強力このうえなく、途方もない計算式を要する質量を具え、全幅の理解など到底叶わぬ、象徴でのみ示されうるものの存在を。それでもなお、望むならば実際的な効用を果たすことのできるものだ。それを感じることは、さながら活ける宇宙そのものの末梢神経に触れるがごとくで……もはや考えることなどできない、〈知る〉とはすなわち〈感じる〉ことにほかならなくなっている。この文言を読みながら入りゆく世界では、知的感覚によって情報を再構築することなどできない、論理性からはあまりに遠い世界だ。視界をかすめるのは、輝かしく清澄にして力強い幻視の星辰信仰のごときものであり、かつて知るかぎりの言葉からはそのようにしか言えないものだ。今まさに因習的な妄念の幕が真っぷたつに裂かれ、恐るべき真理が白日のもとにさらされようとしている……

今がいつか、ここが本当はどこかもわからなくなった状態で、ヘンドリクスは立ちつくしていた。燃えあがる壮絶な焔を間近に見つめ、呆然として息すら止めていた。光景の全容が大きく揺らぐように見えるさまは、あたかも風の群れによって空まで引きあげられて揺れる大海の波のようだ。そのとき、とどろく焔の音調の狭間がなすわずかな静寂のなかで、さぐり見まわす彼の目が新たなものを見い出した。移ろう視界の焦点に抗してようやく認識できたのは、この光景を指揮し制御する力の源であった。焔と煙の向こう側で、台状の尾根の頂の上に、火明かりに照り映える丸い形のものの群れが、永遠の一体をなすかのように立ち並んでいるのだった。それは人間の顔の列であった。人の顔こそは神より小さき世界を統べる精神の象徴であり、ひとつひとつがそれぞれの信と知と意を具える。ひとつひとつは弱いが寄り集まれば無敵ともなり、この一群も火にも焼かれず風にも動じず、その頑強さは言葉に尽くしがたい。視ているうちにさらに新たな事実が判明した。強い信仰のもと総員の目的意識を統一することにより畏るべき自然の力に憑依され、大山《たいざん》をも動かしうる力を獲得せることを確信しているのだ。したがって火や風などの流体はより小さな力でも動かすことができる。この発見に、ヘンドリクスはほとんど宇宙的規模と言えるほどの歓喜を覚えた。自分が一瞬熱狂に陥ったのを感じた。全能の力を得たかのような誇らしい愉悦に浸った。神によって計画されながら長らく蔑ろにされてきた人類の王国の一端に、今ようやく立てた気がした。弱く無力だったあの若者の手のなかにも、今こそこの導きの力が握りしめられたにちがいない。

星空の下で微動もせず、焔の輝きを照り返すばかりの顔の群れは、さながら黄色い石を穿って造られた像が並ぶごとくで、風が踊らせる火の幕のなかではいっそうそのように見える。初めはその顔の列自体、夜空を背景に焚かれる火が並ぶさまのように見えたほどだった。目は全員が祈りのために伏せ、ひとつの崇高な目的に心を合わせている。その目的こそ、火と風というふたつの自然力と同化しそれらを制する力を持つことだ。みなが感情も欲望も信仰もひとつに合わせ、群集そのものが単一の存在となっている。そこから生まれうる力の大きさは計り知れない。

ほどなく、群集による目を奪う動きが現出した。一斉に瞼が開けられ、目のひとつひとつが火炎を映してきらめいた。百もの人間の顔が一直線上で上向きにされた。みな立ちあがった。日焼けし風雨にさらされてきた顔は例外なく浅黒く、無帽のため頭を振ると髪も躍りあがる。そうやって一様にある方角へ向いた。口を開け、強風にさえ掻き消されない咆哮を放った——ある指示の言葉が放たれ、それを合図に、大波のように跳ねていた焔の列が漣《さざなみ》程度の高さにまで勢いを弱めた。それと同時に、腰から上に何も着ていない百の半裸の肉体が、掌を上向きにして両腕を前へのばし、揺らぎながら火と煙の狭間を前進しはじめた。めざすところは——彼らからは半ば隠されているはずだが——しゃがみこんで目を凝らしているヘンドリクスの居場所らしかった。

見つけられたと思って初めはひるんだが、すぐに立ちあがり、群集と相対した。拒む意志はなかった。むしろ望むところだ。岩陰から歩み出て、まばゆい焔にさらに近づいた。ヘンドリクス自身帽子はかぶっておらず、肩をそびやかすと外套が風になびいた。大股で三歩進み、向かってくる軍勢へと自ら迫っていった。が——躊躇し、足を止めた。と言うのは、群集は彼を見ておらず、彼がそこにいることにすら気づいていないかのようだったからだ。山の民がめざす先は彼ではないのだ。総勢が通りすぎ、五十フィートほど下方の、木々がまばらに生える森の端と尾根の端とが出会うところへ向かっているのだった。人の列が戦隊のような修練をうかがわせる規律のもとに狭い草地へと流れ出ていくさまは、揺れながらうねり進む焔の波を思わせる美しさだ。この世ならぬ秘密の歓喜とともに見守るうちに、隊列は台状をなす尾根の頂の縁で立ち止まった。列が密集を強めたと思うと、二百本の腕が広げられ、そこの暗がりから間もなく現われるとおぼしい何者かを歓迎する意を表現した。と思ったまさにその瞬間、影をなす木々のあわいから、アーニィ卿の長身痩躯が火明かりのなかへと飛び出してきた。

「なんと勇ましい姿だ!」

だがヘンドリクスのその叫びはもっと大きな声のとどろきに呑みこまれた。前へ駆け出そうとしたがよろけるのみに終わった。百の声がひとつの音響となってとどろいていた。アーニィ卿は若鹿のごとく跳躍した。と思うと、自らがのびあがる焔と化したかのように群集へと向かっていく。瞬時にとり囲まれ、上向きにされた掌の群れによってたちまちのうちに群集の肩の高さまで持ちあげられた。そして燃え盛る炎のほうへと運ばれていく。風に押され、煙と火の粉に包まれるうちに、激しいリズムを刻んで揺らぎ動く生ける尾根の一部と化した。群集の組み合わせられた腕を祭壇とするごとく、その上に直立した。そして風と火に煽られるように、腕の群れとともに揺れ躍った。きらめく百の顔が一斉に向きを変え、焔をあげる薪の山の列に見入った。背中向きとなった群集は黒い壁のごとくで、若者はその壁の上に立っている。彼の体の輪郭が夜空を背景にして一瞬鮮やかに浮かびあがった。大きく広げた両足のあいだに焔が見え、水平にのばした両腕と頭の上まで輝かせているさまは、まるで若者の体から火が放たれているかのようだ。次の瞬間には地面へ跳びおり、勢いよく前方へ駆け出した。両手を天へ向けてあげつつ、ふたつの焔の中間にひざまずいた。

ヘンドリクスはアーニィ卿のその躍動に心動かされるあまり、自らの心身も祭りの一部になったような気分でいた。この異常な体験に身を以て参画していた。精神が唸りをあげはじめていた。これは単に脳内の血が興奮のためにざわめいているのみの現象ではなく、自分自身の存在がこの祭儀と一体化して深い音響を奏でているのだ。自らの核心が答えを見い出しはじめていた。この瞬間から祭儀のすべてを受け容れていた――それも単に視覚と聴覚が個別に感受したのではなく、全身で均一に感じとっていた。総員でひとつの楽器をなすかのようなこの群集に、自らもその一部として加わった――大自然の力を表現するためのリズムを奏でる宇宙的楽器の末端となった。ぼんやりと認識できたのは、レザン師が教条的教会人にふさわしく、この祭儀の外側で距離をとって傍観しているらしいことであった。それもやむなしだ。今は日常的な些細な感情などすべてどこかへ失せている。この揺らぎ躍る巨大な祭りを前にしては、平凡なことは何もかも丸ごと消え去ってしまう。焔ももはや熱くない。自分自身が焔だから。風によろめくこともない。風も自らの心にうちに吹くものだから。この祭りのどこへでも行ける、危ぶむことなくあらゆる隅までも端までも。皮膚が呼吸し、骨に筋に輝かしい炎熱が駆けめぐるのを感じる。

ヘンドリクスは讃嘆の叫びを放った。「火が燃えあがれども焼かれることはなし！　風が火の魂を奪えばこそ！」
自分の体がそう唄った――いやむしろ、自分の体を介して自然の精霊が唄っていた。聞こえるのは己の声にあらず、激しいリズムに乗せて感覚を表現させている風と火の声であった。

9

もはやこの出来事は光景として見えてはいなかった。五感のひとつひとつが個別に脳に伝達することですらなく、全身で総合的に感じているのだ。人が慈愛や熱情を覚えるときと同様に。記憶はこの甚大な感覚をあとで絵画的に翻訳しようとするが、それが描き出す現実はすでに現実感を伴わない。幻視が出現するときのようにすべてが一瞬に感得されるのだ、部屋を部屋として見るときのように、風景を風景として感じるときのように。感覚の統合体を通じてすべてが一挙に訪れるため、あとできちんと説明しなおすことなどできない。一瞬で得る知識を一連の出来事の流れとして捉えても意味はない。流れなどあとで語りなおされたときに初めて成立するものにすぎない。あのひざまずいたアーニィ卿の姿はまさに空《から》の器であり、かつて不活性な生命だったときは熱も風も拒んでいたが、今はそれらを渇望している。今そこに生命の息吹きがなみなみと注がれつつあり、神の火が火口《ほくち》に点けられようとしている。風は慾望に息を吹きこむ。火口はやがて焔へと燃えあがり、妨げるものすら呑みこむだろう。その力を器の縁まで満たさねばならない。これはすでに救いではない、創造だ。が、そこでヘンドリクスの思考は瞬時途絶え、そしてより大きなものがとって代わった……

煙と火の粉の向こう側から——群衆が埋めていた空間の背後から——より優雅な新展開が起こっていた。尾根沿いに見えてきたそれは、野鳥の群れのような美と詩を伴うものであった。初めは焚き火のため積まれた木の枝の一部かと思われていたものが、大きくしなやかに揺れ躍り出し、艶かしくも美しい影の列を描いていく。まさに鳥の群れが一斉に羽ばたきあがるがごとく、その影の列がなよなかにくねりながら尾根の上に立ちあがった。そのまろやかに起伏する動きはさながら風そのものがかすかに目に視えるものになったかのようであり、それと同時に焔の花びらを思わせる輝きを増しながら、一方向へとゆるやかに体をかしげていった。するとそれらの丈高い焔の花びらの列が女たちの一群であることが明らかになった。腰から上は裸で、髪は風に長くなびき、素肌の腕を揺らめかせ目を輝かせている。男たちの深い低音の声にかぶさるように、女たちの清冽にして高く甘やかな声が嵐のように湧き起こった。その列がひざまずくアーニィ卿へと向かって、風のように速やかに前進しはじめた。長い列が湾曲してとり囲んでいき、そして若者を捉えた——さながら南風が鳥を捕えるようにして。

それからしばらく時間の経過があったと思われた——いや、たしかに時間が経ったにちがいなかった。混沌のさなかでアーニィ卿の歓喜と熱情の叫びが何度もあがるのが聞こえていたのだから。雄々しい咆哮が繊細に鋳出《いだ》された鐘のごとく、天まで昇るほどの高らかさで鳴り響いた。やがて焔の群れのようにもつれ合っていた女たちの塊が速やかに解きほぐされた。それはひとつの大きな花が開くさまを思わせるとともに、軍隊の指揮に従うような整然さで、ふたたびもとの細長い火の列のごときものに戻っていた。女たちがそのまま前進しはじめると、待ち受ける男たちも一斉にそちらへ迫っていく。ふたつの列がいともたやすく絡み合っていく景色は、ちょうど細い糸と太い糸が生ける機《はた》で織り成されていくさまのようだ。風と火を崇拝する男女が手と手をとりあいながら唄い、秩序立ちながらも波のような動きで焔のあいだを出入りしていく。速度が増すとともに人の顔は照り映えたり見えなくなったりをくりかえす。男女が規則正しく交互に並ぶなかで、アーニィ卿はとくに豊潤な美しさを具えた二人の女たちに挟まれて活きいきとしている。燃え盛る炎のように大群集は起伏ある動きをくりかえしていたが、ほどなく総勢が突然跳躍しはじめた。そのさまさえ焔が突風に躍る姿を思わせる。女たちが火で男たちは風か。この精霊を真似る踊りはたちまち狂乱に達し、風と火の祭儀はいにしえなる魔法をあらわにしていった。

　それは心底《しんてい》より畏れるに足るものではあったが、見入るヘンドリクスにとっては、巨大な焔の群れに対する恐怖感などはまったくなくなっていた。むしろ焔のリズミカルな運動には深い安心感さえ覚えさせられた。自然の力の海に浸りながら、原始的な歓喜を受けるためなら火に炙られるのもいとわない思いだった。自らの新たな生命中枢が宇宙的肉体を獲得したかのようで、その生命中枢を通じて混沌の力が神経に血液に筋肉に注入され、自然力の本源へと自己を結びつけていく。精神までも本源へとつなげられ、霊魂の魔的な域へと変貌する。放埒と活力の気が空間を満たし、近間にあるものすべてを空の器として力が注がれていく。焔は強風の飽くなき煽りによって吠えながら裂かれてはまた合わされ、穿たれ飛ばされ捻じられ、またたいてはやがて消えていった。そして人の群れもそれを真似るように、跳ね躍っていた女たちは急に地へ伏せ、たちまち見えなくなった。と思うとそれに代わるように激しく舞い狂う男たちがふたたび視界に現われ、命ある長大な紐のようにのびたりもつれたりまたほどけたりをくりかえした。

この美しくも熱狂的な運動には、しかし決して秩序がないわけではない。それどころか何でも許すような事態を禁ずるある種の神聖な高踏さがある。単なる蛮性の表出ではない、ある種の奇矯な伝統さえ感じさせる確固とした儀式性がある。これは壁を設けたなかで築けるものではない。寺院や神殿といった造られた空間では、いかに広い場所だろうと、誇大妄想となったり背教的なものとなったりするだけだ。この展《ひら》けた大空の下でこそ、美しい真実が生まれうるのだ。頭上の空で輝く星辰は不動の塔から悠然と見守る守護にもひとしく、山の民の舞踏はそうした星々の規律ある運動をよりすばやい動きで模倣表現したものと言える。その類似性には、この祭儀の深い意味を解く鍵となる宇宙的リズムが認められる。自然の持つ運動を正確に模倣するこの行為により、人間の感情を極限まで高揚させる風と火の巨大な力を召喚することができるのだ。そうやって高まり切った精神こそが、自然の力を受け容れる器となりあるいは依代《よりしろ》となる。

焔に映えて金色に染まる女たちの四肢がかいま見えてはまた失せた。きらめく乳房の前で黒髪がなびく。立ち昇る煙のなかで女たちの腕が変幻きわまりなく揺り動かされる。焔はなおもとどろき燃え盛り、火の粉を星のように散らし降らせる。そのただなかで、服を破られ脱がされたアーニィ卿の痩せた白い肩があらわになる。瞳は烈火のごとく燃え、口は慣れ親しんだ歌を唄うように開かれ、風と火の化身となって飛ぶ者のように祭儀の場をあちらへこちらへ跳ねまわる。

ヘンドリクスはこれらすべての光景が、連続する経過でありながらも一瞬の出来事のように夜空に描き出されるのを目撃していた。彼自身のうちにも火山噴火のような力が注ぎこまれた。計りがたい強さへの輝くばかりの讃嘆を覚えた。勝ちとりがたい希望を、あらがいがたい歓喜をわがものとした。風が足を躍らせ、火が火傷させることなく顔を炙るのを感じる。

今や大自然が己の一部となった。その内側に自ら踏みこんでいた。いかなる障壁もなくなり、大波のような力が瞬時も止められることなく血のなかに精神のなかに撃ちこまれてくる。血管のなかで稲妻が光るようだ。生を妨げるあらゆる障害物を竜巻のような勢いでしりぞけ、積年のあらゆる邪魔な懸念や疑念を地震のごとき衝撃で打ち砕く。自らの帝国を築き、己の領土を回遊し、なべての男女を羊の群れのごとく操り、すべての因習的なるものを打破し、自然力にかぶせられた既成概念のことごとくを除去する。万物に宿る小さな神々が持つ万能の力がわがものとなったことを感じる。だが感化された傍観者の立場にふと戻ってみると、アーニィ卿が感得しているであろうことの十分の一も得てはいない自分に気づくのだった。

「われらは旋風なり、われらは火炎なり！」群れなす山の民とともにヘンドリクスも叫んだ。「われら強き者にして何者にも侵されず！　愚昧なるは砕き脆弱なるは奪う！　邪《よこしま》なるをも力もて正し、善に変えん！……」

山の民の咆哮が雷鳴のようにとどろき、ヘンドリクスの声も体も呑みこんだ。自分が風に押されて前へ出されるのを感じた。焔が艶かしく体を舐める。これが最終解放か。ままよとばかりに、踊り狂う人の波のなかへ跳びこんでいった……

10

何が自分を止めたのかわからなかった。何かしら鋼のように硬く鋭いものに刺されたような感じだった。逆らってくる剣のように強い力に胸をつらぬかれた気がした――とそのとき、すぐそばで何か小さな音が聞こえた。それがどこか遠くからまわりの轟音をも切り裂いて響き、ヘンドリクスの意識にまで到達した。

「動くな！　この古い岩にしっかりしがみついていろ！　そうしないときみまで捕まるぞ！」

耳のなかを小さな虫が掻きまわすような声だ。それと同時に、腕を荒々しくつかまれた。強く地面へ引きおろされた。いつしか宙へ跳んでいたのだった。われ知らず踊り出していたようだ。

「目を逸らすんだ！　この大きな木につかまれ！」

その怒号には世界を害するような貧弱な人間感情が認められた。耳にすると同時に、耐えがたいまでの嫌悪を感じた。自分が無理やり引き戻されていくようだ。平衡を失い、石ころの散らばる地面へ転んだ。

「離せ！　体を押さえつけるな！」ヘンドリクスはもがきながら野獣のようにわめいた。だが無駄だ、体をつかむ手はびくともしない。「わたしは火を浴びても焼かれない者だ！　宇宙を吹く風に乗る者だ！　止める者に呪いあれ！……その手を離せ！……」

混乱に襲われた。言葉はもつれ、目は曇る。後ろへよろけ、熱と風から離れた。自分が怒っているのがわかったが、しかしだれに対してか、あるいは何に向かってなのかわからない。邪魔されたためにリズムが狂い千々に乱れている。選択も導きも無視するほどの激しい怒りが体を駆け抜けた。すでに力はヘンドリクスから逸れ、どこかへ流れてしまった。彼は空《から》になった。本来の自分が戻ってくるのかどうか疑わしい。大切なアーニィ卿を救うことができるのか否か――それとも、邪魔したものを怒りを以て破壊すればいいのか。立ちあがるや振り返り、レザン師を荒々しく押し倒した。足をあげ、踏み殺してやるとばかりに……そのとき、混乱した頭のなかに意味をなす言葉が飛びこんできた。そしてもとの日常世界で真に果たすべき責任を思い出させた。

「……このままだとあの若僧は凶暴になるだけだぞ！　本当に強くなるのではなくて、破壊するだけの、無慈悲で暴力的な男になるぞ！　そうなる前に助けねばならん！」

「もう遅い！」ヘンドリクスは怒鳴り返した。「今さら邪魔立てするな！」

だがその声は弱く、靴釘の打たれた長靴は踏みつけるのを拒んだ。体から力がぼろぼろとこぼれ落ちる。祭儀のリズムも体を駆け抜けず、外側を通りすぎる。妨害により循環が崩れた。日常的な責任感がさらに蘇ってくる。酒に酔ったようにふらつきながらも、レザン師を助け起こした。変化は異常なほど急速で、今し方までの自分が催眠術にかかったようになっていたことに気づいた。アーニィ卿に対する本来の責任感が発展したのではなかったのだ。

「助けてください」ヘンドリクスは急に嘆願せずにはいられなくなった。「助けてくれ！　体のなかに悪魔が巣くってる！　お願いだ、悪魔を祓ってくれ！」

突然煙の渦巻く中空から、きびしく恐ろしい表情をした老侯爵の顔が現われたように思えた。非難と怒りで黒ずんだ顔だ。ヘンドリクスは必死の思いでふたたび祭儀の混沌へと向きなおり、助けを請おうとした。だがこのたびは炎熱が耐えがたく、たじろがずにはいられなかった。これまでは何ともなかった髪の毛が今は焦げていた。焔の強さで呼吸もままならない。思わず前へのめり、両腕と外套のなかに顔を埋めた。

「祈るのだ！」レザン師がひざまずきながら叫んだ。「それしか道はない。わが神は、ここにいる神よりも上位にいる。祈れ、ただ祈るのだ！」

ヘンドリクスはつられるように師のわきで地面に膝をついたが、どう祈ればいいのかわからなかった。師のような真の信仰が彼のなかにはなくなっていた。彼の血のなかに残っているのは、急速に消えゆこうとしているこの異教への歓喜のなごりのみだった。このまま祈るふりをしても無駄なだけだ。それでやむなく祈るのを諦め、レザン師が強き神を召喚しようと努めるさまを見守った。師はその神に信仰を捧げ、何物にもひるむことなく何者にも妨げられることなく生涯を賭して信心と確信をいだいてきたのだから。

劇的にして情熱的なその光景ほど印象的なものはなかった。信仰正しき伝道師は黒く焼け焦げた松の枝の下で岩陰にひざまずき、望ましき返報を確信しつつ神に祈りを捧げている。ヘンドリクスは憧憬とともにそのさまを見つめ、自らの無力さを実感した。師は小柄な体の上に大きな頭をそそり立て、煙に包まれつつ目を閉じ顔を輝かせ、力強い両の手を合わせて上方へさしあげている。羨むべき姿だ。力と恐怖の混沌を司る自然の精霊と言えども、結局のところは偉大なる神の僕《しもべ》にすぎず、彩り美しき蝶さえも小鳥の胸もとに落として餌に供する。それを問いなおすためレザン師は人生を祈りという実践行動に捧げてきた。人間のささやかな意志によって神の大いなる意志を目覚めさせんとし、それと混交しそれを使役し、自然の奔放な運動をわが意のもとに正そうと努めてきたのだ。己の意志も神の意志も、この老伝道師は一度も疑ったことがない。師の祈りはつねに神に働きかけることができるのであり、恒星を浮かせ惑星を飛ばし宇宙の平衡を統率する神の力にさえも作用しうるのだ。

その畏怖におののき、ますます己の無力を覚えつつ、ヘンドリクスは凝視しつづけた。すると、見守るうちに驚くべき変化が起こっていることに気づいた。自然から流れ出る力が今までは混乱にも抗して祭儀の場へと注がれていたのが、その向きを変え、律動する自然へと不遜にも逆流しはじめていた。そしてその運動の途方もない力が徐々に弱められていった。群集の舞踏も徐々に乱れ、崩れ、散らばる者たちも出てきた。みな祭儀に惑乱が生じたと気づいている。大波を鋼鉄の舳《へさき》が切り裂くさまにもひとしい。波がいかに大きかろうとも、鉄《くろがね》の鋭さには敵わない。この新たな力の侵入により、空さえも顫動しはじめている。力の主そのものは小さく脆くとも、その計りがたい潜在力が一気に放たれるとき途方もない効果を生む。暴力や騒乱といった無秩序な事態が発生する気配はない。今まで過度の興奮状態にあったことがかえって歯止めとなっているようだ。火明かりもまばゆすぎる輝きから適度な明るさへと変わった。朝の日差しが森の闇を一掃したときの景色を思わせる。細いながらも力強い声が、昔日とたがわぬ威厳とともに荒涼たる高山に響きわたった——「静まれ！　控えよ！」——騒ぎ乱れていた群集がおだやかさと従順さをとり戻していった。ヘンドリクスも自分の顔や手に何かしら精妙な感覚がかすかに触れてくるのを知った。理解しがたくも清新で優しい何かが。

だがこの調和感がただちにすべてを支配したわけではなかった。初めのうちは大きな抗いの力が働いていた。火と風に煽られた夜気が全天にとどろき渦巻くとともに、あちらこちらで過剰な興奮が爆発し、以前のような規律性が損なわれていた。火を表現して流れるように踊る者と、風を表現して激しく踊る者のなかで、男は女に尽くし、女たちは歓喜してそれを迎えた。人の顔も四肢も溶け合うほどにたがいに絡み合い、環状をなす祭儀の場はさながら喜びの声をあげっつ回転する車輪と化したようだった。しかし今は車輪のまわる速度が徐々に落ちている。一体化していた歓喜の声も無数の個別の声へと乱れていく。それぞれが異なる音程となって調和が崩れ、耳障りなものとなった。焔も弱まりはじめ、風も滞りがちだ。軋るような奇妙な音がヘンドリクスの耳に入り、顔に手に何かがかすかに触れてくる感覚がいっそう増した。あちこちで人影がよろけ、倒れはじめた。倒れた者はどうにかふたたび立ちあがるが、怯えた叫びとともに踊りの輪から激しく体を振りほどいてしまう。そうやって脱落する者の数が次第に増えていく。抜けた者たちがまた戻ってきてふたたび輪が活況を呈するかに見えても、それは最後の爆発的な雲散に先立つ瞬時の旋風にすぎない。ひとたび離れた者は戻るとしても別の場所に割りこむため、もはや男女が交互に並ぶ規則性はなくなり、分断された小集団の寄せ集めに堕している。全体としての統一性は失われ、祭儀は急速に意味をなくしていった。自然の力を人間の精神に注ぎこむべく変化させる装置としての祭りの機能が損なわれている。混乱はただの騒擾へと変わり果てた。

レザン師は自らのために火を完全には絶やすことなく、祈りを成功へと導きつつある。ヘンドリクスは新たな調和が生まれているのを見てとり、率然と立ちあがった。そして自分も助力できることを覚った。心身が吸収した力が依然として作用しうるだけ残っていた――新たな方向へ役立てられるほどに。恐れはなく、自信にさえあふれていた。もはやよろめくこともない。弱まりゆく焔へのほうとたしかな足どりで進むうちにも、あの柔らかに触れてくる冷たい何かの感覚がますます強まった。それは今や四方八方から、幾百もの助けの使者のごとく寄り集まってくる。

「アーネスト！」大声で呼んだ。わずかだけ高めた声だが、静まりゆく騒乱のなかで勇壮に響きわたった。「アーネスト、わたしたちのところに戻ってこい！　父上が呼んでいるぞ！」

立ちこめる煙のなかで混沌と動きまわる六十あまりもの顔のうち、ひとつだけ動きを止めて振り向いた。ほかの顔が乱れた群れをなして尾根沿いに蠢《うごめ》くなかで、そのひとつだけが宙へ浮かぶように群れを離れた。怯える牛の大群のように尾根の一端の下方へとみなが跳びおり、濃い闇のなかへと消えていき、その一人だけがあとに残された。消えゆこうとする焔の最後の息吹きがそこへとなびいた。伴う煙が顔を隠したと思うと、かん高い悲鳴があがった。その瞬間――人影が猛然と跳び出し、ヘンドリクスの足もとに頭から転がり落ちた。アーニィ卿は火に炙られ煙に巻かれて黒ずんだ姿ながら、危険域の外で無事に横たわっていた。

ヘンドリクスはそのわきに膝をついた。悔恨と不面目に苛まれてほかになすすべなく、若者の破れた服で首や胸板や頭をおおってやった。自分の心が声に出さず許しを請うのが聞こえた。己の無力さと信仰の薄弱さを覚った。その弱さのせいで大きな誘惑につけこまれたのだと……

救出できたのは一にも二にもレザン師のおかげだ。その師がいつの間にかそばに来ていた。

「水の守護に救《たす》けられた」師はそう言うと、自分の外套をたたんで、ぐったりしている若者の体にかけ、頭と肩を起こしてやった。「雨の守護に救けられた。慈愛が奇蹟を呼び、自然の法則をも超えて作用したのだ」

師が仕草でヘンドリクスに指示し、二人でアーニィ卿を真ん中にして体をささえてやり、斜面をよろよろとくだって下方の木陰へ向かった。あのかすかな冷たい感触の正体が今初めてわかった。強風が吹きはじめのときと同様に突然に吹きやむとともに、豪雨が天からの川となって激しく降り注いできた。雨は火を揉み消し風を踏み消し、狂熱の祭儀をなしていた舞踏をも止めた。これこそ山の民が恐れていた自然現象だ。雨は敵意を持つものなれば。雨は尾根を水浸しにし、無数にあった焚き火の最後の熾《おき》までも消し去った。川をなし三人の足のあいだをも勢いよく流れていく。熱せられた大地から湯気が立ち昇り、さっきまで風と火がとどろいていた空間で今聞こえるものと言えば、雨の降りしきる音と焼けた地の熱に水が弾ける音のみだ。

雨を避ける木陰で若者が蠢いた。頭をもたげ、ゆっくりと上体を起こす。目が開けられた。

「寒い。怖い」震える声でつぶやく。「ここはどこ？」

おぼつかない言葉の背後で激しい雨の音だけが響く。

「みんなどこへ行った？　ぼくだけつれ出されたのか？　先生——ヘンドリクス先生、あなたですか——？」

濃い闇のなかで、アーニィ卿の顔はおぼろにきらめく丸い形としか見えない。風はそよとも吹かない。レザン師とヘンドリクスが何度か声をかけるうちに、若者はようやく見当識が戻ってきたように返事をしはじめ、手をまさぐって二人の手をつかんできた。言葉はまだ意味をなし切れないように奇妙に混乱している。

「はっきりわかりました、あれはぼくの大きな夢のひとつだったんだと……たぶん眠ってしまい……雨でやっと目覚めたんですね。ああ、何てことだ、こんな夜に外へ出かけるとは！」

そのあと、急にまた力が戻ってきたかのようにぎこちなく立ちあがると、ひどく空腹なので何か食べたいと言い出した。その代わり熱いとか寒いとかの訴えはしなくなり、火傷や擦り傷の痛みも洩らさない。驚くほど早い恢復力だ。体をささえてやる手もすぐに振りほどき、自分が先頭になって、水のしたたる暗く冷たい早朝の森のなかをくだりはじめた。木々の密生するなかでの進行を不安視してほかの二人が後ろから声をかけるが、アーニィ卿はかまわず先を行く。困難な森の道のりのうち一度もその位置から遅れることなく、唄いながら歩きつづけた。

「火が燃えあがっても火傷はしない！　風が火の魂を奪っていったから！　風も火も今はもう永遠にぼくのなかにある！　おお、すばらしき火の神よ、風の神よ……！」

濡れそぼつ帰途のあいだ、その歌声がときに近くときに遠く聞こえ、ほかの二人にとっては不気味にも忘れがたい体験となった。レザン師は一節だけを独りひそかにくりかえしていた。

「その者、よき導き手とならんと神ぞ認めたり。あふるるほどに力注がれたれば。かくてその者、力の使い手とならん」

ヘンドリクスも危険性は承知していたが、今は自信を強めていた。アーニィ卿の再生のときがようやくはじまったのだ。

しとどに濡れたうえに汚れきった三人がようやく村にたどりついたのは、午前二時ごろのことであった。アーニィ卿はすでに御しがたいまでに著しく生気を漲らせており、酒やスープや傷の手当てを勧められてもすべて峻拒した。じつのところ皮膚には火傷痕がまったくなく、霜焼けや風邪といった症状もほんのわずかさえ見られなかった。

「体は炉のように火照《ほて》っていますよ」と言って笑った。「健康そのものだという気がします」

目の輝き、肌の色つや、声の太さ、自信にあふれた物腰――すべて驚くばかりだ。人のささえや助けなどまったく不要に見える。

「生まれ変わった気分です」宿へ向かう道をともに歩くあいだもそうヘンドリクスに告げていた。「イギリスに帰ったら、あらゆることをやって、みんなを驚かせてやりますよ。すでにたくさんの計画を考えています。先生、ほんとに爆発するほどの気持ちなんです。生きていることを初めて実感しました！」

一時間後、ヘンドリクスがそっとベッドを覗きこむと、アーニィ卿は静かに寝入っていた。明るすぎないよう片手を注意深くかざしながら蠟燭の火を近づけて見ると、顔には今までになかった筋が走り、それが新たな表情を形作っていた。凛とした口と顎には意志と目的の保持が表われている。これこそ男子たる者の表情であり、人が安易に戯れることを許さぬ者の顔だ。このような男にこそ、なべての世がいつの日か頭《こうべ》を垂れるはずとすら思わせられた。

「そんな日が来ればよいが」そう思ってヘンドリクスはなぜか身震いを覚えた。

たしかに困惑がよぎり、恐れをも感じていた。忍び足で若者の寝室をあとにし、自分のベッドに戻った。だが夢のなかでは、燃え盛る炎の幕のなかに、渦巻く煙に半ば隠されて、霊廟のはるか上の重苦しい空から、老侯爵の顔が睨みすえていた。

11

第九代オーカム侯爵の死亡記事のなかから興味深いところを紹介しておく。

父のあとを継ぎ侯爵となったのち、弱冠二十一歳にして内閣に列し外務大臣に就任した。閣僚としての経歴は短くも華麗であり、類似とまでは言えないにせよ、小ピットことウィリアム・ピットが首相任期の初期において短時日のうちに驚くべき達成を果たしたことに比せられうる。貢献の大きかった職責としては、労働省行政主席、内務大臣、陸軍大臣が挙げられ、いずれにおいても啓発的あるいは革新的とすら言える業績を残した。公的な活動期間は延べ五年ほどで、わずか二十九歳で没した。その人間像は類例のないほど豪胆なものであった。

このように述べている記事がその結論として語るところによれば、「ミラボー伯爵に比肩する行動力とアレキサンダー大王にも類するほどの支配力とを兼ねそなえた、いわばナポレオンのごとき影響力を持った人物であり、能力の高度さは測定不可能なほどで、ある種超人的とすら言える。その精神は強靭にして崇高であり、抗しがたい行動力を有する」としている。

その一方で別のある記事では、「率直に評するなら、知性的とは言えず、機知に富まず、外交的でもなく、また鋭敏さに欠け、その心理の難解さは複雑無比な三位一体の教理を説明するのに役立つほどである。政治家には不向きで、戦略家としてはさらに劣る。にもかかわらず令名はヨーロッパ全土にとどろき、近東の地図を書き変えさせしめ、政官界においてはその名を囁くだけで政治的助言に脅威を伴う影響を与えるほどである」とも書かれている。

熱狂的な性格には恐るべきものがあったと言われ、「つねにたゆまぬ甚大な活力が発揮されるとき、政敵からの攻撃もたやすく無効化されざるをえず、いかに強力で巧妙な反撃をも愚昧なものと見えざるをえなくさせるほどの影響力を持っていた。いかに有能な論客との対決であろうと、大胆な手のひと触れでチェス盤が覆された。その声はあらゆる国の首府において畏敬を以て傾聴された」とも評されている。

政治家としての現役時の発言力の大きさに関してそうであったように、その華麗な経歴が異常なほど短く終わったこともまた国際的な反響を呼んだ。

「五年という短時日にして威勢を極点まで高めた。世界を席巻し驚倒させたのち、またたく間に引退した」と、ある雑誌は劇的に書き立てた。「のみならずその最期も雷撃のごとく突然で、生前とひとしく華々しいものであった。そこには予兆も固執も遅滞もない。高貴にして高潔な人格を持つ一方で、その高名さに反するかのようにきわめて庶民的でもあった。能力の高さは単に家柄だけで説明できるものではない。政治推進力の大きさにおいては歴史上にも比肩する例を見いだせないほどだが、家系をたどっても並ぶほどの偉才を輩出してはいない。ごく近い縁者のなかにさえその剛力につながりうるほどの血族は見られない」

だがある意味においては、世界はこのような異材を失って救われたと言えるのかもしれない。その持てる力の質は概して「創造的と言うよりも破壊的」と見なされていたからである。未婚のままであったため爵位は甥に受け継がれた。

避けえぬこととして、安雑誌のたぐいにおいては、個人的な些末事や私生活上の秘密情報などが詳細にあばき立てられ、それがまた国外の三文新聞や雑誌類にまで自由に書き写され広まっていった。そしてあげくには、人類学を学ぶ者や心理学を研究する者たちにとっての興味深い素材ともなった。潜在能力がいかに爆発的に発現したかが派手に誇張されて書かれた記事においても、多くの要素は事実であろうと見なされた。少なくとも反証は見いだされなかった。学者たちはそうした噴飯物の記事を読み、あたかも一人の原始的で野性的な巨人が文明世界に放たれていたかのような印象を持った——原始的と言うのはこの人物の頭脳に文明的な秩序性が感じられないからであり、野性的と言うのは衝動的で苛烈な行動を好む嗜癖があったと考えられたためである。それゆえに彼の存在そのものがときとして民衆を動揺させ、のみならず一国全体をも非常な規模で混乱させることがあったと推測された。たしかにそれほどまでに激しい生命力を、消しがたい熱狂性を感じさせる人物像ではあった。

伝説は彼が亡くなる前からすでに生まれていた。とくに侯爵家が所有していたスコットランドの地所においては、アーネスト卿は悪魔と契約しているという噂が農夫たちのあいだで囁かれていた。自邸の秘密の部屋でいつも大きな焔を燃やしているというたぐいのもので、通常の暖炉の三倍はある大きな平炉《へいろ》が邸内に造りつけられ、そこで一年じゅう夜も昼も絶えず業火が焚かれつづけているのだと言う。この噂は近隣の在所でまことしやかに語られ、ふくらんでいった。ほかにもさまざまな話が乱れ飛んだ。しかしこれは若き侯爵が人並みはずれるほど戸外での冒険的活動を好んだため、それが人道を逸れた趣味と結びつけられて生じたものであった。

かの噂に曰く、「地所のはずれに位置する尾根で、松木立を切り拓いて原っぱとなし、そこに高い壁を築いて、その陰で大量の薪をいくつもの小山にして積み並べ、いつでも点火できるようにしてあると言われる。そうしておいて荒天の夜、とくに風の強い夜を選んで、サバトにふさわしく空が荒れているあいだに、侯爵自らがそのたくさんの薪山に火を点けていく。そして囂々と燃えるサバトの焔に囲まれて魔女たちと交わる。あるいは地獄の底から湧き出てきた火の精霊たちと踊り狂う。そうやって魔物どもの絶えることのない力を自分の魂のなかに注ぎこんでいく。そしてそんな夜ごとの魔宴のあとは、何者も抗うことの敵わぬ活力を漲らせ、夜明けとともに帰途に就く。こうして侯爵はさらに堂々たる偉貌を帯びるため、人々はまたいちだんと強く畏敬の念を覚えこそすれ、夢にも危険を感じたりすることはない」

第九代オーカム侯爵の死亡記事がさらに述べているところでは、この人物の伝記がジョン・ヘンドリクス男爵によって書かれるはずであったと言う。ヘンドリクス卿は侯爵の父君である八代目当主の私設秘書であったが、急速に位を躍進させることができた背景には、侯爵の信任厚い友人であり助言者だったことが大きく働いたはずと、かの記事は推測している。ただし侯爵の急死により、五年におよんだ閣僚任期中に伝記が出版されることはなかった。好奇心に駆られた人々が囁く噂では、くだんの伝記が将来にも世に出される見込みはなく、またそれは許されぬことであろうとのことである。

訳者あとがき

本書は二十世紀イギリス怪奇幻想文学の大家アルジャーノン・ヘンリー・ブラックウッドの傑作集です。この作家の膂力《りょりょく》ある中篇小説のみで一巻を成す構想のもと、名作「ウェンディゴ」の新訳の他、本邦初訳作二篇を選びました。

「ウェンディゴ」はタイトルのとおりカナダの森林地帯にひそむと言われる伝説の怪物を題材とした迫力に富む恐怖譚で、ブラックウッドの代表作のひとつとされるだけでなく、元来北米大陸土着のものだった妖魔を普遍化させ人口に膾炙《かいしゃ》せしめた歴史的重要作です。大西洋の彼方のこの先達から多大な影響を受けていたアメリカ怪奇文学の雄H・P・ラヴクラフトは、名論考「文学と超自然的恐怖」のなかでこの小説をして「驚嘆すべき力強さを持った」作品と賞揚し、「何か信じがたいものがいることを足跡によって表現する条《くだ》りの見事さは、実に芸術的手腕の勝利というべきであろう」と讃美しています（植松靖夫訳／国書刊行会『定本ラヴクラフト全集7－I』より）。

またこの作品を現代の読者により広く知らしめることに寄与したのは、ラヴクラフトの後代における門弟にして伝道者を自任していたオーガスト・ダーレスだと言えるかもしれません。ダーレスは師の創造した世界観をクトゥルフ神話として広めながら、自らの創作のなかでイタカ（イタクァ）なる邪神を考案しましたが、これが「ウェンディゴ」に触発されたものであることは同神話ファンにはよく知られているところです。短篇「風に乗りて歩むもの」（青心社文庫『クトゥルー4』所収）や「戸口の彼方に」（同『クトゥルー5』）がその顕《あら》われで、とくに前者ではブラックウッド作品についての言及があり影響の強さを窺わせます。イタカなる神性が認知されるにつれ、遡って「ウェンディゴ」にもより多く関心が向けられるようになったと思われます。現在わが国でもクトゥルフものにとどまらず、ホラーやファンタジーあるいはまたゲーム等さまざまな分野でウェンディゴの名をしばしば目にするにつけても、今この小説をあらためて採りあげる意味は決して小さくないでしょう。

その他の二篇の初訳作はそれぞれ趣《おもむき》が異なりますが、内実には通底性もあり（後述）、少ない作数ながらもバラエティと統一感の両面ある巻になったのではないかと思います。

「砂」はエジプトを旅する主人公が古代の秘教的儀式に巻き込まれる異形の冒険譚、「アーニィ卿の再生」はフランスの山中で若者とその教師が異端の祭祀に参入する神秘譚です。ともに「ウェンディゴ」に勝る分量で、作者の力の入れようにも劣らぬものがあり、各々違った趣向でこの作家の特色に読者を惹き込みます。

その〈特色〉とは——感じたままを大まかに表わすなら——神秘的あるいは原始的なるものの持つ生命力への畏怖あるいは憧憬、とでも言えるでしょうか。この点についてブラックウッド紹介の泰斗である紀田順一郎氏は、「人間社会よりも大自然《ネイチュア》の奥深いところにあるものを探求する」

（創元推理文庫『ブラックウッド傑作選』解説より）と表現し、また紀田氏に先んじる啓蒙者だった平井呈一翁は編訳書『幽霊島』（東京創元社・世界恐怖小説全集2）の解説で、「本質的な究極の思想に悩んだからこそ、「超自然」を書いた人なのである」と評し、一見紀田氏の「大自然」と相反するかのような「超自然」という言葉で実は同一の〈何か〉を指していることを匂わせます。さらには現在ブラックウッド訳出の最先端にいる南條竹則氏は、「自然、すなわち「大きなもの」と小さな人間との関係が、ブラックウッドの全作品を通ずるテーマでした」（光文社古典新訳文庫『秘書綺譚　ブラックウッド幻想怪奇傑作集』解説より）と指摘し、これもまた「自然」の語が前二者の「大自然」「超自然」と同様の〈何か〉であることを仄めかしている気がします。それこそが神秘と原始への畏れや憧れと捉えられるものであるとすれば、今般翻訳を担当して触れることのできたこの作家の資質として大いに得心できます。長篇代表作『ケンタウロス』（月刊ペン社）のなかに横溢するものもまさにそれであり、同書主人公の幻視者オマリーは本書中の「砂」のヘンリオットに投影されているようにも思えます。さらにこのテーマをより突き詰めるなら、紀田氏が別の場で述べ（角川ホラー文庫『妖怪博士ジョン・サイレンス』解説）、あるいは荒俣宏氏も論じている（月刊ペン社『ジンボー』解説）ところの、思想家グスタフ・フェヒナーの唱えた精神物理学からの影響ということになるようですが……遺憾ながら訳者にはそこまでの知見がないため、とにかくこれらの諸先輩が示唆する〈何か〉を、本書に選んだ三篇から読者に感じとっていただけるならば幸いと念じるばかりです。

ブラックウッドは一八六九年ケント州に生まれ、若年にアメリカとカナダで種々の仕事に携わったのち、一八九九年帰国し作家となって成功する一方、魔術結社〈黄金の暁〉に加入するなど多彩な活動をつづけ、一九五一年に八十二歳で病歿しました。世界各地を旅した経験を創作に活かし、「ウェンディゴ」がカナダでの生活に根ざしているのは言うに及ばず、「砂」のエジプト、「アーニィ卿の再生」のフランスも、それぞれ実際の眺望に基づいているに相違ありません。精力的なフィールドワーカーだったことが作中から実感されます。

この作家の邦訳は先行書が手に入りにくくなりつつある半面、南條氏訳による異色長篇『人間和声』（光文社古典新訳文庫）が話題を呼び、あるいは「ウェンディゴ」と並ぶ中篇代表作「柳」が電子出版される（BOOKS桜鈴堂）など根強い人気が窺われます（「柳」は西崎憲氏の新訳予定も仄聞します）。本書もそうした動向の一助となれるよう願ってやみません。

翻訳のテキストには、「ウェンディゴ」と「砂」は ANCIENT SORCERIES and Other Weird Stories（Penguin Classics,2002）を、「アーニィ卿の再生」は INCREDIBLE ADVENTURES（Hippocampus Press,2004）を用いました。また「ウェンティゴ」については前述の創元推理文庫版『傑作選』での紀田順一郎氏の訳業に学ばせていただきました。記して謝意を表します。

【収録作品初出】

「ウェンディゴ」The Wendigo
THE LOST VALLEY AND OTHER STORIES（Eveleigh Nash,1910）所収
「砂」Sand
PAN'S GARDEN: A Volume of Nature Stories（Macmillan and Co.,1912）所収
「アーニィ卿の再生」The Regeneration of Lord Ernie
INCREDIBLE ADVENTURES（Macmillan and Co.,1914）所収

作中に「インディアン」等、現在の観点からでは差別的と見なされる用語がありますが、原著者が差別意識をもって用いていないことは作品に明確であり、また作品の時代背景、古典としての歴史的および文学的な意味を尊重し、訳者と相談のうえ原文に即した訳語を使用しました。（編集部）

アルジャーノン・ブラックウッド Algernon Blackwood
1869年、英国ケント州に生まれる。20歳からの10年間をカナダとアメリカで、牧場、金鉱山、新聞社などさまざまな職を経験したのち帰国。1906年に小説家としてデビューし、『心霊博士ジョン・サイレンスの事件簿』(東京創元社)『ケンタウロス』(月刊ペン社)『人間和声』(光文社) など数々のホラー、ファンタジーを発表。魔術結社《黄金の暁》に所属する魔術師でもあった。1951年歿。

夏来 健次 (なつき けんじ)
1954年、新潟県に生まれる。英米文学翻訳家。怪奇幻想小説を中心に、ミステリ、SFも手がける。訳書にホジスン『幽霊海賊』(アトリエサード)、スティーヴンスン『ジキル博士とハイド氏』、ラムレイ《タイタス・クロウ・サーガ》、ロジャーズ『赤い右手』(以上、東京創元社)、スレイド『髑髏島の惨劇』(文藝春秋) など多数。荒俣宏編《怪奇文学大山脈》(東京創元社) の翻訳にも参加。

ナイトランド叢書 2-2

ウェンディゴ

著 者　アルジャーノン・ブラックウッド

訳 者　夏来健次

発行日　2016年10月27日

発行人　鈴木孝

発 行　有限会社アトリエサード
東京都新宿区高田馬場1-21-24-301 〒169-0075
TEL.03-5272-5037 FAX.03-5272-5038
http://www.a-third.com/　th@a-third.com
振替口座／00160-8-728019

発 売　株式会社書苑新社

印 刷　モリモト印刷株式会社

定 価　本体2400円＋税

ISBN978-4-88375-243-0 C0097 ¥2400E

www.a-third.com

TH Literature Series（小説）

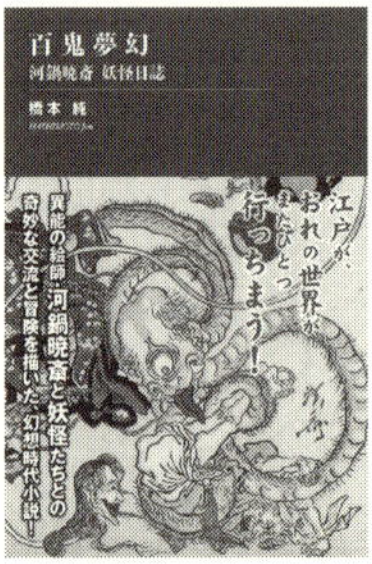

橋本純

「百鬼夢幻～河鍋暁斎 妖怪日誌」

四六判・カヴァー装・256頁・税別2000円

江戸が、おれの世界が、またひとつ行っちまう!——
異能の絵師・河鍋暁斎と妖怪たちとの
奇妙な交流と冒険を描いた、幻想時代小説!

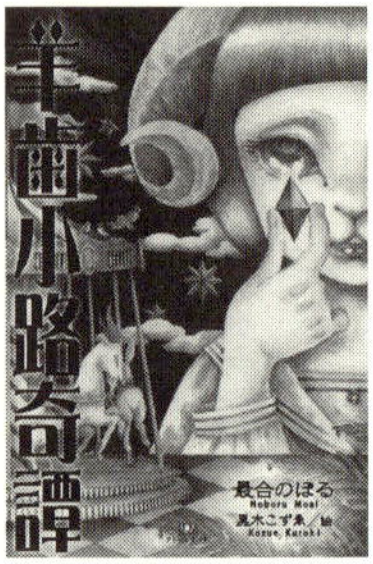

最合のぼる（著）＋黒木こずゑ（絵）

「羊歯小路奇譚」

四六判・カヴァー装・200頁・税別2200円

不思議な小路にある怪しい店。
そこに迷い込んだ者たちに振りかかる奇妙な出来事…。
絵と写真に彩られた暗黒ビジュアル童話！

TH Series ADVANCED（評論・エッセイ）

高原英理

「アルケミックな記憶」

四六判・カヴァー装・256頁・税別2200円

妖怪映画や貸本漫画、60～70年代の出版界を席巻した大ロマンや終末論、SFブームに、足穂／折口文学の少年愛美学、
そして中井英夫、澁澤龍彦ら幻想文学の先達の思い出……。
文学的ゴシックの旗手による、錬金術的エッセイ集!

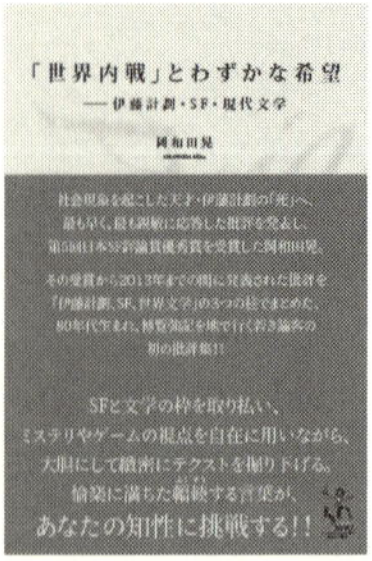

岡和田晃

「「世界内戦」とわずかな希望～伊藤計劃・SF・現代文学」

四六判・カヴァー装・320頁・税別2800円

SFと文学の枠を取り払い、
ミステリやゲームの視点を自在に用いながら、
大胆にして緻密にテクストを掘り下げる。
80年代生まれ、博覧強記を地で行く若き論客の初の批評集!